家　园

梁永忠 著

敦煌文艺出版社

图书在版编目（CIP）数据

家园 / 梁永忠著. -- 兰州：敦煌文艺出版社，2019.12（2021.8重印）

ISBN 978-7-5468-1843-6

Ⅰ．①家… Ⅱ．①梁… Ⅲ．①长篇小说－中国－当代 Ⅳ．①I247.5

中国版本图书馆CIP数据核字(2019)第269130号

家园

梁永忠 著

责任编辑：余 琰
封面设计：李志红
封面题词：胡晓云

敦煌文艺出版社出版、发行
地址：（730030）兰州市城关区曹家巷1号新闻出版大厦
邮箱：dunhuangwenyi1958@163.com
0931-8152307（编辑部）
0931-8120135（发行部）

北京一鑫印刷有限公司印刷
开本 880 毫米 ×1230 毫米 1/32　印张 9.75　字数 260 千
2019 年 12 月第 1 版　2021 年 8 月第 2 次印刷
印数　1001~3000 册

ISBN 978-7-5468-1843-6
定价：48.00 元

如发现印装质量问题，影响阅读，请与印刷厂联系调换。

本书所有内容经作者同意授权，并许可使用。
未经同意，不得以任何形式复制转载。

目　录

1937 年 ………………………………………………… 1
1938 年 ………………………………………………… 32
1939 年 ………………………………………………… 79
1940 年 ………………………………………………… 113
1941 年 ………………………………………………… 145
1942 年 ………………………………………………… 186
1943 年 ………………………………………………… 241
1944 年 ………………………………………………… 278
后　记 ………………………………………………… 305

1937 年

1

董兆元和账房先生结完账回到后院,要开饭了,相公朱福却说:"大小姐还没有回来!"

听见女儿董锐兰还没有回来,董兆元心里一阵厌恶,没好声气地说:"吃,不要等她!"

董兆元在平凉城船舱街替东家郭老总开锦货铺子已经有些年头了。这里商铺遍地,银楼、锦货铺子、皮货店、中药铺、木匠铺、笼箩铺、首饰店、车马店、骆驼店到处都是。一到逢集的日子,这里人头攒动,很有一番闹市的景象。铺子的生意前些年还可以,可是这几年由于日本鬼子的侵略闹得人心惶惶,一般人家都不置家当和东西了,生意便一落千丈。

平凉这地方虽处西北内陆,但宁夏、青海、甘肃的皮子都在平凉熟制,平凉成了西北几省皮毛的集散地。再加上这里离西安只有几百里的路程,商贾云集,交通便利,人们便称这里为旱码头。

荣福祥锦货铺子位于船舱街口的东北面,铺子由五间房子组成。中间一间作为通道直通后院,两边各是两间铺面。一进铺子,左首柜台外靠墙放着一张八仙桌,两边各放一条长木凳,供顾客休息。半人高的柜台后面是掌柜桌,柜台后依墙的货架上摆满了各色布匹和日用杂货。

董兆元有三个孩子,大儿子董锐文今年十七岁,书念得特别好,年前刚考上兰州师范,去了省城。老二董锐兰今年十二岁,上小学四年级,整天和同学上街演节目搞宣传,嚷着要抗日。董兆元认为一个女儿家小小的年纪,只要好好学习就行了,管什么国家大事!小儿子董锐武才一岁多,听话乖巧,被董兆元和妻子苏玉英爱若珍宝。

吃完饭,董兆元催朱福随自己去西街看昨天刚从上海回来的老东家郭老总。

董兆元让朱福提了两包点心,两人走上陡而长的乏牛坡。沙石路面的乏牛坡在夜色中走起来有些吃力。走到乏牛坡头阴森黑寂的和阳门前,这城门便给人一种威压和恐怖。

董兆元记得这城门楼上曾悬挂过一颗烂木头似的人头。那是一个叫薛十一的土匪头子的头颅。1931年春,薛十一领着几百土匪叫嚣着攻打平凉城,被搬来的救兵陈珪璋领兵打败,土匪头子薛十一被斩首示众,头颅就高高地挂在这城门楼上。本来说是示众三天,或许是忘了,或是为了给后人以长久的威慑和警示,这颗头颅就在城门上悬挂了三个月。血淋淋让人恐惧的头颅由于风吹日晒由血红变成了干红,再由干红变成了黑红,最后变成了一段干枯的烂木头。

走过黑黑的和阳门门洞,就要进入内城了。多少年来这城墙和城门就像一道镇妖的符咒压得平凉城稳稳当当。陇东近百年来虽然风雨大做,有张兆钾、冯玉祥、杨渠统等军阀轮流坐庄,平凉城却从未出现过大的动乱。董兆元不知日本鬼子一旦打过来这平凉城里是什么样子？这高高的城门和城墙还在吗？

经过隍庙，走到不远的南门什字，剧院里晚场的锣鼓家什已经叮叮咣咣地敲响，城里人家也已掌灯。几个卖烧鸡的回族商贩在路边早已点亮昏黄的马灯，撑起高高的烧鸡框子，在黑暗中劈出一片温暖的空间，"烧鸡烧鸡"地在那里吆喝叫卖。

南门什字是平凉城的一个十字街，南城门的街道和主街道在这里交汇，这里较为繁华，平凉城最大的剧院和一些商铺就在这里。

董兆元买了一只又肥又大的烧鸡，让朱福提着继续向西走。

平凉十里长街，到西街郭老总的家要走很长的路。经过县署门口的广场，看到广场内那几棵高大的槐树的黑影，董兆元心里就升起一种庄严。这几棵槐树已有几百年的历史，是明代韩王府门前的遗物。这几年大型群众性集会都在这里召开，这里便成了平凉城政治文化中心。

过了广场到了菜市场，路右边狰狞的大照壁在夜色中让人有些恐惧，黑暗中隐藏的是照壁上那张牙舞爪的飞龙。这照壁左面有一块石碑，上面写着"过路官民下马"的字样，那是明代韩王府门前的下马碑。

广场向西一里多路，郭老总的家就到了。郭老总家是路南的一个四合院。郭老总原是崆峒山下的一个地主，年轻时凭借着家中丰厚的积蓄，在船舱街租了几间门面，开了一个叫荣福祥的锦货铺子，经过近三十年的打拼，锦货铺子一步步扩大，渐渐成了平凉城里有名的商号，郭老总便在城里修了这院子，把家搬进了城里，过起了城里人的日子。

哐哐哐的敲门声在夜晚中是那样沉重，让人如走进了远古的洪荒。沉重的木门从里面缓缓打开，露出一张女人的脸。问："谁？"

黑暗中，董兆元认出那是郭老总的老婆周杏花的面孔，便说："我！"

周杏花认出是董兆元和朱福，便开了门。

2

走进郭老总家院子，一股潮湿之气迎面扑来。踏进青砖铺就的天井，如走进王公贵胄之家一般。迎面一个大而厚重的盛水盆里盛着水，后面是一个方形花园，夏天碗口大的牡丹花，红的、白的、紫的争相斗艳。现在虽然是冬天，可是依然还有着盛夏的旺盛之气。

走进上房，一盏幽幽的清油灯摇摇摆摆地在八仙桌上亮着。董兆元走近，看见郭老总睡在东面大炕上，盖着红色的织锦绸被，枕边放着一个盛着纸灰的老碗。看看熟睡的郭老总，董兆元百感交集，几十年来，就是这个人使自己由一个可怜的乡里娃变成了一个可以指使十几个人的商铺掌柜，并在平凉城里有了一点儿地位，他从内心里感激这个人！

董兆元记得，当年五姐夫领着十二岁瘦骨嶙峋的自己，走进荣福祥锦货铺子的时候，年轻的郭老总正在抽水烟。水烟锅里的水被吸得咕噜噜地欢唱。那时两眼暴圆，穿一身青衣长袍，中等身材的郭老总左手端一个白银水烟锅，右手拿着细长的烟签。郭老总犀利的眼光仔细打量了董兆元一番，对董兆元的五姐夫笑着说："那就说好了，这娃留下，学三年相公出师，三年后顶不成生意你原路领回！"高个子，腰有些佝偻的五姐夫憨憨地笑笑，感激地说："只要能留下，学成学不成就看他娃的造化了！"董兆元便被郭老总留在荣福祥锦货铺子学起了相公。

郭老总是个实在人，每年给董兆元两身衣服，让他跟着铺子里的钱掌柜识字打算盘。董兆元相当聪明，字识了不少，算盘也打得九盘清。铺子里的人都说董兆元长大后一定是块顶生意的好材料！

随着年龄的增大和经验的丰富，董兆元一步步由相公做到了庄客，再由庄客做到了副掌柜、掌柜。

那时，郭老总每次外出调货都领着董兆元，董兆元学会了如何用手捻绸缎感觉质地的好坏，如何对着太阳光识别绸缎的透气性能，如何与坐贾讨价还价，诸事做得认真。时间长了郭老总对董兆元放了心，每次外出有关事宜都交给董兆元，自己便去烟花之地寻花问柳，过起了神仙一般的日子。

由于长期沉溺酒色，郭老总染上了一种手颤头甩的怪病，去上海诊治，时局不稳，郭老总昨天从上海回来了。

周杏花不满地嘟囔着："老不死的，在外面快活够了，落下一身病回来害人！"

周杏花对着熟睡的郭老总喊："当家的，当家的，董掌柜来看你了！"

郭老总没有反应，周杏花要继续叫时被董兆元制止。董兆元示意朱福把东西放在了东北角的圆桌上，自己悄悄坐在炕边等着郭老总醒来。

周杏花把清油灯端近了，董兆元才看清了郭老总的脸。那是一张被病魔折磨得苍白而无奈的脸，沉睡中，嘴角流下的涎水已经濡湿了一大片枕头。董兆元急忙掏出手帕去擦郭老总嘴角和枕头上的涎水。董兆元一阵心酸,好端端的一棵大树就这样快要倒下!这颗大树一旦倒下,自己一家五口的经济来源就没有了着落,自己也要另找活计,受一番艰难!

董兆元二十七岁时结婚,结婚时答应妻子婚后在平凉城里很快修起自己的地方。可是后来有了三个孩子,二十年了还没有建起自己的地方。董兆元心中感到有愧,他发誓要把自己的地方修起来。

一阵呻吟,郭老总翻了个身,睁眼看见坐在炕边的董兆元,便要挣扎着爬起来。董兆元急忙制止:"东家,东家,睡下睡下,不要起来,不要起来。"

郭老总挣扎了两下,嘴里不知咕噜了两句什么又躺下了。董兆元问郭老总的情况,周杏花一一回答。郭老总艰难地从被子里伸出手,抓住董兆元的手,颤抖着,抽搐起来。董兆元安慰:"老总,不要急,不要急,要注意休息,休息休息就好了!"郭老总眼眶一湿,激动得哭了。

董兆元像哄孩子一样安慰郭老总不要难过,人都有三灾六难,过了这个坎就好了!郭老总声音渐渐平息了下来。

董兆元问周杏花:"明天去哪里看病?"

"听说南门什字的名中医廖士英疑难杂症看得好,明天到那里去看。"

"我明天一早来陪郭老总去看病。"董兆元说。

说了一个多小时话,时间已晚,董兆元掏出两个大洋留给周杏花,自己和朱福准备回去。

周杏花正要挽留,房门吱地一响,一个人头伸进来,向房里张望,看见董兆元和朱福有人就走了进来。

"干大来了!"来人亲热地问董兆元。董兆元应了一声。

来人是郭老总的独子郭少总。郭少总瘦瘦的个子,有些驼背。郭老总二十二岁时结婚,妻子周杏花一直不生养。郭老总到处寻诊访医,直到三十五岁时才有了郭少总这个宝贝疙瘩。郭老总夫妇二人高兴得不得了,郭少总小时候常到铺子里来,铺子里人特别喜欢他,你抱他抱,董兆元也把郭少总认做了干儿子。由于娇生惯养,过于溺爱,郭少总从小就不爱念书,在裴举人家读私塾时,常把书包藏在煤仓子里去玩。年龄大一些后就彻底不读书了,整天在外面逛荡。

"出去干啥了?"董兆元问。

"没有什么,出去转转。"郭少总回答。

"干大,我正准备找你要一点钱花,今天你来了正好!"董兆元没有理郭少总。郭少总无聊地在屋里转了一圈,看见炕头上放的钱,眼里放出光彩,上去就要拿钱。周杏花一拍他的手,说:"这钱是给你大看病的,你干啥?"郭少总不理,拿了一个大洋走了。

3

下午四点多,董锐兰在街上募捐回来,一进二门就喊:"妈,妈!"

母亲苏玉英正在屋里纺毛线,听见女儿的叫声停下手中的活儿,答应着起身。苏玉英知道女儿的脾气,不答应女儿会喊得更急。

女儿进屋,看见女儿满身灰尘,红扑扑的脸蛋还没有卸妆,苏玉英就拿起笤帚给女儿扫身上的尘土。

女儿说:"把人累死了,我们童子军在街头演剧,许多人都看得流泪了，行人跟着我们喊抗日口号，要把日本鬼子从中国赶出去！"

苏玉英一岁多的小儿子武儿，跌跌撞撞地跑上来抱住姐姐的腿，嚷着要姐姐抱。

董锐兰摸摸弟弟的脸，右手的食指在自己脸上抹了一点儿胭脂，低头要给弟弟脸蛋上抹。弟弟用小手胡乱挡着，喊："不，不！"转身就跑。弟弟藏在母亲身后，董锐兰笑着追。弟弟围着母亲身子转。母亲说："兰儿，好了，好了！快去洗手脸，洗了准备吃饭。"

母亲一说到吃饭，董锐兰立即感到肚子饿了，脸也不洗就到厨房里去找吃的。

母亲喊洗了手脸再吃！董锐兰没有理睬。

来到厨房，嘟嘟脸胖厨师正在做饭。董锐兰揭开笼盖拿了一个馒头，掰了一块醮了一点儿油泼辣子。嘟嘟脸胖厨师说："大小姐，马上要吃饭了，馍冰着！"没等嘟嘟脸胖厨师说完，董锐兰早已拿着馍跑了。

董锐兰给弟弟掰了一块没有辣子的馍，让弟弟吃。母亲责备："脏猪，连手脸都不洗！"董锐兰做了一个鬼脸，照旧香香地吃着。

吃完馍，董锐兰对母亲说："妈，今天在街上拿着募捐箱募捐，我自己一分钱还没捐，我都害臊！"

一听到女儿要钱捐款，苏玉英心里一沉。自从自己嫁到董家，日子就一直过得紧紧巴巴，结婚前媒人说结了婚董兆元会很快修起房子，没想到结婚后生意萧条，买地皮，修房子便成了空话。二十年来她和丈夫省吃俭用地攒钱，眼看要买地皮了，可是全面抗战爆发，兵荒马乱的，不攒几个钱以后一旦形势不好，逃难就成了问题！

苏玉英对女儿说："这几天家里紧张，过两天再给你！"

董锐兰一听母亲推辞，就气呼呼地说："你不给，我向我大要去！"说着走出屋子。

董锐兰来到铺子，对坐在凳子上等生意的父亲说："大，给我给一点儿钱！"。

"要钱干啥？"

"捐款！"

董兆元正在为铺子里没有生意而发愁，就没有好声气地说："去去去，捐什么款！一天光知道要钱，谁在造钱！"

董锐兰一看父亲和母亲一个样，就嘟囔着说："老师说守财奴整天就知道攒钱，日本鬼子都快要打到家门上了！"

女儿一通嘟囔说得董兆元哑口无言，想发火又发不出来，就瞪了女儿一眼。

账房先生走过来，说："兰儿，给，我这里有十文钱拿去捐款。"

董锐兰不好意思接。董兆元说："不要给娃娃惯要钱的坏毛病！"

董锐兰一听，赌气地一把夺过账房先生递过的钱，进了院子。

昨天考完中期试，今天放假。上午九点多，董锐兰就和几个同学脖子上挂着募捐箱自愿上街捐款。

初冬的上午，平凉街道上，阳光虽然看起来明媚，可是晒在人身上却懒懒的没有一点儿热量。黑色的石板路走上去光溜溜的让人感到寒冷。街道两旁每隔一段路便站着一棵冻得瑟缩的垂柳。临街店铺的门面大多为红色的木制门庭，粗壮的红色木柱，深沉沉的木板看起来很有一些年份，让人想到这城的久远和岁月的悠久。那些垂吊着的幌子随风摇荡，显示着自己的悠闲，街道上常有骆驼和骡马走过。

从城西走到城东的牛屎巷口，要继续向东走。董锐兰停住问："你们还走吗?"几个同学说："过了过店街我们就结束"。董锐兰说："过店街是什么地方，你们不嫌捐下的钱脏?"

过店街是平凉有名的地方，花花绿绿一条街，平凉的妓女多集中在这条街上，政府收着游冶税，挂牌公开经营。董锐兰看不惯那地方，嫌那地方脏，不愿去那条街募捐。

众人表决，拗不过董锐兰，捐款就走到牛屎巷口又向西折。

上午的募捐确实不顺，冷冷清清的街道上少有行人。董锐兰和几个同学走了近十里路没有捐下多少，人都快要冻僵了。

中午十一点多，暖和起来，人才感到一点儿舒适，但是肚子却饿。看到募捐箱里还不到一个大洋，董锐兰有些生气，这平凉城人怎么了？国难当头，这么吝啬，活该当亡国奴！

走到船舱街东口，看见自己家的铺子，董锐兰想跑进去取一块馍，又怕别人笑话，就忍住了。

来到船舱街十字路中心，有人提议他们向北走走，再募捐一些，下午就不出来了！

大家同意，就去船舱街北面街道上捐。走到北沙石滩，几个人又向回返。

回到船舱街东北角要分手的时候，董锐兰感到脚下被什么东西挡了一下，险些被绊倒。回头一看是独臂怪人坐在那里，拿着拐子在有意绊自己。

独臂怪人是平凉城船舱街东北角上坐着的一个乞丐，他断了右胳膊和左腿。半尺多长、红丝丝的左腿根露在裤子外面，搅动着过路人的良心。断臂的袖子空荡荡地挂在身体上,显示着自己的无助。身边的地上放着一把歪七扭八的木头拐子。眼前的地上铺着一块破旧的黄布,上面放着一只黄色破洋瓷缸子和几个铜板。他来平凉时间不长,才有半年多光景。听口音是外省人,起初嘴里一直叽哩哇啦地说什么,时间长了有人才听出他在一直念叨:六二〇王铁汉,六二〇王铁汉。人们便戏谑地叫他"六二〇"。

董锐兰厌恶地瞪了"六二〇"一眼。"六二〇"向她哇哇直叫,吓得同学们四下逃散。

董锐兰跑进屋子,母亲苏玉英正在纺线,母亲停下手中的活儿,问:"怎么了,怎么了?"董锐兰惊魂未定地喘着气说:"六二〇"在后面追我!

母亲苏玉英问:"什么六二〇?"

"六二〇就是独臂怪人!"董锐兰回答。

"他独腿能跑过你?你是不是惹他了?"母亲问。

董锐兰说:"躲都躲不及,谁还敢惹他?"

4

第二天早晨,董兆元叫了一辆轿车,拉着郭老总去南门什字廖士英中医诊所看病。廖士英为郭老总把了脉,安慰董兆元和周杏花,郭老总是身体有病虚弱,路上又感风寒得了重感冒,人就躺倒了,吃上几服中药,调理调理慢慢就会好了。廖士英为郭老总开了三服中药,让回去熬着吃,吃完以后再来看。

把郭老总送回家,安排好一切,董兆元一回到铺子,账房先生就说:"掌柜的,甲长又来催粮草款子了,说限今天下午六点以前一定要交齐!"

董兆元一听,又要交粮草款子!前几天广播里说丢了东面几个重要城市,这国不爱不行,说不定哪一天日本鬼子真的打上门来,自己攒的钱再多地方也修不成了,就问账房先生:"今天生意怎样?"

"到现在只卖了两个大洋。"

"够不够交粮草款子?"

"还欠一个。"

董兆元想想说:"那我就把家里钱先垫上交了,以后铺子里有钱还我。"

董兆元回到家,妻子苏玉英正在纺毛线。看见父亲,武儿扑上来要父亲抱。董兆元摸了武儿的头,让武儿去玩,自己有事。武儿去玩了,董兆元去柜子里取钱。妻子苏玉英问:"你取什么?"

董兆元回答:"取一点儿钱,添上交粮草款子。"

一听添钱,苏玉英心里一疼。柜子里的钱是夫妻二人二十年来一分一厘攒出来的,准备买地皮修地方,这钱按以前的规定只能进不准出,现在要拿出去了,苏玉英就心如刀剜,想阻挡丈夫又不能开口,只好忍住,眼看着丈夫拿着一个大洋走了!

董兆元坐在铺子门口,呆呆地望着铺子外面街道上来来往往的行人想心思。世事难料,世事难料,听说日本鬼子侵略得急,在打京城南京,南京可不能丢,丢了南京就是丢了国家的灵魂,那时中国要彻底完了!

忽然外面有人喊:"裴举人到!"

一听裴举人到,董兆元一个机灵,赶快去挑门帘。

裴举人是清末平凉城最后一位举人,曾当过两任县长,一任甘肃省教育厅厅长，后来不满官场的黑暗弃官回乡做起了乡绅。他耿直孤傲，嫉恶如仇，是荣福祥锦货铺子的股东之一。

董兆元揭开门帘，只见身着蓝色布袍的裴举人右手捏着文明棍的脖子，像提着一只死鸡，腰板挺直向铺子里走了进来。

董兆元忙把裴举人向后院自己家的屋里让。裴举人没有理众人，径直穿过铺子走进了里院。

来过二道院，董兆元向里院喊："裴举人来了！"

东厢房里吱吱吱的纺车声停了，苏玉英揭开了门帘迎接裴举人。裴举人对苏玉英点点头，算是一个招呼，直直走进了屋内。

屋子里一片凌乱，房子中间的地上放着一辆纺车。纺车旁堆着一堆羊毛卷。苏玉英不好意思地说："屋里太乱了。"动手就去收拾。武儿看见裴举人，吓得抱住母亲的腿。

"放开，让妈去取掸子。"

苏玉英拿着掸子掸净了椅子上的尘土，让裴举人坐了。董兆元递上了茶水。

裴举人抿了一口茶水，把杯子放到八仙桌上，说："董掌柜，鄙人这次来是为了赈济乡亲们的事。你知道，这几年平凉乡下连年大旱，遭了年馑。临近年关，我老家的乡亲们许多人家揭不开锅，为帮乡亲们渡过难关，我准备抽五百个大洋的股去救济。"

董兆元一听裴举人要抽五百个大洋的股，倒吸了一口冷气，这真是屋漏偏逢连阴雨，铺子里生意不好，偏偏裴举人这时来抽股！

"裴大人，您的义举我十分敬佩。可是您想想这几年世事混乱，您年龄大了，还是把钱放在铺子里以防日后急用。这样抽下去您会坐吃山空的！"

"不要紧，老夫家乡只有老夫一人为官，老夫不救他们谁救他们？股的事等我以后有了钱再入。"裴举人说。

"抽股要郭老总同意，您还是去找郭老总吧！"董兆元说。

"老夫先给你打个招呼，你准备钱，老夫去给郭老总说。"

董兆元知道裴举人的脾气，只要裴举人认定的事，纵使十头牛也拉不回来，况且这积德行善的事，裴举人做定了！

"铺子里这段时间生意不好，这么多钱恐怕一时半会儿也给您凑不齐！"

裴举人站起来，文明棍一捣地说："这是啥事？救人的事，人命要紧，两天凑齐！"

铺子里一片阴冷，关门时裴举人从郭老总家回来，告诉董兆元，郭老总已说通，不信明天你去问，后天下午五点我来取钱。

这钱从哪里来？裴举人是说一不二的人，郭老总处他是肯定去说了，难的是钱自己一时半会儿拿不出！

没有办法，董兆元只好让账房先生赶紧算账，看铺子里能抽出多少钱来？

关了门，账急忙算不出来，进去准备吃饭的人等得有些心急，苏玉英指使朱福出来看。董兆元见朱福出来在门口催，就不耐烦地摆摆手说："滚滚滚，进去，不要急了，饿不死！"朱福碰了一鼻子灰，脸一红悄悄走了。

两个人正算着账，女儿董锐兰又出来叫着吃饭。董兆元一见女儿气不打一处来，气呼呼地怒斥："走，今天你早回来了就急着吃，平时怎么不见你人影？"

女儿被骂，赌气走了。

账房先生说今天铺子里连本带利只卖了两个大洋十二

文钱。

一整天还卖不到三个大洋,董兆元就愁闷起来。两人回到里院与大家一起吃饭,饭桌旁不见了女儿董锐兰,董兆元问妻子:"兰儿哪里去了?"

"学校里有事,吃过先走了!"妻子说。

"娃娃都是让你惯的,不成样子了!"董兆元责备着妻子。妻子气得瞪了丈夫一眼。武儿不知好歹,在母亲怀里闹腾,被母亲照屁股拍了一巴掌,武儿就哭了。

吃完晚饭,众人要散,董兆元叫住众人,告诉众人饭后稍微休息一下,晚上把这三个月的点盘一下。

两盏清油灯昏黄的光把空旷的铺子照亮,全铺子人都忙忙碌碌地点货登记。董兆元这里指指,那里看看,直到夜里十二点多才盘完。其他人去睡觉,董兆元和账房先生盘算这几个月的营业情况。董兆元希望铺子里这三个月来的收入能好一点儿,好给裴举人退五百个大洋的股。

董兆元念着数字,账房先生噼里啪啦地打着算盘。整整算了一个多小时才算完。账房先生报了数字,董兆元听后情绪一落千丈,这三个月来铺子里没有赚下多少钱,扣除过房租和工钱,算起来铺子没赚钱还赔了!

董兆元不由得长叹了一口气,对账房先生说:"回去休息吧!"

黑黑的院子走起来有些害怕。董兆元敲门,妻子开了门。进门妻子关切地问:"才盘完?"董兆元嗯了一声没有说话。妻子苏玉英感到丈夫的情绪不好,知道铺子里的生意肯定不行,就不再追问,让丈夫赶快睡。

裴举人要的钱从哪里来?董兆元苦无良法,夜很深了还是睡不着，急躁地翻了一个身。

妻子见丈夫辗转反侧，就问丈夫在想什么？董兆元只好说了裴举人退股、自己算账的事。

"铺子里生意不行，你说裴举人退股的钱从哪里来？"妻子问。

"我正要问你。"董兆元叹了一口气。

"怎么办？你也知道现在家是一个什么样子，文儿兰州上学要学费，全家人也要吃穿，总不能把家里攒的那点钱都垫上去给人退股？退了股，我们以后买地皮修地方的钱在哪里？"

5

董锐兰怪父母吝啬，每次捐物捐款自己都落在后面，几次她想和父母翻脸，而她的同学田崇慧的父亲田寿丞却大方多了！

田崇慧的父亲田寿丞大个子，光头，他常穿着一件脏不兮兮的、自己用草木灰染成的灰布袍子。不知道的人在路上碰见了还以为碰到了一个倒霉的乞丐。当年，田寿丞在县上做卖面的小贩，把磨的头道白面拿到集上去卖，自己吃剩下的黑面。由于父母双亡，无钱娶妻，最后娶了一位寡妇为妻。

有了一点儿本钱后，田寿丞来到平凉做生意。先是担着担子在街上卖菜，后来在船舱街开了一间药铺，一面卖药一面收购中药材。后来生意越做越大，在兰州开了水烟铺子，宝鸡开了粮行。他有三个儿子。大儿子在兰州开水烟铺子，二儿子在宝鸡开粮行，三儿子田崇慧比董锐兰高一级，上小学五年级。

田寿丞虽然是有名的吝啬鬼，可是对小儿子田崇慧却非常宠爱，小儿子一要钱捐款，田寿丞马上就给，出手还相当的阔绰，董锐兰从心底里佩服田崇慧的父亲田寿丞。

这几天学校训练童子军，董锐兰和田崇慧都参加了。田崇慧是五年级大队长，董锐兰是四年级二班中队长，两个人经常见面。每天下午四点至五点先是一个小时的训练走正步，后来是跑步和拼刺刀。一个年级一百多人只有六支木枪轮流着训练，每个人只能练习那么几下，董锐兰觉得很不过瘾！

下午放学排队向回走，走到和阳门队伍就散了。同学们都嚷着训练的木枪太少练不好，如果自己有一支木枪就好了！

下了乏牛坡快到船舱街口，董锐兰问田崇慧你不是平时日鬼大，给咱们一人弄一支木枪？

田崇慧说现在木头少，我也不知到哪里去弄？

一天，一个同学悄悄告诉田崇慧，他这几天弄了一条棍子，使起来太像木枪了，感觉特别好！田崇慧问在哪里找下的？那同学神秘兮兮地看看四周无人，就对田崇慧说柳湖东南角有一片小柳树林，偷砍一棵做木枪就行了！

田崇慧问天这么冻，柳湖里有人看，树怎样砍？那同学说趁看的人中午回去吃饭，偷着砍就是了！

田崇慧想再问，那同学不耐烦地说一切靠你，你要砍就去砍，不砍拉倒！

下午，放学路上田崇慧给董锐兰说了柳湖砍树的事。董锐兰说柳湖的柳树，老师讲是清朝左宗棠带兵路过平凉时栽的，不能乱砍！砍了犯法！田崇慧说没事，只要做得神不知鬼不觉就行了，一切还不是为了抗日？

两个人商量了好长时间，决定提前侦查好，星期天动手。星期四中午，两人忙忙回家吃过午饭出来相会了，背上书包就去柳湖。

柳湖在平凉城西街北面的一个土台下,这里明代时是平凉韩王府的后花园。清代中期,左宗棠带兵路过平凉去新疆,在这里栽种柳树,所以这里柳树成荫。一眼清泉在西南角的半崖上汩汩而出,常年不竭。

两个人急急忙忙来到柳湖,按照那位同学说的,在柳湖的东南面找到了那片柳树林。两个人远远目测了情况,装作无事的样子看风景,去找看守的人。

虽然是寒冬,柳湖的左公柳落光了叶子,但是枝丫在头顶交织着要网住头顶的天空一般。湖面也结了冰,冷白冷白的,有着细微的呵噜呵噜的裂响。

两个人沿着湖边转了一圈没有见到一个人,到了西北角的观澜亭,几个学生在湖边踱着步读书。两个人又东张西望地沿湖转了一圈儿,田崇慧听到西北角钟声响了,才忽然醒悟过来,说:"快跑,上课了!"

董锐兰一听,时间确实不早,两个人背着书包急急忙忙向学校跑。

等跑到学校,一节课都下了,两个人趁课间分头跑进自己的教室。

一进教室门董锐兰暗喜,幸亏没碰上老师!

"站住,你怎么才来?"有人怒吼。

董锐兰一愣。倒霉,正好与老师碰了个满怀。董锐兰脸一红,不知怎样回答。"走,去我办公室!"

董锐兰跟着老师来到办公室,董锐兰被老师劈头盖脸地批评了一顿。

下午回家的路上,董锐兰怪田崇慧出的好主意,棍子没有弄成，还挨了一顿臭骂！

田崇慧说明天我还去，你不去算了，砍下没有你的份！董锐兰虽然口头上责怪田崇慧，可是心里却不甘。晚饭后，黑暗中在煤仓子跟前拿铁锨当枪练了一会儿，总觉得不顺手，明天又想去柳湖。想想自己白天把话说绝了，不知怎样给田崇慧说。

第二天早晨两个人去上学，董锐兰故意问田崇慧今天中午你还去柳湖？田崇慧说去。董锐兰说去了是不是会被人抓住？田崇慧说我们现在又不是砍树，谁知道我们去干什么。董锐兰说那我中午也去！

吃过午饭，董锐兰又随着田崇慧去柳湖侦查。不过这次专门满柳湖找看守的人，到了快上课时，才通过花墙发现西北角的墙下有一个老汉在抽烟晒太阳，好像就是看柳湖的人。

星期六，两个人又去柳湖侦查了一番，田崇慧碰见了两个同学，其中一个就是给他提供信息的。看见他们两个，那个提供信息的同学诡异地一笑对面走过了。田崇慧和董锐兰来到柳湖的西北角，那个看守的老人又在晒太阳。

明天是星期日，要动手就要明天动手，今天必须侦查好，错过明天又要一周，董锐兰和田崇慧都焦急起来。

离开的时间马上就要到了，两个人正准备动身时那个抽烟的老汉才起身，拍了拍屁股上的土，出了苗圃，看来要回家吃饭。

两个人记下抽烟老汉回家的大概时间，急忙向学校跑去。

吃了晚饭，董锐兰在厨房门后找斧头，斧头不在。嘟嘟脸胖厨师问："大小姐，你在找什么？"董锐兰问："咱们的斧头呢？"嘟嘟脸胖厨师说："外面铺子里拿走了，朱福说明天要劈柴。"

董锐兰一听坏了，不用斧头，斧头闲放着，一用斧头，斧头就不在了!

董锐兰想向朱福要,又害怕父亲知道暴露了计划,心里想着斧头,一夜都没睡踏实。

第二天九点多,董锐兰去厨房看,斧头还没有拿进来。董锐兰心急出去看,朱福正在院子里慢慢吞吞地劈柴。董锐兰让朱福劈快些!朱福白了董锐兰一眼,说:"你嫌慢你来劈?"中午十一点多,朱福才把柴劈完,董锐兰拿了斧头藏进自己的房里。吃过午饭,与田崇慧会合了,揣着斧头急忙向柳湖方向跑。

两个人跑进柳湖门,董锐兰感到气氛有些不对,柳湖里阴森森的。

两个人来到西北角的苗圃,通过花墙偷偷向里一看,不由得大吃一惊!

原来,给田崇慧提供信息的那个同学被那看林人抓住了,正在挨训。同学旁边放着一把斧头和一个被砍得精光的小柳树。那个同学在哭!

田崇慧和董锐兰一看腿都软了,悄悄地缩下了头,顺着墙根溜走了。两个人跑回学校,一直到上课那个同学还没有回来。

下午第二节课,看林老汉带着那位同学来了,找到了学校督导处。学校督学批评了那位同学,让他叫家长,罚款,做检查,整得那个同学痛哭流涕。

董锐兰吓得把斧头藏在桌箱里只怕被人发现,庆幸在柳湖里两人没有动手,不然他们和那同学命运一样!

总不能因噎废食,董锐兰回家找能做枪的东西练刺杀。找来找去,只有铲炭的铁锹。可是铁锹练刺杀头重不好用。董锐兰央求嘟嘟脸胖厨师想办法。嘟嘟脸胖厨师二话没说拿着刀掰开锹头上钉的钉子，在房檐台上咣咣咣地把铁锹头卸了下来，把锹把交给董锐兰练刺杀，让她练完后赶快把铁锹头安上。董锐兰高兴地拿了锹把，去二院的柴棚对着墙，杀杀杀地练起来。

6

好不容易熬过中午，董兆元立即去找对门自己的好友，壶济堂的老总田寿丞借钱。事不凑巧，壶济堂的相公告诉董兆元，田老总前几天去了宝鸡还没有回来！

从壶济堂出来，董兆元有点沮丧，想想还是找杨大人去吧！

杨大人是平凉城红帮的一位袍哥，在平凉很有些势力。家住在北后街城墙根下，与董兆元交情甚好，董兆元有解决不了的难题就去找他。

杨大人家开着酒坊，宽大的四合院子，院中三间瓦房，两只窑洞。杨大人一面照顾着自己的酒坊，一面在赌场保场子。他家的酒取柳湖的暖泉水酿造而成，泉冽酒香，他的酒坊酿造的柳湖春烧酒在西北很有名。

杨大人见董兆元来了，就安顿垆头把酒窖里的柳湖春烧酒拿一坛来，他与董兆元好好喝几口。董兆元说自己有事，改天一定要喝。两个人在屋里坐定，杨大人问何事？董兆元说了事情的原委。杨大人说这几天自己刚进了原料，手头紧张，让董兆元隔五六天再过来，他给董兆元倒一些。董兆元一听远水救不了近渴，就急忙告辞，另去想办法。

从杨大人家出来，已经是下午三点多。

董兆元在天丰元皮行找到中等个子，留着一把雪白长髯的海老总。海老总海振兴是平凉商会的会长，平凉抗日救国联合会副会长，回族，做皮毛生意。海老总家里开着三个皮行和一个钱庄。年轻时海老总家贫如洗，起初靠吆牲口贩运为生。中年以后贩卖皮货，生意越做越大，平凉城十几家皮毛商行中，他开的天丰元皮行较为有名。

两个人客气一番，海振兴问："董掌柜找我有事？"

"我铺子里这几天紧张，想在你恒信钱庄贷点儿钱？"董兆元回答。

海老总看看董兆元，怀疑董兆元的偿还能力。海老总知道董兆元锦货铺子的东家郭老总这几年吃喝嫖赌不管铺子，铺子里的生意一落千丈，闹不好铺子倒闭，给他的贷款无异于泥牛入海！

"董掌柜，这几年谁的生意都不好做，我的钱庄贷款要有保人或抵押，你还是找两个保人或抵押来贷款吧！"

董兆元说："我把铺子押上。"

"铺子不是你的，你说了不算，要抵押需要郭老总说话。"

董兆元一听问题严重，就说："我们东家刚从上海回来，有病不便走动，你就看在我们过去的交情上给我贷一点儿？"董兆元和海老总过去确实有一段交情。以前，董兆元去武汉调货，经常和海老总搭帮。这次董兆元来贷款，海振兴本来想给贷一些。可是一想到郭老总有病，郭老总的儿子不学好，海振兴心里害怕，就坚决要董兆元找保人或抵押！

找谁做保人，拿什么做抵押？平凉城里除过裴举人、田寿丞、杨大人与自己关系最铁以外，还有几个人关系可以？

给裴举人退股，让裴举人做保人那简直是自欺欺人。让田寿丞作保，田寿丞现在远在宝鸡，根本用不上，看来只有杨大人了。董兆元问海振兴："杨大人做保人可以?"

海老总笑了，说："我们生意人踏踏实实做自己的生意，帮会的人我看还是免了吧?"

董兆元碰了钉子，只好到中街银通钱庄去贷。

来到银通钱庄说了贷款的事，钱庄赵老板和海老总一样，要保人或抵押。

好说歹说赵老板就是不贷。没有办法董兆元出了银通钱庄，一缕悲哀袭上心头，这个世上借钱就这么困难?

迎面有人喊："董掌柜，董掌柜，叫你回去吃饭!"董兆元从胡思乱想中醒过来，一看是朱福在喊自己，想想时间确实大了，就随着朱福回家吃饭。

暮色沉重，归鸟飞尽。苏玉英久等不见丈夫回来，就抱着武儿到街道上去看。

一阵当啷当啷的驼铃声从东边传来，一队骆驼走了过来。拉骆驼的小伙子看见苏玉英和武儿就热情地打招呼："武儿乖，掌柜夫人好!"

苏玉英一看是自家后院住的骆驼客，就问："骆驼客，刚回来?"

"就是，这长路把人走怕了!"

苏玉英知道骆驼客长年在外拉骆驼运货的辛苦，就说："把骆驼放下了赶快回来休息!"骆驼客答应了一句，就拉着骆驼去了驼行。

苏玉英看见朱福陪着丈夫回来，抱着武儿跟进了院子。晚饭后回到屋里，苏玉英问丈夫："钱借得如何?"董兆元回答一句："这年月，借钱难啊!"

苏玉英问:"你没到田老总那里去,田老总不借?"

"不是不借,田老总人远在宝鸡,找谁借?我去杨大人那里,杨大人说这几天手头紧张,钱没借下!"

苏玉英一听发了愁,裴举人的期限是两天,一天已经过去了!

7

董锐兰搞不明白父母为什么把钱看得比他们的命都重!老师说国难当头,钱能买来国家的安宁吗?钱能让日本鬼子退出中国吗?即使你钱再多,不去购买枪枝弹药,不去武装自己的士兵,不去打击敌人,只是把钱装在柜子里、口袋里,敌人因为你有钱,能自动跑了?

董锐兰走进铺子,账房先生喊:"大小姐,大小姐,过来一下。"董锐兰走过去问:"什么事?"账房先生说:"你大了要懂事,再不能惹掌柜的生气了!"

董锐兰白了账房先生一眼。

董锐兰回家一放下书包,嘟嘟脸胖厨师就叫她和母亲过去吃饭。

饭堂里进来吃饭的相公早已坐定。苏玉英一看丈夫的脸色,就知道钱的事还没有着落。嘟嘟脸胖厨师把饭端上来,饭是荞面节节,董锐兰从小就不爱吃荞面,嫌荞面节节腻腻地吃起来如软泥一般。董锐兰生气地坐着不动筷子。嘟嘟脸胖厨师一看小声说:"大小姐快吃吧,不吃荞面就没有吃的了!"

父亲董兆元早已忍耐不住,把端起的饭碗向桌子上一顿,筷子一拍说:"要吃就吃,不吃算了,哪里来那么多毛病!"

董锐兰一听转身就走。苏玉英急忙拉女儿,女儿已经出了饭堂。

苏玉英把武儿向朱福怀里一塞,就要出去看女儿。董兆元说:"不要管,都是惯下的毛病!"口里虽然这样说着,心里还是惦记着女儿,就由妻子出去看。

苏玉英来到房里,女儿坐在炕边生闷气。苏玉英告诉女儿不爱吃荞面就不吃,不要和大人闹别扭,这几天大人心里也不好受!

女儿迈过头去说:"不好受啥,钱钱钱,一天到晚你们想的就是钱!把钱都拴到肋子上了!"

苏玉英感叹女儿不理解大人,就说你一天不吃这不吃那的,铺子里生意那么差,这样下去日子一长恐怕连荞面都吃不上!

母亲哄着女儿:"你大了,要懂事听话,这几天裴举人要退股去乡下救灾,你大正为凑钱到处想办法,你还是少给大人添乱!"

董锐兰一听父亲是为给裴举人凑钱救济乡亲的事而发愁,心自然就软了,感到自己错怪了父亲。苏玉英见女儿不说话,就给女儿许愿,让她回去吃饭,走学校时她给女儿给钱,不让她丢人!

下午上学走时没等董锐兰开口,母亲就从柜子里拿出二十文钱交给女儿,董锐兰数了数高兴了,拿着钱背着书包,跳着跑着上学去了。

女儿走后董兆元回房休息,苏玉英试探着问丈夫借钱的事。董兆元说:"现在郭老总那么个样子,郭少总又不学好,谁敢作保?"

丈夫到铺子里去了,苏玉英带武儿织毛线,心里想着保人和抵押的事，几次机子上的毛线都断了。武儿拿来一个羊毛卷，苏玉英气得一把拍在地上，武儿坐在地上哭，看看地上，苏玉英忽然大悟，五姐家不是有地、有地契吗，地契可不可以做抵押？

苏玉英哄好武儿，就出去找丈夫。给董兆元说了借五姐家地契的事。董兆元说亏你想得出，我五姐和五姐夫年龄都那么大了，身体又不好，只有一个后人，全家人就靠着那几十亩地生活，拿地契做了抵押，以后如果我们把钱还不上，他们的地就让人拿走了，让他们喝西北风去？

被丈夫数说了一通，苏玉英只好抱着武儿又回屋里去了。整整两个多小时，董兆元没有想出一点儿办法。眼看裴举人要钱的期限一步步逼近，还是到八盘磨五姐家去借地契，地契借来抵押贷了款，以后按时还上贷款，把地契拿回来！

主意一定，董兆元赶快回屋换了衣服，在铺子里给五姐拿了一斤点心，出门叫了一辆洋车直奔五姐家。

不到半个小时就来到东郊八盘磨。八盘磨离城四里多路，紧挨着西兰公路北面的平凉军用飞机场。一条向东的河流把村子和飞机场隔了开来。在八盘磨村口，董兆元下车付了车钱，徒步走进村子。

五姐家在村子中央，篱笆做成的院墙，院子中几间小土屋。董兆元在外面喊五姐来给自己挡狗，喊了两声里面就有人应了。五姐给弟弟挡狗，说："你来就行了，还拿什么东西？"

董兆元说："时间长了没来，来看看姐姐姐夫。"

不见姐夫的身影，董兆元就问："我姐夫干啥去了？"五姐刚要回答，就听五姐夫在房里喊元娃来了！

董兆元应声进了屋，五姐的儿媳妇上前打了招呼。董兆元看见五姐夫躺在炕上。董兆元问:"五姐夫你怎么躺在炕上?"

"这几天身上有点儿不舒服。"董兆元问:"病看了没有?"

五姐夫说:"不看,没有多大的事!"

五姐的儿媳妇沏了茶。董兆元问五姐的儿子宝贵哪里去了?五姐回答去了地里。

说了几句闲话,姐夫下了炕,董兆元就直奔主题。

五姐一听弟弟要借自己家的地契贷款,面露难色。五姐看看丈夫,丈夫也一脸为难不说话。董兆元一看难住了姐夫,只怕姐夫不同意。

五姐夫装了一锅旱烟,点着,抽了两口,叹了一口气就要说话。五姐的儿媳妇看着公公。董兆元的心就一下子提到了嗓子眼上。

五姐夫慢慢吞吞地说本来地契我们不借,我和你五姐要拿它保命,可是你开了口,就借给你。不过丑话说在前头,三个月你要想办法还了贷款,把地契拿回来,不然地契我们就不借!

五姐的儿媳妇听了要给董兆元借地契,明显不高兴。董兆元不管这些,只要解了燃眉之急。董兆元急忙表态三个月一定还上贷款,把地契拿回来!

五姐在柜底掏出了五十亩的地契,说:"我们不去人,钱庄肯定不贷款,你有病让谁去呢?"

五姐夫说:"这么点小病没有多大问题,我快去快回!"董兆元听见姐夫表态要去,心里甚是感激,保证让姐夫快去快回。五姐放心让丈夫带着地契随董兆元去了。

出得门来,步行去城里,董兆元心里后悔把轿车支走,不然拉着姐夫进城。

路上,董兆元想赶时间走快,可是姐夫有病,脚步迟缓,董兆元只好放慢脚步随了姐夫。

两个人来到恒信钱庄,钱庄正要关门,董兆元让钱庄掌柜看了地契。钱庄掌柜仔细辨认了地契,又向董兆元的五姐夫核实了情况,有些为难地说四百个大洋钱庄里今天现钱不够,只有三百个大洋,不行你明天来贷?

董兆元知道裴举人说一不二的脾气,就说先贷三百个大洋吧!

三方签字画押,各持一份契约,契约上写清三个月还清贷款,逾期契约上的土地归钱庄所有!

董兆元叫姐夫到家里吃了饭再回去,姐夫要马上回去。出了钱庄,董兆元给姐夫买了一斤点心,又叫了轿车,付了钱,让轿车拉姐夫回去。

姐夫走后,董兆元拿着三百个大洋回到家中已接近下午五点。裴举人马上要来,还差二百个大洋,这二百个大洋到哪里去借?

董兆元和妻子如热锅上的蚂蚁焦躁不安,董兆元要出去再借,苏玉英知道这么点时间丈夫出去也是白跑,就对丈夫说:"那就把家里攒的那点儿钱全垫上,以后铺子里有钱我们再拿回来。"

妻子打开柜子,翻箱倒柜,小心翼翼地从柜底掏出一个布包,放在炕边。取出十个大洋,剩下的二百个大洋和贷的三百个大洋包在一起,等着裴举人来取。

董兆元家柜子里藏的这二百一十个大洋,是董兆元夫妻两人二十年省吃俭用省下的,他们原准备明年买地皮修房子,没想到因这事就这样白白让人拿走了二百个大洋,自己只剩下十个大洋!苏玉英心里难过得想哭。董兆元也不说话,两个人等裴举人来。

五点半钟，裴举人如约而来，带人拿走了五百个大洋。

夜里熄了灯，躺在炕上，两个人都不说话。日子怎么这么难过？这一切都是命吗？

董兆元想自己小时候家里租种了别人的三十亩地，兄姐六人吃饭时端着饭碗，排队等母亲舀饭。自己十岁时父亲去世，十二岁时母亲又去世。家中无钱埋葬母亲，只好用半截烂木柜把母亲埋了。五姐看抑郁寡欢的哥哥和老实本分的嫂子根本照顾不了幼小的弟弟，就把十二岁的弟弟从家乡领了出来，到平凉城里学生意。

想起自己小时候的困难，结婚后二十年的打拼，董兆元觉得自己的命太苦，奋斗来奋斗去几乎又回到了原点！

第二天早晨早早起床，苏玉英到隔壁叫女儿去上学，董兆元看见妻子两眼肿胀得像两个核桃。董兆元知道妻子昨晚哭了！

铺子开门不久，就有人来告诉董兆元，南京城丢了！

董兆元轰地一下感到天昏地暗！他本来还盼着国军能打胜仗，可是连国都都丢了。中国完了，日本鬼子就要来了！一个偌大的国家，让一个弹丸之国打得连国都都保不住，我们马上就要成亡国奴了！

8

国都南京失陷，日本鬼子在南京大开杀戒，屠杀我们的同胞，国要亡了，同学们抱头哭了！

祖国，祖国，在董锐兰这些孩子们心中多么神圣，可是一夜之间我们的国都就这样破了，怎能叫人不伤心？祖国，多灾多难的祖国!

董锐兰与班上同学去老师那里请缨,老师安慰他们,中国人民会打败日本侵略者!不要急躁,你们还小,要练好本领,时刻听从祖国的召唤!

董锐兰觉得自己急需一支木枪,练好本领,去抗日战场杀敌!

董锐兰去找田崇慧,田崇慧正好从老师办公室请缨出来。董锐兰问你们班情况怎么样?田崇慧说老师让我们不要急躁。有的同学嚷着要私自到抗日前线去!

两个人交流了信息,商量好下午放学后在和阳门见。

下午放学后,两个人在和阳门见了,觉得上战场他俩确实还小,现在最重要的是练好本领再上阵杀敌!

天气渐渐冷起来,前线又传来不好的消息,日本鬼子继续向南推进,前线将士既要和鬼子作战,又缺乏寒衣,遭受着严寒的袭击,全社会发动起来给抗日将士捐棉衣。

吃过午饭,饭堂里父亲和嘟嘟脸胖厨师说话,董锐兰看着父亲迟迟不走,父亲有些奇怪。董兆元和嘟嘟脸胖厨师说完话,董锐兰就向父亲要钱捐款。

董兆元一听又要捐款,心里一疼。前几天裴举人刚拿去五百个大洋,掏空了自己的老底。现在全社会都在捐款,这款要捐,就是捐了不知这仗能不能打赢?

董兆元给女儿给了十文钱让女儿去捐。女儿可能嫌少,一脸不高兴的样子。

过了几天,苏玉英收拾自己的包袱,发现包袱里女儿董锐兰小时候戴的银镯子不见了。苏玉英记得自己确实把它放到了包袱里,可是怎么不见了?苏玉英以为自己记错了,就把此事没放在心上。

一天,女儿的同学张月梅来家里叫女儿上学,两个人说话,张月梅说前几天抗日捐款你捐的最多,是我们学校的第一名!苏玉英发现女儿急忙给同学使眼色。苏玉英就觉得有些蹊跷,这段时间女儿没有向自己要钱捐款,女儿哪里来的钱呢?

本来银镯子不见了,苏玉英就对女儿有些怀疑,女儿走后又到处翻着找,找不见,苏玉英估计女儿偷去捐了!

吃过晚饭等丈夫出去,苏玉英一本正经地问女儿,是不是你把银镯子捐了?

女儿先是不承认,后来一翻脸说:"那是我的东西,我想怎么捐就怎么捐!"

"不管是不是你的东西,娃娃卖东西总要给大人说一声!"

"给你们说什么?一个个的守财奴,守着钱不放,给抗日捐款就没钱了?和你们这样的人说什么?"

1938 年

1

太残忍了,一下子杀了三十多万人,烧杀抢虐,这简直禽兽不如,会遭到天谴的!董兆元骂着日本鬼子的南京大屠杀,想想自己要早早准备好退路,不然等日本鬼子来了,跑都来不急了!

跑到哪里去呢?城里不安全,还是到乡下去。老家,还是回老家去!老家乡下的农村要比城里安全。先回老家,再看形势!

有位固原客商来铺子里批发东西,董兆元正看相公给固原客商向马车上装东西,听见有人喊哥。董兆元回头一看老家的堂弟董玉柱来了,就给账房先生安排了具体事宜,把董玉柱带到自己屋里。

一见老家有人来,苏玉英很高兴。先给堂弟倒水,去厨房安顿嘟嘟脸胖厨师赶快做饭,又端了些馍,让堂弟先吃点馍垫垫肚子,饭做好了吃饭。

堂弟吃了馍,松了口气。董兆元问:"二爷可好?"堂弟说:"好,只是年龄太大,有些走不动了。"

董兆元又问自己的哥哥可好？堂弟说这次来就是为了这事。

堂弟说大哥这段时间病情又重了，整天在家胡打胡闹，有时不回家，家里人拿他没办法，我爷让你回去看一趟！

应该回去看一趟，好长时间没回家了！自从自己离家以后，哥哥又生了三个孩子，日子一天比一天过得困难。可能是日子穷，思想压力大的缘故，哥哥的神经越来越不正常，常常在家打闹，有时出走，不知回家。

饭做好，董兆元安排堂弟吃了，晚上留在铺子里和相公睡。

第二天吃了早饭，堂弟出去办事。办完事回来，午饭后就要回去。董兆元给堂弟给了回去的盘缠，又给二爷和哥哥家捎了东西，答应隔几天一定回去。

送走堂弟董玉柱，董兆元心里便有了事儿，自己的亲哥哥自己不关心就再没有人关心了，自己要尽快回去！

董兆元收拾好了回家的一切，带上朱福回家了。

走到赵寨塬头，对面，青色的锦屏山如一块巨大的屏障，守护着脚下的崇信城。蜿蜒的锦屏河极像一条飘带，把长长的川道一分两半。锦屏河河边，有轻柔的杨柳，哞哞叫的老黄牛。崇信县城就处在锦屏河的南岸。这座县城的街道上，有自己小时候蹒跚学步的脚印。然而这美好的一切都被母亲的去世打破了，母亲饿死在自家破窑里，几个姐姐锯烂了家里的柜子把母亲埋了。

家乡的一切，留给董兆元的只有苦难和饥饿！现在在金色的太阳下，只有那默默的黄土，还有那干枯的树丫。

推开自家破烂的柴门，对面两孔破窑，院子里嫂子正在用簸箕收拾糜子，见是董兆元，嫂子放下手中的活儿，喊房里正在做饭的小女儿，你叔回来了。小侄女迎出来，接了董兆元拿的东西。

看到弟弟，嫂子满含泪水。董兆元问哥哥哪里去了？嫂子说你哥哥这段时间病又重了，到处胡跑，可能到学校去了。哥哥小时候上学，只记下了学校，所以病一犯就到学校去！

董兆元和朱福在窑里休息，嫂子让小侄女去找哥哥。一会儿哥哥被找回来，呆呆地看着董兆元不说话，陌如路人。董兆元一阵心酸，这就是自己的哥哥，一个让生活折磨得畸形了的人！

嫂子给哥哥说兄弟回来了，哥哥不说话，转头去找自己的那些工具。

哥哥小时候上学，听老师讲火药是用木炭和硝制成的，就爱捣弄木炭想制造出火药。

果不其然，哥哥找到了他捣木炭的石椎和一堆木炭，出去坐在院里的阳光中，咚咚咚地捣起木炭来。

董兆元转着看了一下自家院子。院子更加破败，窑面有些地方已经开始淌土，墙头也出现了多处豁口。满院杂乱的东西，让人一看就心酸。

别人谁都可以卷铺盖回老家，而自己却不能回来与哥哥一家来争乡下这两口烂窑和破院子。

侄儿从地里回来，木讷地只问了一句，二叔回来了，就转头去做自己的事情。

截至晚饭前，侄儿与董兆元没有说一句话，董兆元感到心情压抑，这就是自己的家和家人？

吃过晚饭，董兆元带着朱福去看二爷。

二爷家在小城中央。由于家道好,二爷家的大门修得气派,陈旧的青砖门楼看上去有些阴冷,厚重的门板就像老得再也不能说话的老人!

董兆元敲了敲门。

里面来开门的人走得很慢,喘着气。董兆元听出那是二爷拄着拐棍走路的声音。大门窸窸窣窣地开了,果然是迟暮的二爷来开门。二爷见是董兆元,高兴地问:"你回来了,元娃!"

董兆元应了声就去搀二爷。二爷的重孙女梅梅接过朱福手里的东西,两个人把他们领进了家门。

两个人进了窑,二爷让董兆元和朱福上炕坐,嘱咐梅梅赶快去叫大人,就说家里来人了,赶快回来!

两人上炕坐定,二爷问了城里的情况。董兆元说了城里艰难的日子。二爷关切地说如果城里不行你就回来住!董兆元说不行我就回来了!

二爷叹一口气说,你哥哥家你看那烂摊子,这几年不是你照顾,这家早散了!你侄子可能受你哥的影响,从小不爱说话,只知闷头干活儿,心里看起来也不畅快,时间长了我害怕走了你哥的老路!

哥哥有四个孩子,老大老二已出嫁,老三十七岁待嫁,最小的儿子十六岁在家务农,二爷的考虑是对的,为了哥哥,侄儿的事也要考虑考虑。

外面大门响动,听有人进来。进来的是堂弟董玉柱。堂弟向董兆元问了好,二爷问:"大冷天的,你到哪里去了?"堂弟说:"县上给镇公所下达了征兵名额,镇长叫我去开会!"

二爷问:"今年兵怎么征?"

堂弟说:"全镇38个壮丁,家里弟兄三个的出一个壮丁,其他的抽签决定。"

二爷说:"咱们家你们弟兄两个,你哥和我们分开过,抽签千万不能把你抽上!"

堂弟说:"这事谁也说不上,到时候只能听天由命!"几个人说了一阵话,时间不早要回家。董兆元拿出两丈青布和五尺花布,让二爷和梅梅去做衣服,又给二爷留了一个大洋,做为后辈的一点儿孝心。二爷和堂弟客气一番收了。

回到家中,董兆元问嫂子,侄子怎么办?嫂子也想不出办法。董兆元想,把侄儿留在家中,年龄大了连媳妇可能都娶不上,还有走哥哥老路的危险,就决定把侄儿从老家带出去,像自己小时候一样去平凉顶生意,以后可能还会有一点儿出息。董兆元给嫂子谈了自己的想法,嫂子同意了。

第二天,董兆元和朱福给哥哥家买了六百斤糜子、三百斤高粱和二十斤清油,把哥哥家所需的东西买了,又留了一个大洋。走时再三叮嘱二爷,哥哥以后有什么事要二爷费心照看,自己以后一定会厚报!

2

下午放学回家,董锐兰与田崇慧在隍庙前见了,约定晚饭后七点钟在船舱街口会面,去平凉学生抗日联合会写标语。

这几天大家情绪都不好,日本鬼子在南京屠杀我同胞,同学们年龄小不能上战场,唯一的办法只有明天上街宣传示威游行,抗议日本侵略者的暴行。

吃饭时董锐兰看见父亲脸色不好,害怕饭后外出受到父亲的干涉。

晚饭后，董锐兰装着规规矩矩地写了一会儿作业。不长时间，父亲终于穿上棉袄出去了。父亲前脚走，董锐兰后脚就往外跑。

董锐兰刚出屋子，就和母亲碰了个满怀。母亲问："兰儿，去哪里？"

董锐兰脸一红，做了个鬼脸，说："到外面去，一会儿就回来！"

"快去快回！"母亲叮嘱。

董锐兰跑出家门，来到船舱街口，不见田崇慧的人影。等了一会儿还不见，就生气地一个人到平凉学生抗日联合会去了。

平凉学生抗日联合会在乏牛坡半中腰原陇东官钱局处，离船舱街不远。董锐兰来到平凉学生抗日联合会院子，远远看见学生会房里的灯亮着，进去一看，田崇慧正和学生会的几个同学写标语。

几个同学见董锐兰来了，就嚷道写毛笔字的高手来了，让董锐兰赶快写标语。

董锐兰从小练欧体字，深得裴举人的真传，同学们都推崇她的毛笔字。董锐兰铺开红纸，提起毛笔，蘸满墨汁，写了"同胞们，中华民族到了最危险的时候，我们要与敌人血战到底！"的标语，同学们都围过来看，叽叽喳喳地赞扬董锐兰毛笔字写得好！

田崇慧过来看了，泼冷水道："不就练了几个字，有什么能的？"

一句话说得董锐兰动了气，说："不服把你写的拿过来比！"

有人把田崇慧写的标语拿过来比,田崇慧的字虽写得工整,但是缺乏功力。同学们就笑着打田崇慧骄傲不服人。田崇慧喊:"不要打,不要打,写得好,写得好,我在故意气她!"大家才罢了手。

写完标语已近晚上十点,田崇慧让几个女同学先回去,他们男同学等标语干了折好再走。

董锐兰心里有气,反过来问田崇慧:"你男子汉气太重,让我们女生先回去,你是不是嫌我们女生胆小碍事,看不起我们女生?"

田崇慧说:"好好好,我给你们想了个好心,没有想到你反过来怪我!"

女同学不走,要等标语干了折好和男同学一起走。几个人打打闹闹等标语干了折好,锁门才出了抗口联合会。

冬天的夜晚特别寒冷凄凉,几个人在微弱的月光下走到船舱街口,田崇慧说战场上胆子要大,需要勇气和胆量,你们谁有胆量,和我今晚到宝塔梁上去看东北军的棺材?

董锐兰一听心里一冷。宝塔梁延恩寺寄厝的棺材是西安事变后,东北军107师驻防平凉时带来的一些东北军的灵柩,原准备抗战胜利后把这些灵柩迁回东北,可是107师移防湖北以后,这些灵柩就孤零零的放在那里没有人理会。宝塔梁白天上去风吹铃响,松柏阴森,一般人白天都不去的,何况是骇人的晚上!

田崇慧一看几个女同学面露惧色,就说:"你们女生怕了吧?平时嘴那么厉害,到关键时候就吓得不说话了!"

几个女同学都不说话。

"去就去,谁害怕谁不要去!"董锐兰知道田崇慧是在向自己说话，就勇敢地说。

走到船舱街口要分手，董锐兰没有回家，径直向东面宝塔梁方向走。田崇慧问："你到东面去干什么？"

董锐兰说："宝塔梁看棺材，谁不去谁是胆小鬼！"

众人一看董锐兰认了真，就劝董锐兰："天这么晚了，不要去了，田崇慧那是在吓唬你们女同学，开玩笑，何必当真？"

董锐兰说："到底是谁怕了，是你们男生吧？"几个男生被激不过，就随着董锐兰走，所有人都向宝塔梁方向走去。

几个人向东面走，过了鱼儿桥，黑魆魆的古城墙把世界分成了两半，城墙西，街道两旁有商铺和人家，但城墙东却孤寂荒凉，阴风嗖嗖，少有人家。几个人走在路上各怀着心思，骨子里却有着一种莫名的恐惧。

"要是耍，时间大了，我看我们今晚就算了吧？"有人提议。

"还说我们女生胆小，我看你们男生都是胆小鬼！还没走到跟前就怕了，以后怎么上战场打鬼子！"董锐兰讥笑。

"好，那就走，谁吓哭了我们男同学不负责！"田崇慧说。

夜色中能看见宝塔梁上宝塔模模糊糊的影子，董锐兰不想去宝塔梁了，可是碍于面子却不肯示弱。

来到宝塔梁下的牌坊门前，牌坊上那凸凸凹凹的龙的浮雕张牙舞爪地让人害怕，空气也阴森森的。路旁奇形怪状的树枝只吓得董锐兰身上似乎起了鸡皮疙瘩。众人迟疑，不由得放慢了脚步。

上了宝塔梁，东北军的灵柩就在宝塔西的延恩寺厦房寄厝着。

几个人向西面走，风中传来似有似无的声响，宝塔高高的黑影，模模糊糊地出现在西面的夜空。

"还是回去吧？"有人害怕地说。

"不行，走，已经来了！谁回去谁就是怕死鬼！"董锐兰说。

几个人来到延恩寺寄厝棺材的厦房前，谁都不肯先上厦房的台阶。田崇慧看看众人，轻轻地走上台阶，众人跟着。

到了门前，田崇慧看了看后面的人，大家都跟着。田崇慧没有办法，就硬着头皮推厦房的门。

一推，门轰隆的一下开了，田崇慧心里不免有些失望，他原来希望厦房门锁着，自己推了表示自己的胆量，推不开大家也好有借口回去，没有想到门就开了！

迎面一股冷气，房里黑乎乎什么都看不清。对面的神像好像要从黑的恐怖中扑过来把人撕碎，东北军的灵柩就摆放在对面神龛两旁。

田崇慧心里不由得打了一个冷战，想退回来。可是董锐兰在后面跟着，男子汉不能退缩，田崇慧只好硬着头皮向前走。

刺啦的一声，有什么东西从脚底窜出，吓得众人喊出声来，准备回头就跑，细看是一只野猫！

走了两步，田崇慧感觉后面没有人了，回头一看。没有想到刚一回头，身后的棺材里发出一声好像人呻唤的声音！

田崇慧向后跑了两步，被后面的董锐兰推了一下，"跑什么？看把你吓死！"

田崇慧没有办法，只好继续向前走！

马上就能摸到棺材头了，田崇慧伸手去摸棺材，没有想到棺材盖动了一下，从棺材里挣扎着伸出一只手来。有人哇的一声转头就跑，其他人也跟着向回跑。棺材旁有什么东西也咔嗒一声倒了。田崇慧急忙向出跑，一看董锐兰还站在原地，就一把拉着董锐兰跑出了屋外！

3

从老家回来，董兆元领着侄儿到郭老总家去了一趟，郭老总已能下地扶着东西行走说话。郭老总问了董兆元侄儿的基本情况，同意董兆元的侄儿进荣福祥锦货铺子学生意。

现在，董兆元心里只有一个目标，赶快赚钱，给哥哥家修起庄子，顺便也给自己修上几间屋子，形势不好时全家可以搬回老家去住。

眨眼功夫，给海老总恒信钱庄还贷款的时间到了，一旦超过日期，五姐家的田地就成了别人的了！

铺子里这几个月没赚下几个钱，还贷款根本不够，钱从哪里来，董兆元和妻子都着了慌！

董兆元问妻子怎么办？妻子说为了五姐家的地契，贷款日期千万不能超！这样，你还是去找田老总借吧！

年底向人借钱，这是少有的，一般情况都是年底债主追债，借钱的人还钱，董兆元没想到自己日子过成这样，年底要向人借债了！

董兆元步履沉重地向田寿丞的壶济堂走去。

董兆元走进壶济堂，壶济堂的相公热情地招呼董兆元。董兆元有些难为情，问田老总在吗？

壶济堂相公说老总不在，外出要账去了，下午天黑时可能才回来。董兆元碰了一鼻子灰，灰溜溜地回来了。

董兆元不好进去给妻子说,就在铺子门口转悠,希望田寿丞早点回来。

几辆军车拉着货走过了。又有行人走过,总是不见田寿丞的影子。学校已经放了学,又有一群小学生走过了,天马上要黑了,还不见田寿丞的影子,董兆元几乎绝望。

一串驼队摇着驼铃也从铺子前迟重地走过了,还不见田寿丞回来,董兆元不知田寿丞出了什么事?

暮色降临,街道对面的铺子已经模糊起来,朱福和账房先生奇怪,董掌柜今天怎么不让关门?

"掌柜的,该关门了!"账房先生说。

"那就关门。"董兆元无奈地说。

眼看铺子要彻底关门了,当铺子搭上最后一块门板时,董兆元看见了一个身影,田寿丞的身影。董兆元急忙跑出去喊:"田老总,田老总。"

田寿丞听见了董兆元在叫自己,就停下步来,问:"董掌柜,有什么事?"

董兆元让田寿丞到自己家去吃饭,吃了有重要事说。田寿丞要回去吃饭,吃了再说。董兆元硬把田寿丞拉进了自己家。

田寿丞在董兆元家吃了饭,董兆元说了借钱的事。田寿丞掏出随身带的六十个大洋,说这是他今天要的账,剩下的明天下午你到我铺子里来取。

好不容易盼到第二天下午,董兆元带着朱福和侄子去对面壶济堂取了叁百肆十个大洋,和家里的六十个大洋汇合齐了,还了贷款,拿回了五姐家的地契。

正月初十,郭老总家捎来话,让董兆元快去,郭老总家出事了。

董兆元有些不解，能出什么事？年前自己让朱福与另一个相公给郭老总家买了二百斤白面，五十斤清油，一百斤猪肉，又按规定给郭老总家给了三十个大洋，郭老总家能发生什么事？

董兆元急急忙忙去郭老总家。一进郭老总家大门，就看见周杏花左手无名指缠着白纱布，吊在胸前。董兆元询问：东家你的手指怎么了？

不问则罢，一问，周杏花的眼泪簌簌地流下来！

董兆元奇怪，再三追问，周杏花一抹眼泪说你进去吧！进了上房，董兆元看见有一个亲戚坐在炕边与郭老总说话。郭老总一见董兆元就大放悲声。董兆元不知什么事，急忙问怎么了怎么了？

还不是他那宝贝儿子气的！亲戚说。

董兆元安慰郭老总不要哭，给自己把事说清楚。

郭老总的哭声虽然小了，但说不出话来。那个亲戚就给董兆元说了事情的经过。

原来过年时郭老总家里并不太平，大年初二郭少总把家里的一罐清油提出去卖了。初四又把一袋子白面拿出去卖了，最后又卖了剩下的猪肉。郭老总和老婆都没有敢说。昨天郭少总又回来逼着郭老总要钱，郭老总不给，郭少总就扑上去打郭老总。周杏花上去拉时，郭少总抢了周杏花戴的金戒指，把周杏花的手指掰伤了！

亲戚和周杏花都觉得郭少总可能染上了毒瘾，在抽大烟，周杏花让人叫来董兆元想办法。

董兆元气得说不出话来，不论干什么可不能染上大烟，一染上大烟，十人九个拉不回，你纵有家产万贯，也会抽得一干二净!

平凉这地方种了二十多年大烟,政府年年禁,年年收烟税,种大烟吸大烟便成了一种明令禁止但又光明正大的事。一些抽大烟的人卖儿卖女卖光了家产,在街头或抢人或乞讨,更有甚者当卖了裤子在街头光着屁股逛荡。鉴于大烟的盛行和毒害,去年五月,平凉城里进行了一次公开禁烟活动,枪毙了几个毒贩,关闭了所有烟膏店,可是刚过一年平凉城里的烟毒又猖獗了,烟膏店照旧开起来,一些人又公开抽大烟了!

董兆元问周杏花,他人哪里去了?

周杏花说昨天抢了东西到现在还没有回来,不知到哪里去了?

董兆元说:"要治治少总的病,把他抓住,吊在房梁上狠狠抽一顿会治了他的病!"转眼一想老总家里是这么个样子,让谁抽呢?自己总不能越俎代庖,去蹚这浑水,好让别人说自己图谋不轨!

董兆元气得直出粗气,自己也想不出办法。董兆元又问家里过年吃的还有没有?周杏花哭着说马上就要断顿了!

董兆元告诉周杏花,回去他会让铺子里的人把吃的送来,要是有人碰见郭少总就抓他回来,抓回来咱们再收拾他!

回来的路上董兆元有些恐惧,千万不能让郭少总染上毒瘾,染上毒瘾,自己经营的郭老总铺子就完了!铺子完了自己到哪里去?自己垫进去的夫妻二人辛辛苦苦挣的那二百个大洋从哪里出来?

春节刚过,铺子里的生意清淡。进了三月,本是生意的淡季,可是这几天董兆元铺子里的布匹销售却比平日好,经常有回族人到铺子里来买布,一买就是几匹。董兆元不知什么原因,就去问海振兴。

海振兴一听董兆元的询问就哈哈笑了,对董兆元说:"董掌柜你精明一世,糊涂一时。我这皮货生意猛做了这么长时间,你竟没反应过来?你要抓住商机,赶快调货,把布的价格压下来,不然好时机就让你错过了!"

原来海振兴这段时间揽了一笔生意,加工皮货时需要大量布匹,经海振兴一番点拨,董兆元急忙回去调货。

董兆元带着几个相公把库里的货物查点了一下,登记了需要的货物,告诉账房先生想方设法给自己筹钱,自己要到西安去调货。

账房先生把铺子里能用的钱都凑了起来,勉强不到三百个大洋。董兆元一听三百个大洋根本不够一车货钱,就回家找妻子要了家中净剩的一百个大洋的积蓄,四百个大洋还不够,看来还需要向人借一点儿。

找谁借呢?向海振兴借,这次调货用海老总的车,又是海老总方面的生意,海老总不至于怀疑自己借钱乱用,像上次一样不借给自己吧?

主意一定,董兆元找到海老总,说了借钱的事,海老总一听哈哈哈笑了:"借我的钱,用我的车,再赚我的钱,你这空手套白狼的主意真不错啊!"

董兆元笑着说:"我也想赚钱,可是手里钱不够,没有办法,我只能这样胡想了!"

"好好好,上次没有借给你把你惹下了,这次借给你,借多少?"

"二百个大洋,海老总不至于没有吧?"

"好,你走的时候一手交钱一手交借据,直接去西安调货,不许你回家!"海振兴说。

董兆元知道海振兴害怕自己回家钱被郭少总拿去,就答应了,说好了发车时间,回去赶快准备东西。

第二天早晨董兆元带着朱福,拿了借据来到海老总的皮行。海老总果然借了钱,让自己的司机开着车,拉着董兆元和朱福直接上西安去调货。

从西安调货回来,董兆元让侄儿出去打听一下其他店铺各种布匹的价格,侄儿面有难色不想出去,去后好大工夫才回来。说害怕别人发现他也是铺子里的人,没有打听下几家。董兆元气得骂了侄儿一顿,又让朱福出去想办法,问问其他铺子里相同布匹和绸缎的价格,回来再给新进的货定价。

朱福跑了一圈,问好了价格,回来给董兆元报告了。董兆元和账房先生叽叽咕咕密谋一番,定好了布匹和绸缎的价格。

董兆元让相公们对布匹重新标价。听见掌柜定的价格,朱福感到奇怪,怎么这次的价格比别人低了许多?

下午,董兆元有事外出,账房先生掌管铺子。朱福看见一个做皮货的人来批发布匹和绸缎。账房先生接待了,两个人商量好了价格,那人调了货,付了钱高高兴兴地拿着货走了。

傍晚快关门时,那人又来了,领了一个人来批发布匹和绸缎。一连几天,那人陆陆续续地领人来批发货物,铺子里的生意火起来,朱福这才明白那人是一个托儿!

董兆元接二连三地去西安发了几次货,货卖得飞快,赚了不少钱。

有人嫉妒起来,放话说董兆元扰乱市场,拆别人的台,让他小心一点儿!

董兆元的生意做得风生水起,很快还上了海老总的借款,手头也有了一些盈余。一天，杨大人派人来叫他，说自己刚出了一窖柳湖春，让他来品尝品尝！

这段时间自己确实忙得不可开交，现在也该放松放松了！吃过晚饭，董兆元来到杨大人家，杨大人十分高兴，叫垆头抱来一坛柳湖春烧酒，三个人喝。起初三个人划着拳喝，后来嫌麻烦就轮流着碰杯喝了。

一直喝到晚上十一点多，时间晚了，董兆元有些头晕，眼前也花，要回去。杨大人让董兆元喝酒，喝了晚上就住他家。董兆元说不住了明天还有事，再说回去路不长，一个人完全可以回去！

杨大人挽留再三，董兆元还是走了。

一出杨大人的家门董兆元就有些迷糊，摇摇晃晃地沿着小路向东面走。夜晚的小路上甚是荒凉，走了一段路遇到了一只野狗，停下来朝着董兆元看了看。董兆元一跺脚骂了一句，那野狗吓得转身跑了。

小路越走越荒凉，田野里什么都没有，董兆元有些怕了，停下来尿了一泡。

快到船舱街，董兆元感到一个人挡在自己的面前。自己左躲，他挡在左面，自己右躲，他又挡在右面。三躲两躲，那人向董兆元肚子上踏了一脚，董兆元一头栽进了路边的阳沟里。董兆元在阳沟里睡到半夜，才挣扎着回到家。第二天醒来发现自己鼻青眼肿，搞不清是自己昨晚不小心摔了，还是别人报复踏了他一脚。

"董掌柜好！"

董兆元抱拳回礼："杨大人好！好久时间不见了。"

"走，到铺子里说话！"杨大人回头招呼了一声身后跟着的女子，走进了铺子。

那是一个十七八岁的农村女子，穿得破破烂烂，脸上挂着泪痕。董兆元纳闷，杨大人带这女子来铺子里干啥？

"骆驼客那家伙在吗？"杨大人问。

"这半年忙，好长时间不见骆驼客人影了。"董兆元回答。

"他妈的，这个骆驼客，一天到晚只知道忙，自己的事情一点儿都不操心，我给他领来了一个媳妇，看他要不要？他人不在咋办？"

杨大人身后的丑女子一听骆驼客不在，就呜呜地哭起来。"哭啥？大不了走人，想到哪里去就到哪里去！"杨大人骂道。

那丑女子哭得更厉害了。

"杨大人这是怎么回事？"董兆元忙问。

"他妈的，把老子缠上了，他大耍赌输了钱，没钱付账，债主要剁他的爪子，她老子就拿她来抵债。老子看见多嘴，出钱买下了她，给那赌徒还了债，就把她领来给骆驼客作媳妇！"

骆驼客与杨大人的交情甚深，当年杨大人是平凉红帮的一个小混混，初闯江湖时惹下了麻烦，被几个人嚷叫着在街道上追杀。追急的杨大人跑进了荣福祥铺子的院子，董兆元害怕追的人进了自己的铺子，双方打斗起来，砸了自己的铺子，就跑出去拦挡不让追的人进。双方嚷起来。正巧碰见后院住的骆驼客在家。听见前院有人闹，骆驼客就拿了一个车杠子赶了出来。正赶上追击者闯进了院子，骆驼客发疯似的一杠子打倒了一个闯入者。另外几个闯入者吓得抱头逃窜。杨大人也趁机从后院翻墙逃跑。后来杨大人找到了骆驼客，和他交了朋友，答应以后一定要报答他。现在领了一个乡下女子给骆驼客当媳妇来了。

　　这是天大的好事。骆驼客家在静宁乡下,家里只有一个老奶奶,穷得叮当响,一辈子看来都娶不上媳妇了。今天有这么好的机会千万不能错过!董兆元就对杨大人说:"骆驼客走时把门上钥匙放下了,只要这女子不嫌弃,就让她先住在骆驼客的小屋里,等骆驼客回来再说。"

　　丑女子不说话,只是哭。

　　"愿意就愿意,不愿意拉到,老子没有闲功夫!"杨大人对丑女子说。丑女子还是哭。

　　"滚,那你就滚!"杨大人训斥。

　　丑女子不走,董兆元出来拦挡:"好了,好了,就让她留下,回去还不是被卖了!"

　　杨大人说:"那就好,董掌柜,你让谁把她领到骆驼客屋里去!骆驼客回来告诉我!"

　　董兆元让人领了那女子去后院骆驼客房中,并安排了吃住。

　　过了两天,董兆元终究不放心,到后院去看了一次。见那丑女子把骆驼客屋里扫得干干净净,老老实实地等着骆驼客回来。董兆元问丑女子有什么困难,丑女子说一切都好,只是吃的面快没有了。董兆元回去让朱福买了十斤面和菜交给了那丑女子。

4

　　董兆元急忙让嘟嘟脸胖厨师和朱福拿钱雇车,去富盛粮店买二十袋面回来。

嘟嘟脸胖厨师听了有些奇怪，平时铺子里吃的面都是边吃边买，一次最多买两袋，怎么这回一下子要买二十袋？嘟嘟脸胖厨师不解地问董兆元，董兆元说你不要多问，去买就行了！

今天早晨，商会的一个伙计急急忙忙来通知董兆元去商会开会。

董兆元心里有些疑惑，商会找我开什么会？反正是非常时期，诸事不能马虎，董兆元就去了。

来到商会，商会会员已经到齐。商会会长海振兴一脸凝重地坐在王副县长的身旁。海振兴宣布开会。

首先，王副县长宣布，河南难民就要来平凉，中央、省政府要求平凉地方上要做好难民的安置工作，让河南难民在平凉安家止步。平凉政府决定拿出一定的钱粮办粥厂，同时号召平凉城社会各界积极行动起米，捐款捐物，施粥赈济难民。

国军为了阻挡日本鬼子，炸开花园口，使河南许多地方成了黄河泛滥区，逃难的难民来了，战争的阴影也开始降临到平凉人头上。

董兆元原以为战争和日本鬼子离自己还很远，只要自己防备着，日本鬼子来了，跑就行了，没想到河南难民先跑到了自己生活的地盘上来了！

河南难民从东面跑到西面，如果日本鬼子不南下，打到平凉来，自己也只有向西面跑了。向西面跑到哪里去？兰州？青海？新疆？这些地方如果再被日本鬼子占领了，难道还要跑到外国去？那外国毕竟不是自己的国家，自己会变成一个无家可归，无国可归的人！

想到这些，董兆元感到浑身发冷。

有人询问一句："难民有多少人，我们捐多少？"

王副县长回答:"预估一万多人,每个商户捐五个大洋。"

一万多人,董兆元听了倒吸一口冷气!这么小的平凉城,能容纳下这么多难民?

王副县长讲完话,紧接着海振兴讲。海振兴让各位掌柜不必惊慌,到时政府会维持市容市纪,以确保城内各住户和商户的安全。如果我们救济安置不力,难民发生动乱,势必会影响大家的人身安全和财产安全,望大家与政府齐心协力,共渡难关,确保这次难民救济安置工作的顺利进行。

董兆元一听捐的钱数,这捐款也太重了,自己简直承受不起!

会议结束出来,董兆元与田寿丞一起向回走。走在路上,田寿丞问董兆元这次难民来你有什么打算?

"什么打算?"董兆元问

"我想办一个粥厂施粥,我一个人力量有限,你我一起办粥厂怎么样?"

"你知道我手头紧张,捐的那五个大洋都还没有着落,哪有力量办粥厂?"

"我们还是办吧,不要吝惜自己的家产。家产现在是我们的,一旦日本鬼子打过来,这些东西可能就不是我们的了!"董兆元被说得有些心动,可是想想自己确实没有那个实力,就推辞了田寿丞的邀请。

回到铺子,董兆元急问账房先生今天的生意怎么样?账房先生报了数字,董兆元一听生意一般,没赚下几个钱,就进去与妻子商量捐款的事。

董兆元进了房门,妻子正在纺毛线。董兆元让妻子停下有话要说。妻子停了纺车问什么事?董兆元说了难民要来的事。

妻子紧张地问:"日本鬼子会不会追过来?我们也要逃难?"

"我也说不准以后的事,你不要胡思乱想,我们还是先商量捐款的事!"董兆元说。

"又要捐款?"妻子问。

董兆元说了给河南难民捐款的钱数,妻子有些犹豫。前段时间生意刚好了一点儿,有了几个收入,现在又要捐款了!

妻子反问:"你说咋办?"

"那就想办法捐吧!"

董兆元拿了五个大洋去商会,刚出门就遇到一个嘴皮上起了一层干痂的男人,那人满脸沧桑,咯吱咯吱推着一个独轮车。车上坐着两个小孩,后面跟着一个女人。那女人穿着一条窄腿的短裤子,半个干腿晾在寒风里,看样子饿极了,伸手向董兆元要吃的,两个孩子也盯着董兆元看。董兆元一阵怜悯,从河南到这里要几千里路,几千里就这样推着车子步行来了!董兆元从口袋里掏出几文钱给了那女人,那女人开口谢了。

董兆元赶快去商会捐了款,等董兆元从商会出来,只见街道上到处是逃难的人,推独轮车的,拖儿带女的。又有人向董兆元要钱,董兆元害怕了,这么多难民不知给谁给,就急忙向回跑!

快到铺子前,董兆元远远看见侄儿站在街边看难民,走到侄儿跟前,董兆元骂了一句:"笨蛋,看什么,快向回走!"侄儿灰溜溜地回去。董兆元对在门口伸头望的朱福怒吼:"关门,还瞅什么?"

朱福一吐舌头,赶快进去叫人关门。

苏玉英抱着小儿子出来看,被董兆元骂了回去!董兆元让朱福把大门从里面用杠子顶了。

天快黑了，还不见女儿董锐兰回来，董兆元急忙让朱福到学校去找。

好长时间朱福才回来，说学校组织了难民安置救济会，董锐兰跟着童子军代表去救济难民了。董兆元责怪女儿在这乱世当中多事，女儿回来一定要臭骂女儿一顿！

夜深了，街道上吵吵嚷嚷得让人不得安宁，各家屋檐下睡的都是难民。董兆元害怕半夜难民偷了铺子里的东西，就给铺子里又加了两个值班的人看铺子。

真是，自己正准备买地修地方，河南难民就来了。日本鬼子也可能跟着打过来，说不定哪一天自己也和这些难民一样，要背井离乡了！

晚上，董兆元怎样也睡不着，注意着外面的动静。妻子也睡不着，翻来覆去的。妻子唉了一声，说逃难的人真可怜！董兆元应了一声。

熬着熬着，熬到半夜，董兆元忽地一下睡着了。

睡梦中不知是谁喊快跑，日本鬼子来了！董兆元急急忙忙拉起妻子，抱上小儿子就跑。由于心急，脚下不知被什么东西缠住，跑不动，急得董兆元乱蹬，没想到就被妻子捣醒了，原来是一场噩梦！

被捣醒后的董兆元胡思乱想一番：怎样收拾细软逃难，自己的铺子可能被难民抢了。日本鬼子打过来了。乌七八糟的事情越想越多，他睡意全无。

"掌柜的，掌柜的，外面有人病了，要开水，把你开水倒一点儿？"朱福在外面喊。

董兆元急忙起床给朱福倒开水，倒完跟着朱福出去看。没有想到出去一看，铺子房檐下住的是自己昨天给钱的那户人家。全家都围着最小的孩子看。最小的孩子躺在车子上，呼吸急促，脸颊通红，小嘴上干得裂开了缝。那女人接过朱福端来的开水，一点一点地给孩子喂。那孩子的小嘴始终不动，只是被勺子尖压开一条缝儿灌进了水。

董兆元一看这孩子烧得厉害，便劝大人快领孩子去南门什字博爱医院看。那夫妻二人犹犹豫豫地不吱声。董兆元一看就知道那难民没钱，掏出几文钱让他们赶快去医院。

难民推着孩子去看病了，董兆元回院里，在院子里碰见女儿董锐兰正背着书包急匆匆地要去上学，董兆元气得瞪了她一眼，他不知女儿昨天晚上几点回来。

5

昨天下午，董锐兰正在上最后一节课，童子军会通知她到童子军会去开会。

前天，童子军会通知河南难民离开了河南向西流来，要平凉地方上做好接纳的准备。

来到童子军会，会议已开，果然难民今天晚上就要来平凉了！

平凉政府已经在东郊设置了难民收容所。由于难民收容所初建，人手缺乏，需要机关学校积极配合，平凉学生联合会决定今晚在单家川一带引导难民。

下午放学，回家吃饭时间有些紧张，董锐兰和田崇慧在学校附近买了几个酥馍，向学校灶上要了一缸子开水凑合着吃了，随童子军来到单家川。

早有机关接待人员在那里等候，一行人等到晚上九点多还不见东面路上一个难民的影子,董锐兰有些心急,悄悄问田崇慧是不是难民今天不来了?

田崇慧说不会有错,耐心地等吧。

到了九点半,田崇慧脸上也露出了焦急的神情。董锐兰过去听学生联合会主席和田崇慧谈话,看他们有没有什么新消息?刚走过去,学生联合会主席说你们是不是心急了?再坚持一会,一会儿就到!

将近十点,西兰公路上果然有人来了,走近一看是几户难民,他们有的推着高大的独轮车,有的顶着白毛巾,挽着包袱,有的拉着孩子,满脸疲惫。

董锐兰和田崇慧急忙迎上去,帮难民提东西拉孩子,把难民向收容所里领。

来回跑了四趟,董锐兰有些累了。田崇慧过来问,你能不能坚持住,不行先回去?董锐兰白了田崇慧一眼。

第五趟回来,董锐兰看见田崇慧在和一家难民说话,这家难民三口人,一个中年男子,独轮车上推着一个小脚老太太,一个女孩留着一对小辫子在和田崇慧说话。董锐兰走上去说自己领这家人到收容所去,田崇慧说不用,你去休息一会儿,这趟我领去。

推车的男人说不用,平凉城是不是到了?我们要到平凉城去。董锐兰向西南指指,这就是平凉城。田崇慧说你们今天晚上先住在收容所,明天有什么事情再进城。

那家男人想了一下,征求了车上老太太的意见,就跟着田崇慧去收容所。

董锐兰闲着无事,就和田崇慧一起去了。

熬了半夜,领了七八趟人,同学们都累了。董锐兰的眼睛有些睁不开。学生联合会主席一看同学们实在有些熬不住，就让女同学先回去，男生再坚持一会儿。董锐兰不走，要和男同学坚持到底！

坚持到半夜两点半再没有人来，大家只好回家。

到了牛屎巷口，田崇慧不回家跟着大家向西走，学生联合会主席奇怪地问你到哪里去？田崇慧说我送你们。学生联合会主席说有什么送的，平凉城就这么大谁不知道路？有人接过话头，说不是送我们吧？他是在送专人！大家都哈哈笑了，董锐兰装作没有听见，只管走自己的路。

快到了船舱街，董锐兰与大家打了招呼，进了自己的家门。田崇慧还要送大家，有人说回去吧，你的任务完成了，不用送了，众人又是取笑。

第二天下午，学校组织学生劝募队上街入户为难民劝募钱物。学校把男女生插花分开，分组上街进行劝募。田崇慧为第二组组长，董锐兰为第五组组长，联合会决定实行劝募比赛，最后决定名次。

田崇慧第二组在西街一带，这里是政府公务人员和农民杂居区，劝募相对要容易。而董锐兰第五组在东郊一带，这里农民和无业人员较多，劝募相对困难。第一天下午，五个组都跑了辖区的一半人家，比较了钱物，第二组的数字明显比第五组的大，董锐兰脸上烧烧的，有些挂不住。回家的路上田崇慧在后面喊董锐兰，董锐兰没有理。

第二天下午劝募，董锐兰一想不行，就在自己的箱子里挑了一条裤子，又给母亲说了，母亲挑了一件上衣交给了董锐兰，让她拿去充数。

下午，募捐完毕，董锐兰带着组员到学校交劝募的钱物，到了收集处一看钱物登记册，田崇慧那组交的东西明显比自己组多，董锐兰心想给谁输了也不该输给他们，就让组员拿着东西先别交，等自己去取，回来再交。

董锐兰快速跑回家，急急忙忙翻自己的衣服箱子。母亲苏玉英看见奇怪，进来问女儿又在翻什么？董锐兰说你别管，又去翻箱子。

苏玉英看着任由女儿翻，翻了一会儿董锐兰翻出两件衣服看了看，苏玉英才明白女儿是在翻要捐的衣服，就说刚才不是刚捐过了吗，怎么还拿？董锐兰说数字不够，再说这两件衣服放着自己也不穿，糟蹋了，不如捐。苏玉英刚要说什么，董锐兰抱着衣服就跑了。

董锐兰抱着衣服跑到收集处添上捐了，钱物的数字压过了第二组，董锐兰满意地笑了。

这几天一片忙乱，董锐兰忙得没有和田崇慧单独见面，晚饭后有了闲时间，董锐兰就去找田崇慧。

快走到牛屎巷口，夜色中董锐兰模模糊糊看见路边有两个人在说话，看影子像是田崇慧。等董锐兰走近一看，原来是田崇慧在和那个河南女子说话。

董锐兰悄悄走近了想听他们说什么。走近一听，原来两人在议论住处。

董锐兰故意咳嗽一声，田崇慧见是董锐兰，要和董锐兰说话。董锐兰故意转过头去问那河南女子："你们住下了吗？"

那河南女子说："感谢大姐，我们住下了！"

"住在哪里？"

"先住在这条街的东头。"河南女子指指过店街的东头。

"有什么困难吗？"董锐兰问。

"没有,现在正在找住处,等找下住处就安定了!"那女子说。

田崇慧本来想和董锐兰说几句话,没有想到董锐兰和河南女子说话,不给自己留有说话的余地,自己倒不自在!

6

下午吃饭时,董锐兰问父亲董兆元院子里安排难民了吗?董兆元说没有。董锐兰说我看这院子里都是自私鬼,国难当头,同胞流离失所,你们光顾自己,守财的守财,要置地的置地,国人都像你们一样国家早完了!

女儿的一席话说得董兆元无地自容。董兆元只好出去让朱福和侄儿吃完了饭赶快出去物色难民。

来平凉的河南难民政府极力想办法解决,有的在郑家沟,有的在水桥沟,有的在红照壁沟挖窑居住,有的散住进城里人家院子。由于人员众多,政府要求各商铺想办法安排两户难民。

吃了饭,董兆元带着朱福和侄儿去物色难民。暮色中一出门,董兆元就听见自己铺子的屋檐下有人在哭。

董兆元过去一看,原来还是昨天晚上娃娃发高烧的那家难民,车子上没有了发高烧的孩子。董兆元有些奇怪,难道那孩子出了什么事情?

董兆元强忍住心里的难受,问:"出事情了?"那男人低头不语。董兆元又问:"是出事情了吧?"那男人难受得点了点头。

寒风里董兆元转过身来,悲伤地向远处看了一会儿,转头对那两口子难民说:"把你们的东西推进来,先住在我这里!"董兆元把这家人领进了门,就让朱福和侄儿先安排这家人在二道院小苫棚里住下。

有人给小苫棚点上了灯,腾东西的腾东西,打扫卫生的打扫卫生,一会儿就收拾好了。董兆元让朱福找了块木板,在小棚子里安了张床,董锐兰把自己的一个小被子拿给河南难民。董兆元看那大孩子没有处睡,就问孩子怎么办?那男人急忙说这就好得很了,娃娃就睡在独轮车上!

第二天早晨,董锐兰去上学,出来后把自己拿的馍留给了那个娃娃,自己没有拿吃的上学去了。

中午,苏玉英看见那家河南难民在小苫棚前支了一个小铁锅,煮了些菜叶子和洋芋,锅里撒了一把面搅了搅,汤汤水水的就算一顿饭。苏玉英看不过眼,把家里的馍拿了两个给他们。

下午,董兆元正在照顾铺子,就见一个难民模样的中年人走进来问董兆元:"掌柜的,你们这里有租的房吗?"

董兆元看看那中年人模样还算老实,就问:"你租房?"

那中年人点点头,说:"就是。"

董兆元一听,租房给他一方面可以收房租,一方面也算安排了一户难民。就对那中年人说:"你跟我进来,找主家去谈。"那中年人跟了进来。

董兆元把中年人领到上房里,上房女人正准备找董兆元商量再安排一户难民,见董兆元领了一个难民要租自己的房子,便喜出望外。经过双方商定,上房女人准备把东面那间放杂货的厢房租给他。那中年人一听,说主人家你最好把外面临街的门面再给我租一间,我准备做生意。

董兆元问你准备做什么生意？

那人说卖药。

上房女人看看董兆元，说："我们暂时没有临街的房子。院子里的房子你租不租？"那中年人想想说："租。"

两家说好了价钱，上房女人就带着大女儿与那中年人一起腾房子。

董兆元回到家，给妻子说了中年人想租门面房的事。妻子说你生意那么难做，不如把前面的铺子隔出来一间租给他，我们也少出一些房租。董兆元一听这办法确实可行，就找上房女人商量给河南人租门面的事。

上房女人一听董兆元的这个主意倒也不错，就叫来中年人说了原委，那中年人听了自是高兴，就催董兆元赶快给自己隔出一间门面。

房子一直腾到下午四点多才腾完，那中年人说他回去可以把家人搬来了。

下午五点多，董锐兰放学回家，远远看见自己家院子门前有人搬东西，走近一看原来是河南女子帮着父亲在搬东西。

董锐兰问那河南女子，你们搬来这里住？

河南女子回答，我父亲在这里租下了房子，我们以后就住这里！

董锐兰笑着说好好好，我们家就在这里住，以后我们就成邻居了！

夜里，董兆元睡得正香，听见有人咚咚咚地打后门，细一听好像是骆驼客的声音，骆驼客回来了？

董兆元听见朱福开了门，骆驼客一进院子就骂骂咧咧地问谁把外人安排在他屋里住了？朱福不吭声，好像只是笑。骆驼客更火了,骂得更厉害,只嚷着要找董兆元说话。董兆元想起来解释一下,只听朱福在他给解释,就没有起床。董兆元听见骆驼客跟朱福去睡了。

早晨起来,董兆元知道骆驼客要赶那丑女子走。

朱福倚着骆驼客的门框只是笑,侄儿也在看热闹。骆驼客更加火了,说丑女子不走,他就要扔丑女子的东西!

其他相公在骆驼客的屋外叽叽喳喳的议论,说骆驼客纯粹是个傻瓜,天上掉下的媳妇不要,只喜欢一个人打光棍!

骆驼客赶那丑女子走,那丑女子偏偏不走,只是坐在炕边哭。

骆驼客一看没有办法,就去南河道赌场找杨大人。

隔了半个多小时,骆驼客叫来了杨大人,问杨大人怎样处理?

杨大人看那丑女子不走,坐在炕边只是哭,就大骂骆驼客不谙世事,狗肉上不了台板,是一个贱货,放下好好的媳妇不要,不知自己一个人要过到几时去!

骆驼客被骂得低下头不知所措。杨大人大喝一声说:"走,开门,让人住下!"骆驼客不情愿地跟在杨大人的后面,去安排丑女子。

"掌柜的,掌柜的,好消息,好消息,山东台儿庄大捷,山东台儿庄大捷!"朱福手拿着一张报纸跑进铺子,董兆元骂了一声:"嚷什么!"

"掌柜的,你看,山东台儿庄大捷,中国军队胜了!中国军队胜了!"朱福摊开报纸让董兆元看。董兆元接过一看,果然正面登的是:大捷!大捷!中国军队在山东台儿庄胜利,消灭日本鬼子数万人,日本鬼子开始溃败!

这是中国军队第一次大胜利,董兆元看了欣喜若狂,对朱福说:"赶快进去给夫人报告!给夫人报告!"

铺子里的人都跑到街上去看。街道上的人个个脸上带着笑容,高兴地议论着。

董兆元想把这喜讯和别人分享,就去找田寿丞,没想到没走两步裴举人就捏着文明棍来了。

"喜讯!喜讯!倭寇败了,败了!"裴举人对董兆元说。董兆元高兴地抱拳作揖,"败了!败了!"

董兆元问:"举人老爷,到铺子里去吗?""不去了,忙你的去。"裴举人高兴地走了。

董兆元来到壶济堂,看见田寿丞正忙着让相公给门前挂灯笼,见董兆元来了,高兴地说:"日本鬼子败了!败了!"

董兆元与田寿丞交流了心得,田寿丞说城里不知怎么庆祝。

两个人正说着,有人告诉田寿丞,商会通知,今天晚上全城灯火游行,庆祝台儿庄大捷。

挂灯笼的相公问田寿丞,灯笼还挂吗?田寿丞说先挂上庆祝,晚上游行用时再取下来。

董兆元回到铺子,账房先生问晚上店里灯笼不够用怎么办?让人赶快去买!董兆元回答。账房先生给钱让朱福去买。

一会儿朱福回来,说灯笼店里灯笼让人买完了,没有买下。

嘟嘟脸胖厨师出来问:"掌柜的,今天中午饭怎么办?""加两个菜,庆祝!庆祝!"

中午放学,董锐兰回家,说全城今晚灯火游行,庆祝要火炬,问母亲,咱们家有火炬吗?

苏玉英说:"没有。"

"家里有旧笤帚吗,旧笤帚醮清油点着可以当火炬用。"董锐兰说。

母亲说:"饭吃了你去煤仓子找,好像煤仓子里有个旧笤帚。"

"那清油呢?"董锐兰问。

苏玉英迟疑一下,说:"你去向嘟嘟脸胖厨师要。"

董锐兰在煤仓子里找了旧笤帚,又向嘟嘟脸胖厨师要了半瓶子清油,准备饭后带到学校里去。

傍晚,董兆元和妻子抱着武儿出门游行。董兆元挑着灯笼,苏玉英抱着武儿,武儿手里挑着灯笼红红的光在相映,照得街上游人的人脸红彤彤的。

中国军队像这样打仗,日本鬼子被赶出中国的日子就不远了!董兆元高兴,哪知刚走到船舱街口,就听到几声凄厉的笑声,吓了一跳的董兆元挑着灯笼过去看,原来是"六二〇"坐在那里怪笑。

7

裴举人和田寿丞的粥厂设在南河道的一块空地上,两间帐篷,一间作为灶房熬粥,一间作为库房储放粮食。裴举人来到粥厂,中午粥刚施过,八个义工正在洗锅。裴举人问中午粥施的情况,义工说中午的粥不够,有些难民没有吃到。裴举人让以后多熬些。

这八个义工中四个是佛教徒,四个是杨大人帮会里的人。佛教徒慈眉善目,让人喜欢。可是帮会里的人面目凶煞,让人厌恶。但是帮会里的人在施粥排队时能维持住纪律,压得住阵脚，裴举人虽然对他们不满意，可是许多地方还要依靠他们。

有人告诉裴举人，杨大人刚刚也来过，丢了四个大洋。看见董兆元来了，裴举人就一顿斥骂：你那孝顺的干儿子，一天不学好，打坏主意打到老夫头上来了！董兆元忙问事情的原委，裴举人告诉董兆元，这几天郭少总不知看上了粥厂的什么，一直在粥厂周围窥视转悠，他像绿头苍蝇一样，盯上哪里，哪里就没有好事！

董兆元刚受过郭少总的气，就气得告诉裴举人和粥厂的义工，如果郭少总在粥厂干了什么坏事，抓住就往死里打！

原来，董兆元好长时间没有来粥厂了，他感到自己虽然出钱不多，但是人力还是有的，董兆元想趁铺子里空闲，到田寿丞的粥厂来帮帮忙。

没有想到刚走到南河道口，就与郭少总碰了个满怀。郭少总一见到董兆元，伸出手说："干大，给我给一点儿钱。"董兆元不知郭少总从哪里冒出来。上次郭少总打了父母，众人找郭少总不见，后来郭少总回来再没有闹事，董兆元就没有在意，郭少总今天怎么忽然又冒了出来？

董兆元想训斥几句，但在大街道上不好开口，就不吭声向南河道走。

郭少总上前跪下，一把抱住董兆元的腿，喊："干大，给一点儿钱，我穷死了！"

没想到郭少总在大街道上会来这一手，羞得董兆元脸红。想踢开又怕路人笑话，就掏出一点儿钱塞给郭少总，希望郭少总放手。

郭少总还是不放手："干大，再给一点儿，钱不够！"街上的人都围过来看。

董兆元踢又不能踢，想走腿又撕不开，就急忙又给郭少总塞了一点儿钱，郭少总才放了手。

董兆元急忙离开了这是非之地，骂郭少总不知羞耻。根据郭少总今天在大街上的举动和别人的传闻，董兆元断定郭少总抽大烟了！

义工告诉裴举人煮粥的米怕撑不到月底了。裴举人揭开米缸看，缸底的米确实所剩无几。

粥厂合办时，裴举人和田寿丞商议两人各出一半资金。以前田寿丞出了多半，现在米发生困难，再不能向田寿丞张口，裴举人感到自己应先筹集一点儿钱买米！

裴举人回到家，翻箱倒柜地找自己的积蓄。老婆问裴举人在找什么？裴举人不耐烦地说我的事不用你管。说完又埋头去翻箱柜。

找来找去裴举人只找到了五个大洋，这五个大洋还能买几千斤黄米，裴举人拿着五个大洋在粮行买了黄米，雇人用推车到了粥厂。

快到下午施粥，粥厂里一片混乱。横七竖八的担子和独轮推车乱放在人群中。担子两头或车上绑着行李锅灶或家什。穿得破破烂烂的河南难民三个一堆五个一攒的，有的站着，有的坐着。许多人脚上的布鞋早已走得没有了鞋底，用烂布条把脚包着。有的妇女满脸饥饿，怀里抱着小娃娃，有气无力地坐在地上。许多人已经走得精疲力尽，直挺挺地躺在地上，旁边放着手提大筐和讨饭棍。孩子也不跑动，一双双饥饿的大眼睛呆呆地望着前方。裴举人看了心里就发酸。

好端端的一个中华大地竟成了这个样子！这么大的国家连自己的子民都保不住，只能放水阻挡敌人！悲哀啊悲哀！裴举人不禁抽泣起来。

唉，要是自己再年轻二十岁，自己一定要到前线打鬼子去！记得上私塾时私塾先生一直教诲"国难当头，匹夫有责"，可是现在国难就在头上，自己已经老了，只有一腔热血而不能报国！

还没等裴举人反应过来，粥厂里忽然乱起来，难民像潮水一般向粥锅前涌，几个年轻力壮的义工拿着木棍喝斥着，维持秩序。一个义工打了两个向前乱拥不守纪律的头儿，粥厂的秩序渐渐好了起来。

别人在抢粥，一个老人直直地躺在地上不动。裴举人走过去，弯腰摇摇那老人，那老人不动。裴举人一扳那老人的肩头，那老人一下子翻了过来，仰面朝天。那是一张饥饿的脸，满脸的胡须乱糟糟得如荒草，干枯的脸上半面沾满了泥土。裴举人用手在那老人鼻前试了试，老人早已没有了鼻息。

唉！可怜的老人，没有死在家乡，跑了几千里路逃难，倒死在这里！

裴举人赶快叫人，两个义工走过来，把那老人抬走埋了。看着两大锅热腾腾的粥发完，还有人没领到粥，裴举人和田寿丞都不说话。粥厂已经办了二十几天，起初的雄心壮志都在经济困难面前开始动摇。两人都缺钱，都感到有些气力不支，而裴举人尤甚。裴举人出生在平凉北塬一个农民家中，先在村上上私塾，后来在平凉柳湖公学上学。光绪二十一年最后一次科举考试，凭着一纸策论，高中甘肃省第二十名举人。他先在甘肃武都县当县长，为官清廉，后任甘肃省教育厅厅长。回乡后任甘肃省省立第二中学第一任校长，现在平凉城里做乡绅。

由于为官清正廉洁，裴举人没有挣下几个钱，回乡后全靠荣福祥锦货铺子入股分红而生活。经济上本来紧张，上次退了五百个大洋的股，现在只剩一千五百个大洋的股，今年春节前分了五十个大洋的红利，办粥厂他几乎把所有的钱都拿了出来，现在手头确实紧张。

田寿丞说自己在宝鸡那面也救济难民办粥厂，两面夹击，自己经济也有些紧张，但无论如何平凉粥厂要办下去。

裴举人情绪低落地回到家，又去翻柜子。老婆问你又翻什么？裴举人说看再有没有钱？

老婆说你不是上午刚拿走五个大洋吗，怎么又回来翻？裴举人不吭声依旧翻自己的柜子。

老婆嘟嘟囔囔地说家里这几年坐吃山空，光阴一年不如一年，这日子让人过得发愁！裴举人听着老婆的嘟囔，心想妇人家就是妇人家，现在国家都成了这个样子，还念念不忘自己的小家，有朝一日国亡了，看你怎么过活！

裴举人虽然这样想着，可是还是没有底，钱在哪里呢？自己也说不清。反正办粥厂需要钱，先度过这个难关再说。

裴举人想把荣福祥锦货铺子的最后一股退了，但一想自己如果退了股以后靠什么生活？

裴举人考虑再三，决定卖十亩地来维持粥厂救济难民。第二天，裴举人坐车回到自己的家乡张家湾，找到了保长张得禄，托张得禄赶快给自己找下家卖地，地价可以低一些，只要能尽快出手即可。

8

裴举人小时候给别人放牛放驴，路过张财主家的私塾时，听到私塾里的学童的琅琅书声，就停下来听。一次私塾的学童放学，张财主的儿子张得禄要骑裴举人放的驴。裴举人要用他们的课本换。张得禄就用自己的《三字经》换着骑驴。裴举人有了一本《三字经》，一有空闲就问识字的人上面的字，时间长了识了不少字。一次私塾先生检查学生的课本，张得禄没有了《三字经》，私塾先生几板子下去，张得禄说了实话。这是一个怎样的娃娃？私塾先生记下了一切，决定以后有时间看看这位用骑驴换课本的娃娃，他到底有何特殊之处？

一天，私塾放假，私塾先生出门去寻找那牧童。私塾先生来到那牧童家里，那牧童放牛去了，私塾先生闲着无事，便出了村子。

十一月的原野一片荒凉，枯黄的衰草，干干的树木，袅袅的炊烟，构成了北国的一片萧瑟。私塾先生看着这景色，长出了一口闷气。几头黄牛和毛驴在田野里寻草吃。远远的，私塾先生听到有人在念《三字经》，那声音童稚而可爱。私塾先生悄悄来到念书的孩子身后，那孩子没有发觉来人，照旧读着自己的书。

那孩子读着读着，一个字不认识，难住了，停了下来。私塾先生在身后提示："虞。"那牧童照着书朗诵下去。朗诵了两句感到不对，回头来看，看见身后站着一位先生，就羞红了脸站起身来，转身给私塾先生恭恭敬敬地施了一礼。私塾先生问这些字你是怎么认识的？那孩子不好意思地说，是一个一个问别人慢慢认识的。

私塾先生又指着书本问了几个字，孩子一一回答了。私塾先生看孩子是一块念书的材料，就让孩子来私塾念书，至于主人家的事自己去说。

那孩子回去给父母说了念书的事，父母说咱们家穷拿不出束脩，劝孩子念书还是算了。孩子心里不高兴，但是没有办法，就死了念书的心。

一天中午，孩子回来正在吃饭，听见院里的狗咬。父亲出去见是私塾先生在喊自家，就把私塾先生让了进来，让私塾先生吃饭。私塾先生说自己吃了。推让再三私塾先生就是不吃。牧童家人草草吃了饭，私塾先生说明了来意，说这孩子是一个念书的好料子，不念书一辈子就糟蹋了！

家里人没有办法，只好说了自己家穷，拿不起束脩。私塾先生说不要束脩，主人家的事自己拿了！家里人只好送牧童去私塾读书。

裴举人清楚地记得自己在私塾里苦读的情景，寒冬腊月手冻肿了，墨盒也结了冰碴儿，他用嘴哈着毛笔写字，一步步考中了秀才、举人。

裴举人考取举人后做了官，给家里置了六十亩地，一院地方。家业扩展了，裴举人后来又在城里置了一院子地方。

裴举人对于自己购置的土地十分地喜爱，他舍不得把自己的土地出卖半分，可是这次为了难民他只好忍痛割爱了！

保长张得禄招待裴举人吃了饭，出去找卖地的下家。裴举人闲着没事，出村向先生的坟头走去。

私塾先生的坟地在离张家湾村不远的一条山涧上，坟头长着稀疏的荒草。由于离村子远，这里很少有人来。裴举人来到坟头，献上了自己带来的祭品，给先生烧纸叩了头。看着先生荒凉的坟头，想到了国家的前途命运，裴举人感慨万分，要是先生活到现在，按照先生那嫉恶如仇的个性，还不活活地被气死？

裴举人向回走，路上遇到了张保长的儿子，正吆着驴给地里驮粪。看见裴举人，张保长的儿子主动和他打招呼。张保长的儿子问裴举人，日本鬼子侵略中国的进展怎么样了？裴举人长叹一声说了城里难民的事，不免对国事感叹一番。

卖地并不容易，这年头兵荒马乱置地的人少，张保长寻找了两天才找到一个要地的人。那人黏黏糊糊的想要不想要，最后一亩地说了三十个大洋，十亩地卖了三百个大洋，写了地契拿了大洋，裴举人就向城里赶。

裴举人回到城里，先托人给儿子捎了十个大洋，又给自己留了五十个大洋，把剩下的二百四十个大洋带去找田寿丞。

裴举人来到粥厂，田寿丞告诉裴举人，裴举人走后崆峒山的韩道来了，拿来了自己这几年积攒的十个大洋，说他本来准备着拿这钱维修崆峒山紫霄宫，现在国家有难，庙宇修得再好没有了国家，要庙宇也没有什么用！

董兆元也拿来了十个大洋交给田寿丞，很惭愧地说自己没有多大能力来办粥厂，只能用这么一点微薄的钱尽尽自己的心。裴举人看了，说钱的多少不是什么，只要有这片仁爱之心就够了！

吃过晚饭，董兆元带着朱福急急忙忙走了。董锐兰感到有些奇怪，父亲平时外出一般是不带人的，除非有要事。

董锐兰问母亲，父亲这几天有什么事？母亲回答去郭老总家了。董锐兰问郭老总家出了什么事？母亲说还不是那害人的郭少总惹下的。董锐兰问到底什么事？母亲说前段时间郭少总在裴举人的粥厂骗了一个河南女子给自己当媳妇,没过两天,郭少总说要带河南女子到山里走亲戚,到了山里郭少总就把她卖了,自己一个人跑回来。前天那个女子的哥哥带了几个人找上门来,向郭少总要人,原来那河南人在逃难的路上为扒火车,把妹妹从窗口推了进去,火车开了,哥哥和妹妹分开了。妹妹来到平凉举目无亲,上了郭少总的当。哥哥来平凉后打听清妹妹的下落,就向郭少总家要人。郭少总不给,就打断了郭少总的腿。郭少总现在趴在炕上哭闹着,向家里人要大烟抽。郭老总又被气倒了。

董锐兰一听郭少总抽烟又被打断了腿,高兴地说该打,应该打死才好!母亲听女儿说过了头,就瞪了女儿一眼,女儿不说话了。

平凉城里粥厂全部停办,有技术的难民办起了家庭手工作坊做皮货,精壮的劳动力搞起了运输,有的联合起来办起了文具厂,来平凉的难民基本上有了工作。

来平凉城里避难的富人也多了,有上海的、北平的、天津的、南方的,各家商铺的生意好做了许多。

这天,董兆元和田寿丞在一起闲聊,田寿丞告诉董兆元,这段时间他在隍庙认识一个香主,那人出手阔绰,可能是上海来平凉避难的。董兆元一听,心想现在做生意赚钱靠的就是这些外地有钱人,要能把他拉为自己的主顾,就会给铺子多一笔收入,因此他极力撺掇田寿丞把那人给自己介绍介绍。田寿丞答应一定介绍给他。

田寿丞记着董兆元的话。一天,田寿丞正在大殿敲钟,那位香主上完香,田寿丞敲钟多说了几句城隍老爷保佑发财的话。那位香主高兴了,上完香后坐在大殿的房檐台上休息。田寿丞递上了一杯茶，那香主十分感激，向田寿丞笑了笑。三言两语田寿丞和那位香主熟了，两个人交成了朋友。

那位香主经常来田寿丞药铺闲坐，两人熟悉了，田寿丞就领着那位香主到董兆元铺子里来买东西。

9

星期六中午上学时田崇慧问董锐兰，省立二中李老师告诉我有人在西大街办了一个战时读物推销社，专门出售抗日书籍和读物，明天开张，你去不去？

董锐兰说当然去，我一个人在家里闷得慌，你没有叫别人吧？

田崇慧说没有。

第二天早晨八点多，田崇慧在大门口吹口哨，董锐兰听见害怕隔壁河南女子知道了跟着，就急急忙忙向外跑。

两个人来到西大街战时读物推销社，远远看到推销社门前有人站着等开门。两个人走近了，田崇慧和其中一个人打了招呼，就站在推销社门口等。

太阳还没有出，阴冷阴冷的寒风像刀子一样刮在人的脸上，不大一会儿人的脸上就像冻了一层薄冰。九点过后，太阳才迟迟出来，有了一点儿温度。

推销社开门了，外面等的人一拥而进。店主让大家先看书，自己放了开张的鞭炮马上进来。

董锐兰和田崇慧进推销社一看，书店不大，只有一间房子，房里摆满了书籍和杂志。董锐兰和田崇慧分头看自己喜欢的东西。董锐兰挑选了一本宣传抗日的画报，一看后面的定价十文钱,心里就暗暗叫苦,原来自己口袋里只有六文钱,不够。

董锐兰失望地放下画报,又去看别的书。可是那本画报的影子一直在她心中挥之不去。董锐兰害怕别人把那本画报挑去,就又踱了回来,拿起那本画报假装看。

放下它吧,赶快回去找钱?董锐兰想放下赶快回去找钱,可是又害怕自己一回去别人把画报买走,在那里左右为难。

"怎么,选好了吗?"田崇慧拿着购得的两本杂志,高兴地走过来问。

董锐兰勉强笑了一下,对田崇慧说:"我拿的钱不够,给我借一点儿?"

田崇慧说:"我只剩两文钱了,你要多少?"

董锐兰一算就是把田崇慧的钱借来还是不够,两人正在为难,高个子店主走过来问:"是不是要这本画报?"董锐兰说:"是。钱不够!"店主问:"缺多少?"

董锐兰说:"两文!"

那店主说:"一切为了抗日,少两文不要紧,卖给你!"

同胞们,台儿庄之战并没有阻止日本鬼子南下的铁蹄,日本鬼子又在攻打我们的武汉。武汉交通便捷,工商业发达,是中国抗战的政治与军事中枢,保卫武汉,保卫中国,是我们每个国人的责任和义务。

"我们的国家已把所有的钱都放在了购置武器上,士兵谈不上营养,所有野战部队中医药等于没有。我国守军在生病、在发烧、在呻吟,他们没有医药的治疗,但是他们却在每场战斗中尽力保卫着我们的国土,战斗于湖泊丘陵之间。我们怎能袖手旁观,眼看着我们的国土丢失,我们的战士牺牲?献金,献出自己为国能尽的最大的力量,支持我们的战士,去打败万恶的敌人!"老师李瑞霞的街头演说,使董锐兰心潮澎湃,街头演说结束,董锐兰向回走,心里便谋划着怎样向父母要献金。

以前为捐款捐物,董锐兰总以为父母太吝啬,只知道自己的小家而不顾大家,为钱的事自己受尽了作难,这回钱不知又怎么向他们要。

回到家里,董锐兰几次想开口向父母要钱,又害怕父母当场拒绝,让自己难堪,就住了嘴。

董锐兰想找田崇慧,和田崇慧商量一下献金的事。可是一想田崇慧和河南女子交往,心里就有些不舒服,真不知找他好,还是不找好?

母亲纺着毛线,董锐兰六神无主地转出转进想不出钱的出处。

有人在外面吹口哨,董锐兰知道是田崇慧在吹。河南女子的房里没动静,董锐兰就知道田崇慧不是在叫河南女子。

董锐兰出了铺子门,看见田崇慧站在街边等自己。董锐兰故意问:"你在等谁?"

田崇慧说:"等你,等谁!"

董锐兰问:"下午演说你到哪里去了?"

田崇慧说:"演说完后我到处找你不见,你到哪里去了?"

两个人拌了一会儿嘴,董锐兰问田崇慧这次献金你准备献多少?

田崇慧说尽力献,我父亲这次准备献二百个大洋,我献五个大洋家里还是给的。你呢?

董锐兰被问得不知怎样回答好,只是搪塞着回答肯定要献多一些!

两个人正在街上说话,河南女子从院子里出来,看见两人就热情地与两人打招呼。

董锐兰一见河南女子心里就有些不高兴,转头要回去。田崇慧问你不是还有事要说,怎么要走?董锐兰不说就回了家。

董锐兰走进院子,碰见院子里住的那家河南男人拿了个带钩的长竹竿向外走。董锐兰一看城里起捞桶的人不就拿着这种竹竿,他要起捞桶?

院子里住的这家河南人倒也勤劳,女人买了一辆纺车在纺毛线,男的这段时间找工作,急忙找不下,他就干起捞桶这苦事了。

起捞桶这差事四季都要下井去捞掉进井里的水桶,每次下井都要喝一口酒驱寒。捞桶人一般老了会落下一个风湿病的病根,腰腿痛得身体弓起来,活像一只大虾。本地的男人有三分耐活都不干这活儿。董锐兰对院子里的河南人干这种事儿有些看不起难过,但知道他们为了生活不得不这样做!

董锐兰回去在屋里转了两圈儿,想向母亲要钱又开不了口,又转了两圈儿,终于忍不住了,正要开口,忽然听到外面铺子里好像有人在吵架。

苏玉英停下纺车急忙与女儿出去看,原来是郭少总来了,拄着个棍在和父亲争吵。

郭少总向父亲要钱,父亲不给,两个人舌枪唇剑地在吵。父亲坚持不给,郭少总急了,说父亲霸占着他家的铺子,不给他给钱,这是独吞他家的铺子。

父亲气得要打郭少总,被账房先生和众相公拉开。董锐兰气得要冲上去和郭少总评理,被母亲拉了回来。

账房先生一看不给钱支不走郭少总,就给郭少总给了一点儿钱。郭少总嫌少,赖着不走,母亲发话了,再给他一点儿,让他快走!

账房先生又给了一点儿钱,郭少总感到要的钱够了,才拄上棍,一瘸一拐地走了。

董锐兰怪母亲让账房先生给钱,又嫌父母太软弱。要是自己,非把那不学好的郭少总打出去不可!

父亲气得回来休息,董锐兰不好向父母要献金,只好等着晚上父母气消了再说。

晚上董锐兰写完作业收拾好东西,要过去睡觉,不要钱不行了,就向母亲开口说献金的事。

父亲白了董锐兰一眼,没有说话。母亲思索了一下,就去柜子里取钱。父亲一脸不情愿。

母亲给董锐兰给了钱,董锐兰一看十文,嫌少,就赌气,把钱丢在炕上拿着书包过去睡了。

苏玉英一见女儿生了气,想追出去安慰女儿,又怕惹丈夫生气,就没有理女儿。

第二天,董锐兰背着书包去上学,母亲喊锐兰、锐兰把钱拿上。董锐兰没有理,背上书包就走,母亲从房里追出来,把十五文钱塞进董锐兰的书包。

10

早晨天刚亮,田寿丞就来叫董兆元去柳湖。

今天是"七七事变"一周年纪念日,平凉各界在平凉柳湖举行"抗日阵亡将士纪念碑"揭碑仪式,平凉城社会各界代表参加。做为商界代表,田寿丞害怕董兆元去迟了,就来叫董兆元。

田寿丞依旧穿着他那身脏不兮兮的灰布袍子,挎着一个旧褡裢。董兆元心里就有些不快,说:"寿丞兄,今天是什么日子,你还这样吝啬,穿这衣服?"

田寿丞奇怪地问:"换什么,这衣服不是好好的吗?"

董兆元说:"还好好的,人都把你当成啥看了!"

"当啥,不就是叫花子吗?那有什么?"田寿丞说。

前几年,田寿丞穿着脏兮兮的灰布袍子,背着破褡裢到兰州去,遇到自己的水烟行新招的一位小相公。那小相公看见一个脏不兮兮的老汉,背着个破褡裢,以为是个乞丐,就在水烟行门口挡住田寿丞,死活不让他进去。外面吵吵嚷嚷的声音惊动了水烟行的掌柜。掌柜的出来一看,原来是小相公在和老东家争吵,就扇了小相公一个耳光,说你狗眼看人低,连老东家都不认识!急忙让田寿丞进去。小相公一脸迷茫,老东家就穿得这样,又脏又破,这不是一个乞丐?

董兆元和田寿丞一起来到柳湖。一进柳湖南门,就见脚底低洼处的一湖岸的柳树热气腾腾茂盛地向上冒,这些柳树叫左公柳。

两个人来到西台碑亭处,那是一个斗檐翘角的六柱亭,亭内一个高高的石碑用红绸覆盖着。亭前右面的空地上已经有几个居士在诵经。田寿丞来到队伍边,快速脱了灰布袍,拿出褡裢里折叠得整整齐齐的藏红色居士袍穿上。

田寿丞合掌去念经,董兆元看了碑子四周的布局,闲着没事,就去西南角看暖泉。

西南角一眼泉水清波粼粼。这泉水甘甜,终年不结冰,尤其在寒冬它倒热气腾腾,周围群众食用它,引它灌溉农田。左宗棠当年路过平凉在这里立碑,书写"暖泉"两个隶书大字。

董兆元观看了碑和暖泉，估计开会人已经到齐，就回到了亭前。

亭前，平凉各界代表胸戴白花，默默地站在那里，喇叭里播放着《大刀进行曲》。董兆元掏出白花戴在胸前，站进了商界代表的队伍。

大会由43军军长杨德亮主持。默哀，播放《大刀进行曲》。平凉地区专署专员讲了话。纪念碑上的红绸缓缓揭开，石碑正上方镌刻"抗日阵亡将士纪念碑"九个大字，底座正面有"抗日阵亡将士精神不死"的题词。裴举人慷慨激昂地念了祭文：

呜呼，皇天后土，列祖列宗。民国二十年，"九一八"事变，倭寇侵华，占我疆土。东北三省，顷为敌有。兵燹为祸，百姓奔突；妻离子散，骨肉分离；尸横遍野，白骨累累。江河悲泣，群山献恨。全国军民，同仇敌忾。幸我中华子民，不屈于敌。故有十九路军淞沪抗战。热血之士，激战长城。国有累卵之危，邦有临渊之险。九鼎将易，神器鬼扰。地无南北，人无老少，抗敌卫国，英雄之举。首都沦陷，倭寇丧心；旬日之间，卅万生灵，冤魂涌荡。有我民族英烈，倾其全力。挽狂澜于即倒，扶大厦于将倾。淞沪三月，血肉磨坊；雨花台上，誓赴国殇。及至徐州，台儿庄扬眉；武汉会战，血染陋巷。有我陇上男儿，扬威疆场。精忠报国，其志可嘉。今桑梓父老，建亭立碑，以慰忠魂。魂归来兮，献三牲之醴，军民同举，供五色之谷。修亭勒石，礼烹九鼎。为国捐躯，民族英灵，伏惟尚飨！

          甘肃省平凉全体军民祭礼
          中华民国二十七年七月七日

1939 年

1

下午,董兆元正在看着相公摆货,骆驼客肩膀上掮着自己的小儿子武儿,抖着笑着从院里出来。

董兆元假愠地数说骆驼客,不要惯坏了孩子,让骆驼客把武儿从肩膀上放下来。

骆驼客不听,高兴地要掮着武儿出去玩。董兆元责怪说,你这样爱娃娃,等你媳妇给你生了娃后,有你好抱的!铺子里人都知道,骆驼客媳妇有了身孕,已经显怀。

武儿口里吮着把把糖,被骆驼客掮了回来。骆驼客把武儿从脖子上放下来,武儿跑向董兆元。董兆元摸摸武儿的脸蛋,让骆驼客把武儿领进去。

国家又丢失了广州、武汉两城,中国军队连连败退,说不定哪一天就要打到平凉了!董兆元对国事发愁,也对家事发愁。昨天老家有人捎话,说二爷让董兆元回去。

侄儿听董兆元要回去,跃跃欲试地,看样子想回去。董兆元正好缺一个人背东西,再说侄儿好长时间也没有回家去看看了,董兆元就决定带着侄儿回家。

第二天天不亮,董兆元和侄儿从平凉城出发,坐车到白水,然后步行向南上赵寨塬。

拿的东西不少,上了赵寨塬两个人身上就出了汗,行囊也死重。两个人找了个地方休息了一会儿,继续向前走。

下午三点,两个人才下了赵寨塬,一进县城,董兆元就听见西面有大喇叭响。侄儿推开了柴门,高兴地喊娘。一进柴门,董兆元就看见哥哥坐在院子里捣木炭,墨黑的脸上只留下一双可怕的白眼在看自己。

董兆元叫了一声哥哥。哥哥看着侄儿和董兆元嘿嘿地笑了。

正在做饭的嫂子听见儿子和董兆元回来,高兴得没顾上洗和面的手就跑出来迎接。侄女接了东西,几个人走进窑里。

进窑一看,董兆元确实吓了一跳。窑顶原来是个竖裂缝,一直从窑外裂到窑里。这个裂缝好长时间了,家里人都没有害怕。可是窑中间这次出现了一个横裂缝,从窑顶一直到两面窑壁。人说窑顶竖裂缝不怕,裂缝两边土块互相顶着,而横裂缝的窑可能会塌。董兆元明白了二爷急着叫他回来的原因。

董兆元问嫂子这裂缝有多长时间?嫂子说时间不长。多亏时间不长,时间一长可能就出事情!

哥哥依旧在院子里捣木炭,嫂子让女儿领着父亲把手脸洗了,来和董兆元说话。

董兆元和侄儿洗了手脸,嫂子问了路上安好,董兆元问家里可好?嫂子说这段时间窑面子上淌土,看来这窑不行了!

董兆元心里紧张,哥哥家住在这窑里,千万不能出什么问题!

董兆元心里有事,让嫂子做饭,急忙带着侄儿去二爷家。

二爷家只有二爷一个人在，董兆元问别的人哪里去了？二爷叹了一口气说县上这次征兵，自己的小儿子被征兵了，家里所有人去送。

董兆元问征的人多吗？二爷说不少，第一次三十六个，第二次五十二个，这次六十八个，轮到我们家出一个壮丁，我的小儿子就去了。

董兆元说："怪不得这么长时间没有见到堂弟董玉柱到平凉来。"

二爷看了董兆元的侄儿，说董兆元的侄儿长高了，出息了。还没等董兆元开口，二爷问："你把你哥哥家的窑看了吗？那窑要塌，住人不行了。"

董兆元说："看了，就是不行了。"

二爷说："我就是为这事让你回来，你赶快给你哥家想个办法？"

"马上搬离，那窑再不能住了，找个地方先住下，给院子里修几间房再搬回来。"董兆元说。

董兆元和二爷商量了，董兆元去问村西董天明家那处废庄子。

董兆元由二爷的重孙女梅梅领着，顾不上吃饭就去董天明家问。董天明家一口答应能行。董兆元问租钱，董天明说都是一个董家，那废庄子闲放着，要钱就生份了！

董兆元说好一切，要回去吃饭，董天明留着吃饭，董兆元硬是告辞了。

董兆元回到家天已黑尽，嫂子叫赶快吃饭。饭后董兆元告诉嫂子明天就搬家，搬到董天明家的老庄子去。

第二天早晨家里人搬家，嫂子恋恋不舍地不想走。董兆元催着向推车上放东西，又找人重新收拾了锅台，到街上按锅灶尺寸买了铁锅，搬了两天才搬完。

老家住了四天，董兆元找来表兄孟有成，托咐他闲时去关山深处给哥哥家打听打听修三间房的木料，打听好了来平凉取钱。

安排好一切要回平凉时侄儿不想回去，董兆元知道侄儿留下还是给家里添负担，就硬逼侄儿走，侄儿最后掉泪跟着董兆元回了平凉。

回到平凉，董兆元为给哥哥修房缺钱的事发愁了。

他妈的，这瘟神杨大人，离开了他就不行了？没有办法只能去找杨大人。

"掌柜的，外面有人找！"朱福进来叫董兆元。董兆元跟着朱福出去看。

来到铺子里，一个人抱拳向董兆元打招呼："董掌柜好！"董兆元回礼，原来是自己的一个朋友。

"董掌柜，我刚从兰州回来，大公子捎来话了！"

"走走走，到里面说话。"董兆元把客人向家里让。两人来到家里，朱福端上盖碗茶。

董兆元问："我那不孝子怎么样？"

"大公子一切都好，他让我向你老人家问安！"

董兆元笑了一笑："一切都好！"

"这段时间他生活紧张，让家里给他捎一些钱来！"

董兆元一听大儿子要钱就发了愁，哥哥的事还没有处理，大儿子的事又来了！

董兆元送走朋友，没有办法，只好向妻子要了两个大洋到邮局里给大儿子汇了。

第二天下午，董兆元去找杨大人。

杨大人家在北后街城墙根下，一个宽大的四合院子，院中有三间瓦房，两孔窑洞，家里开着酒坊。杨大人一面照顾着自己的酒坊，一面在赌场保场子。他家的酒取柳湖的暖泉水酿造，柳湖春烧酒闻名西北。

董兆元找到杨大人，杨大人正在酒窖里看着雇工起酒糟。见董兆元来了，杨大人停下手中的活儿客气一番。两个人在上房里坐定，董兆元说了自己的难处，问杨大人："你以前不是说有一笔生意问我敢做吗？是什么生意我来问你？"

"你终于想通了！"杨大人一笑，大喊，"胡垆头，把咱们珍藏的柳湖春拿一坛过来！"

胡垆头抱来一坛子柳湖春烧酒，拿了两个碗摆开，倒了酒。董兆元让胡垆头喝，胡掌垆客气一番就去起酒糟。

杨大人和董兆元两个人你敬我，我敬你，又相互划了十三拳，只喝得二人面红耳赤，浑身热透。董兆元问，快说，有什么生意可做？

杨大人看左右无人，摇摇晃晃地去关了房门，回来打一个饱嗝对董兆元说："布匹生意，你的老本行，看你敢不敢做？"

自己做的就是布匹生意，有什么敢做不敢做的？董兆元知道里面肯定有猫腻，就问："有什么不敢做的呢？你说，怎样做？"

"生意好做，就是去的地方有点儿危险？"

"有什么地方我董兆元不敢去的？只要能赚钱，刀山火海我都敢闯！"

"君子一言，驷马难追！说定了，谁打退堂鼓谁是狗！"杨大人说。

"谁害怕谁是狗!"董兆元说。

"陕北!你敢去吗?"杨大人问。

董兆元一听去陕北就如晴天霹雳,头脑一下子清醒了。这几年国民政府一再明令,禁止一切物品进入陕北,违令者斩!干这事可要杀头。这是拿自己的脑袋开玩笑!董兆元不说话了!

"看,怎么样,老兄不敢去了?"杨大人讥笑道。

董兆元一时为难,不再说话。

房门被人吱的一声推开,制酒的工人走进来问:"掌柜的,酒糟起完了,再装窖吗?"

"装,你先带人装,我等会儿就来!"杨大人回答。

制酒工人带上门走了,杨大人问:"怎么样,董掌柜,考虑好了吗?"

董兆元没有吭声!

2

去不去陕北贩布?董兆元有些犹豫不决!去贩吧,抓住了那可是要杀头的!不去贩吧,哥哥修地方要钱,自己的家里、大儿子要钱,人总不能束手待毙,坐着等死!

董兆元考虑再三给杨大人回话,还是到开春再说!

腊月初八一过,年关渐近,乡里人来城里办年货,城里人准备扫房收拾卫生过年。董兆元忙得到处跑,收账催账,准备着过年的事情。

腊月二十一上午九点多,董兆元到县衙西边的粮食市场去看粮食和菜。董兆元问了肉价,今年的肉价要比往年便宜,蔬菜也充足。董兆元在市场转了一圈,买了几斤肉正准备往回走,天上就有嗡嗡声,起初人们并没有在意。

天上的嗡嗡声越来越大,粮食市场里有人抬起头望天空。只见西面的天上出现了几个黑点,起初如天际的乌鸦。黑点越来越大,有人数着一个两个三个。黑影越来越大,变成了飞机。

董兆元记着前段时间的宣传,心里有点紧张。可是看看周围的人一个个镇定自若,各做各的事,董兆元就没有理会。

飞机上的太阳旗都能被看见了,接着传来尖利的呼啸声。轰地一下,一颗炸弹在粮食市场中央爆炸,市场中升起一朵蘑菇云。

董兆元吓了一跳,急忙找躲的地方。又一颗炸弹在粮食市场爆炸,粮食市场上鬼哭狼嚎。董兆元吓得一下子丢掉肉,抱头躲在了照壁底下。

一颗炸弹又在粮食市场爆炸,炸得粮食粒子像扫帚一样抽打在董兆元的胳膊上、手上。董兆元抱着头不敢抬头。只听到爆炸声连连,粮食市场变成了屠宰场!

董兆元全身哆嗦,站不起身来。飞机持续轰炸了二十多分钟才飞走,周围是一片骇人的寂静。董兆元抬头看看四周,只见头顶的照壁上挂着一串一串的血肉和人手人腿。有人醒悟过来,什么都不顾,哭着转身就向回跑。

董兆元顾不了自己买的肉,赶快向回跑。沿街到处是瓦砾和哭叫声,有些地方着火了,人们在惊慌失措地救火。

董兆元跑到船舱街,远远看见侄儿向乏牛坡上看。等董兆元跑到跟前,问侄儿在看什么?侄儿说等你回来。董兆元问有什么事?侄儿说你赶快回吧!

董兆元急忙跑进院子，只见院子里一片狼藉，房屋被揭了顶，河南女子呆若木鸡地扶着奶奶在看着自己。院子里没有了妻子和儿子的身影，一种不祥之感袭上董兆元的心头，是不是家里出事了？

一进二道门，二道院子里的河南女人神色慌张地看董兆元。董兆元有点儿纳闷。进了三道院子，就看见几个人在院子里救人，到跟前一看，原来是自己的妻子躺在地上，众人在急救！

董兆元拨开众人扑上去，看见妻子没气了，就给妻子嘴对嘴的做人工呼吸，一会儿妻子有了呼吸，董兆元松了一口气。

妻子一咕噜爬起来，口里喊着武儿，武儿，要去找武儿，被众人按住。

妻子一声喊董兆元才反应过来，哎呀，怎么不见了武儿？董兆元赶快寻找，只见院中扔着武儿的一只鞋，房檐台上放着一个人，用被单苫着，露出了孩子的两只光脚。那不是武儿的脚！

董兆元有些不相信自己的眼睛，揭开被单一看，啊！原来是自己的小儿子武儿满脸血迹地躺在那里。

董兆元抱起武儿，呼唤武儿，武儿不应声！

武儿被日本鬼子的飞机炸死了！

……

苏玉英忽然站起来，惊慌地喊："武儿，兰儿！"

众人急忙找董锐兰，有人说兰儿出去不知到哪里去了？账房先生指着朱福和董兆元的侄儿赶快出去找。

还没等两人出门，董锐兰就急急忙忙跑回来。董锐兰一见院子里人聚在一起，就问出了什么事？朱福说你弟弟被炸死了。董锐兰揭开被单一看，弟弟真的被炸死了。

董锐兰摇着弟弟的尸体，哭喊着弟弟的名字，弟弟依旧不答应。

朱福面带愁容地告诉账房先生，后院也死人了，骆驼客的媳妇也被日本鬼子的飞机炸死。骆驼客不在，尸体放在那里没人管！

账房先生一听掌柜家的事都不知道怎样处理，就对朱福说你先去找杨大人，问杨大人怎样处理？

一会儿有人传来话，北沙石滩牲口市场也被炸了，骆驼牛羊被炸得血肉横飞，死伤无数。全城死伤二十多人，有几个难民从河南逃难来平凉，跑了几千里还没有逃过一劫，最后还是被炸死在异乡了！政府通知，各镇登记死伤人数以后，各家尽快处理尸体，或者火化，或者土葬。

平凉是西北地区重要商埠和军事重镇，也是苏联援华物资的中转站和集散地。日本鬼子为了加强对抗日后方的破坏和威慑，把平凉做为轰炸的重要目标，平凉人遭殃了。

晚上，小儿子的尸体放在外间客厅里，苏玉英不睡，坐一会儿站起来说她听见武儿叫自己，出去看了，一切照旧。半夜了又怕夜冷，冻坏了武儿，又出去给武儿盖单子。一夜折腾，出去了好几次。

董兆元想劝妻子，又不知从何劝起！日本鬼子，竟欺负到我们头上了，过去自己想日本鬼子是不会打到我们这里来的，现在来了，还让我们付出了血的代价！

看来打鬼子是我们每个人的事了，不反抗，我们确实没有活路了！

第二天，武儿的尸体放了一天，众人不知道怎样处理！晚上，账房先生劝董兆元，孩子已经没了，明天早晨还是把尸体火化了吧。

董兆元一听于心不忍。按照当地的习惯，没有结婚的年轻人死了要火化，不能土葬。董兆元实在不想把自己的小儿子火化了，左思右想没有办法，只好同意把小儿子火化。

赶做新衣服已经来不及，苏玉英就挑了比较新的衣服给小儿子穿上。

第三天凌晨，朱福和二道院子里的河南男人，把董兆元小儿子的尸体放到独轮车上，要去甘沟河滩火化。

在大门外，苏玉英哭着不让车子走，董锐兰也哭，众人拉住苏玉英和董锐兰，几个人推着车子走了。

董兆元看着小儿子的尸体被拉走，两股浑浊的眼泪从眼里流了出来。

回头，董兆元碰见杨大人和两个手下推着骆驼客媳妇的尸体，去甘沟乱石岗埋，心里又添了几分悲哀！

3

腊月二十七到了铺子里算账的日子，要是往年，这天早晨全铺子人召集在一起，由掌柜的公布本年度铺子收支情况，给所有人员分红，决定来年铺子里人员去留，大家高高兴兴回去过年。

今年与往年不同，账房先生没接到掌柜的具体安排，不知是铺子照开还是算账。

已经是上午十点多了，还不见董兆元从里面出来，大家都着急，希望早早拿了工钱回家，离开这连生命都没保障的地方！

上次轰炸朱福目睹了炸弹爆炸，尘土飞扬，人们抱头鼠窜的场面，轰炸已经过去六七天了，仍心有余悸，希望早点拿到工钱，早点回去，明年再不来这危险的地方了！

十一点半钟，董兆元才迟迟从里面出来，把大家召集在铺子里，账房先生念了本年收支情况，今年生意不好，东家两百个大洋，股东每一千个大洋的股分红一百二十个大洋。掌柜一百五十个大洋。一等相公每年工钱三个大洋，二等相公每年工钱两个大洋，三等相公每年工钱一个大洋。学习相公三年未满的，掌柜特别开恩，赏钱五十文。另外铺子里生意不好，决定减员四人。董兆元依次念了名字，包括侄儿在内。

朱福伸长耳朵听着被裁员者的名字，希望有自己的名字，可是到完也没有自己的名字，自己反而被留下过年看铺子。

朱福羡慕董兆元的侄子被裁员，朱福知道那是董兆元在偏心，害怕自己的侄儿出事，让自己的侄儿赶快离开这危险的地方！

董兆元又宣布，铺子里留的人想把工钱留在铺子里随份子也可以。城里不安稳，董兆元不好回老家看哥哥，只好给侄儿备足了礼物，又给侄儿给了家里过年的钱，托人带了侄儿回老家。

腊月二十八，郭老总一家也要回老家躲飞机，董兆元带人买了米面粮油和大肉，购置了郭老总一家过年的年货，派人找车送了，总算把东家安顿了下来。

腊月二十九上午十点多，城里钟声响了，人们又跑飞机。

董兆元带着妻子女儿和铺子里的人跑了一次飞机。一个多小时后飞机没有来，回来时妻子就在路上咳嗽，董兆元让妻子回去找医生看看。

妻子去南门什字廖士英中医诊所看了,廖大夫说苏玉英偶感风寒,让苏玉英以后外出注意保暖,小心着凉。苏玉英抓了三服中药,熬着喝了。

这段时间晚上严禁烟火,害怕日本鬼子的飞机又来轰炸,黑灯瞎火地过了十几个晚上,人们也习惯了,有时半夜里人们被喊醒,惊吓得跑飞机。

今年过年不比往年,要是往年到了腊月二十九早晨,集市上人山人海,人们抓住年马上就要到来的最后时节,尽可能购置正月里过年要用的东西,好好过一个新年。今年集市上少有人走动,人们都害怕聚集在闹市上成了日本鬼子飞机轰炸的对象。如果日本鬼子的飞机轰炸,跑都跑不及,命都保不住,谁还有心思过年?

到了腊月三十,街道上更少有行人,董兆元早早让铺子里留下的人打扫卫生。嘟嘟脸胖厨师擀了长面(金线),捏了元宝(一种像元宝一样的馄饨)。饭做成后嘟嘟脸胖厨师叫掌柜的过来吃。苏玉英精神欠佳,不过去了。嘟嘟脸胖厨师便下了一碗金线钓元宝,让董锐兰给母亲端过去。

女儿把饭端过来,那面如麻绳一样坚硬,让人咬不断,苏玉英勉强吃了两口,一顿饭就算结束!

董兆元由于家里死人,大门上不好贴白纸对联,害怕影响铺子来年的生意,就什么也没有贴。只在自家门前贴了一副白对联,以示对儿子的怀念。

腊月三十晚上,平凉城里如鬼追了一般,街上冷阴风嗖嗖,家家闭户,屋屋灭灯,街道上少有行人。要是往年,腊月三十晚上,同门亲戚之间相互拜年走动,叩首祝福,发压岁钱，尤其是孩子乐得给大人拜年，多挣几个压岁钱。可是今年，人们却只盼着这死一般的夜晚赶快过去。

半夜，董兆元听见外面街道上好像有什么响动，就听见朱福惊慌失措地进来喊："掌柜的，掌柜的，快跑，日本鬼子的飞机来了，街上人跑呢！"

董兆元赶快叫妻子起床，又大声喊隔壁的女儿快跑。由于黑暗，出二门时妻子不小心把脚崴了，董兆元和女儿搀着妻子跑出了院子。

街道上人声嘈杂，不辨东西。董兆元和家人随着众人跑了，不知跑向了何处。躲了一夜，天亮才走了回来，日本鬼子的飞机没有来，原来虚惊一场。

正月初一上午，全城死寂，谁家还有心思放鞭炮。

由于家中死了人有孝，亲戚不能来往走动，全家只好闷在家里。

吃过早晨的拉魂面，董兆元在家中闲着无事，出来与账房先生坐了。账房先生见董兆元闷闷不乐，就从柜子里拿出一瓶烧酒要与董兆元对喝。董兆元起初不肯，经不住账房先生劝就喝了。

两个人虽然对喝，但不敢放胆喝，只怕日本鬼子的飞机又来轰炸，喝醉跑不动。

董兆元喝得头晕，回来一进二门听见纺车响，就知道是妻子在纺毛线。董兆元心里有些发怒。按照惯例，正月初一不动针线，动了针线要受苦一年。妻子今天动纺车，只是妻子心里难受，借以纺线打发时间罢了！

董兆元回屋，见女儿在做羊毛滚子，妻子在纺线。董兆元说初一最好不要动针线！妻子看看董兆元，叹了一口气，只是纺自己的线。

董兆元在椅子上坐了，感到屋子里凉凉冰冰，少了一人。想起了武儿，只感到武儿笑着过年，在满地跑。

乡下人不愿来城里，害怕受到轰炸。城里人谁还有闲心思去逛亲戚？说不定飞机来了要跑呢，谁能放得下家人？

董兆元想送妻女到乡下去避难，可是自家有孝，到哪个亲戚家去呢？谁欢迎？虽有这种想法，但终不能实施。

好不容易熬到正月初五。正月初五，习俗不出门，人们都在家里过年，不走亲戚不走动。董兆元只盼初五这天平安，静静地坐在家里。

快到中午十二点，正准备吃中午饭，就听街上有人喊，快跑，飞机来了！董兆元还在犹豫，就听见和阳门上的天圣铜钟响了，知道飞机来轰炸是实，领着妻女跑到船舱街南的野地里去躲。

一行人跑到野地里，寻找沟壑藏了。不大一会儿就听东北面天空有飞机的轰隆声，然后是爆炸声，吓得躲藏的人心惊肉跳。飞机飞走了好长时间，四周没有了一点儿声音，董兆元才小心翼翼地回来。

女儿董锐兰这几天倒也乖巧，没有出去胡跑。学校里由于放寒假，没有组织任何活动。田崇慧常到家里来，多半是下午三点以后。一般情况下日本鬼子的飞机下午三点以前来，下午三点前必须返回。

下午铺子快关门时，甲长来各家通知，明天上午九点有警报声，以后跑飞机就以警报声为号，提前准备。董兆元问什么是警报？甲长说到时候你就知道了。

第二天上午九点，城里响起了一种凄厉的撕心裂肺般的响声,这响声直刺人心,让人不由得想抱头逃窜。众人惊慌得不由地都跑上了大街。巡警在街道上大喊:"市民们不要紧张,鬼子的飞机没来,这是政府在试验警报器。"

4

政府要求城里各个商铺在城里只留三天要卖的东西,其余的在城外自找仓库存放。虽然自己的库房里没有多少东西,但是无论如何也不能毁于日本鬼子之手,董兆元带着朱福急急忙忙去城外找库房。

董兆元带着朱福去城东八盘磨找库房。五姐告诉董兆元城东库房可以找下,可是这里离飞机场近,经常受到轰炸,你还是到城西找个僻背地方吧!

董兆元又带着朱福来到城西,找到朱镇长。朱镇长说找库房容易,我们村上有的是窑,你要新的还是旧的?

董兆元说旧的,路要好走,越僻背越好,飞机轰炸不上!朱镇长说不用找了,我有一处旧地方,在野猫沟里,三孔窑,路通,现在就领你去看。

那地方在离城不远的一条大沟里。没有进沟就已经树木阴森,进了沟到处是荆棘和荒草。没走多远,荒草丛里什么东西刺啦一声不见了,董兆元被吓了一跳。又有怪鸟在枯枝间凄厉地叫,董兆元感到头皮发麻。朱镇长家的旧地方就在沟深处,院墙坍塌,大门破旧,院里荒草遍布。

院中有三孔大窑,董兆元一一看了,窑洞内壁完好,放东西没有一点问题。锅头和炕都好,只是搬家时稍有破坏。院里还堆着一大堆烧炕烧锅用的柴草。

董兆元量了锅头的尺码，又出门看了看四周的环境，谈好价钱，就把这里租下了。

董兆元给朱福留下火柴，让朱福给窑里生火，收拾卫生。自己回家带人向这里拉东西。朱福一脸不情愿的样子，只好留下生火打扫卫生。

董兆元回到家，带人装了马车。刚出船舱街口就碰上转移货物回来的田寿丞。两个人站着咒骂了一阵子日本鬼子，急急忙忙去转移自己的货物。

整整一个下午，才拉了一半货物。最后一趟董兆元让朱福和伍三娃早早吃了饭，马车拉着货物走时，董兆元让他俩给马车上架了自己的被褥，拿了柴火和炭，要他们晚上住在那里看货物！朱福心里极不情愿，又不敢说，只得屈从了。

众人走完，朱福和伍三娃在朱镇长家的旧锅头里生着了火，让窑和炕热着，两个人收拾铺炕。

炕虽然热了，但睡上去却湿漉漉的，让人难受。看见黑咕隆咚的窑顶，朱福有些害怕，窑会不会塌下来？会不会有鬼？胡乱想着，朱福渐渐就睡着了。

是谁在叫自己？朱福有些疑惑，细听是武儿。娃娃就是顽皮，这样爱和大人开玩笑！

远处，像是武儿又不是武儿，像哭着又像在笑。是他甜甜地在向自己招手。朱福喊，武儿过来过来。武儿站在原地不动。朱福生气了，转过头去不理武儿，武儿就哭了！

是武儿趴在自己的背上，压得自己喘不过气来。朱福想翻身摆脱武儿，可是武儿的身体却死重，压得人不能翻身。朱福极力地呼喊挣扎，怎样也摆脱不了武儿的纠缠。朱福胡乱蹬起来。旁边睡的伍三娃把他捣醒，问你怎么了。朱福才明白自己做了噩梦!

伍三娃睡了,朱福闭上眼睛装睡,武儿的形象又出现在面前。

朱福怎么也睡不着,又听见外面有孩子的哭声,那叫声怪怪的,是死娃娃在叫唤,吓得朱福赶快用被子包住了头。

第二天早晨又有一车货拉来,带着面和菜。下了货,董兆元让朱福继续留下看货。

董兆元拉了一趟货回来,甲长就找上门来,说上面有了通知,让城里各店铺在自家院子里挖一个防空洞和沙坑,防空洞里放上食物,以备日本鬼子的飞机轰炸时躲避,沙坑里放上沙子,以备飞机轰炸,房屋着火时灭火!

董兆元问防空洞怎么挖?甲长说明天带你去看。

学习挖防空洞的人回来,先在二道院子中间直向下挖了一个深坑,挖到两米以下再平挖一个小窑洞,两个挖洞的相公跳上跳下,浑身是汗。

有人喊日本鬼子的飞机来了,几个人急忙把河南老太太塞进洞里,放上吃的,出去跑飞机。日本鬼子的飞机在平凉城上空旋了几圈,胡乱丢下几个炸弹,慌慌忙忙地飞走了!

董兆元回到铺子,几个人把河南老太太从防空洞里拉出来。河南老太太说防空洞还起作用,钻在里面只听见外面飞机响,飞机丢炸弹时洞壁上土簌簌地掉,其他没有什么问题。

下午,董兆元派伍三娃去野猫沟看朱福,伍三娃回来说野猫沟静静的,根本没有受到敌机的轰炸,朱福说他害怕不想看库房了。

日本鬼子的飞机经常来轰炸,平凉飞机场两个外国援华飞行员驾飞机与日本鬼子的飞机在平凉上空作战时牺牲了,一时间闹得城里人心惶惶。政府贴出布告说为了避免和减少伤亡,城里闲杂人员尽量疏散到乡下去。董兆元急忙托人在乡下找住处,并提出要求,最好在离城不远的偏僻山区。

托的人找了两处地方,一处在平凉城西面的乡下一个山沟,董兆元去看了,虽然离城不远,但要过泾河极不方便。另一处依然要过河,就只好罢了。

眼看城里人员在一天天减少,董兆元心里着急。一天,妻子苏玉英对董兆元说,甲积峪王家沟我姨娘家那里离城近,偏僻,又不过河,我们联系一下,不如住在那里!

董兆元想家里死了人,按照习俗过年不与亲戚走动,去王家沟似有不妥,但又无其他办法,就只好提了礼品,硬着头皮去王家沟试探。

董兆元到了王家沟,在姨娘家门口喊了人。姨娘出来见是董兆元,一楞,就让董兆元在门外站着,让儿子抱了一抱麦草,在门口点了火,让董兆元在火上跳过来跳过去燎了几遍,去了身上的晦气,才放董兆元进了门。

董兆元进去客套一番,说了打算,姨娘答应,欢迎苏玉英和女儿到她家来住。

5

家里死了人,田崇慧几次来让董锐兰去参加救济活动,董锐兰都没有去。一天,田崇慧问董锐兰:"我们到西大街抗战读物推销社去,看看最近有什么好书?"

董锐兰害怕河南女子出来搅和,就答应和田崇慧一起去。两个人来到西大街抗战读物推销社,推销社店门紧锁,门上贴着封条。董锐兰奇怪，书店才开了几天就关门了？董锐兰扒在门缝眯着眼睛向里努力看了一会儿，只见房子里早已没有了书架和杂志，只有满地废纸。

两个人问周围的人这书店怎么了？那人说书店前几天被警察封了。

两个人扫兴地向回走，田崇慧问："你知道吗，河南女子一家好像要走？"

"走就走，到哪里去？"

"看你说的，为了抗日，为了难民，我们去年不知费了多少心血。他们刚在平凉定居下来，又要离开平凉，我们的心血岂不是白费了？我们去她家做做工作！"

田崇慧和董锐兰来到河南女子家，董锐兰拉着河南女子奶奶的手说："奶奶，这几天害苦你了！"河南女子的奶奶说："你们家武儿是一个多乖的娃娃，说没就没了！"

不提武儿董锐兰心里到好受些，一提武儿董锐兰就想起了弟弟，心里不免难受。河南女子一看，急忙对奶奶说："人家来看你，你再不要胡说！"

奶奶不说话了。田崇慧问河南女子："你们家是不是又想向西走？"

河南女子说："我父亲说我们逃到平凉就是为了躲日本人的侵略和洪水，没想到日本鬼子的飞机又撵到平凉来轰炸，平凉也不安稳了，我们还要向西去！"

田崇慧问："向西去哪里？静宁、会宁？到了兰州，兰州空战要比平凉厉害，你们再向哪里跑？一直跑到新疆去？那可要几千里路程！说不定人没走到就死在路上！"

河南女子说："你说的也是，就是来平凉，我在路上就见到几个老人和孩子死了。"

董锐兰说："给你父亲说说，不要走了，我们大家在一起玩和上学，你们就别走了！"

河南女子听了，说："其实我和奶奶也不想走，只是父亲和几个老乡商量着要走。"

"那你告诉你奶奶，你们死活不走，让你父亲没办法！"

下午三点，董锐兰正在写作业，只听见田崇慧在外面吹暗号，放下手中的作业出去看。

董锐兰问："你中学考得怎么样？"田崇慧说："今天发榜，我来叫你去看！"

听到要去看榜示，河南女子从屋里跑出来，三个人去看榜示。

三个人来到县政府旁边的省立二中，看榜的人也不多。三个人从头至尾看了一遍，田崇慧没有发现自己的名字，心里就着了慌。

田崇慧揉揉眼睛又细细看一遍，榜上确实没有找到自己的名字！

河南女子高兴地指着榜文中间说："你们看，我的名字！"

董锐兰看了，确实是河南女子的名字，恭喜了。董锐兰没有找见田崇慧的名字，以为自己粗心看漏了，又从头看起。

董锐兰从头至尾看了一遍，确实没有田崇慧的名字，心里就感到有些奇怪，田崇慧的学习成绩一直在全级排前五名，考上省立二中没有任何问题，怎么榜上没有他的名字？

河南女子再看榜上确实没有田崇慧的名字，就问："田大哥，榜上怎么没有你名字啊？"

田崇慧听了腿软，心里没有了底气！

三个人出了人群六神无主，在那里站了一会儿，董锐兰问田崇慧："怎么办？"

田崇慧想想说："我们去找李老师！"

两个人跟着田崇慧进了省立二中校园，找到李老师的办公室。敲门没有回音，李老师不在。田崇慧失望至极，三个人只好到省立二中教务处去问。

三个人来到教务处，教务处几个工作人员正在忙忙碌碌准备开学的东西。田崇慧找到教务主任问了情况，教务主任查看了档案，对田崇慧说你考是考上了，就是上面说你政治上有问题，暂不录取。田崇慧问我政治上有什么问题，教务主任说我也说不清，你去问校长。

三个人来到校长办公室喊了报告，校长正在练毛笔字。田崇慧报了姓名，说了情况，问自己没有录取的原因。校长说县党部前几天来了文件，说你有政治问题，责成省立二中暂不予录取。

校长看到田崇慧不信，就让田崇慧看了县党部的文件。果然上面和校长说的一样，田崇慧气得没法，三个人只好出了省立二中。

三个人又去县政府找张朝宗。

张朝宗是前年田崇慧去外县做抗日宣传时宣传队的副队长，在县政府工作。三个人来到县政府找到张朝宗。张朝宗问有什么事。田崇慧说了自己因政治问题没有录取，找李老师不见，就来找你。

张朝宗说县党部也真是，捕风捉影，破坏抗日，闹得平凉城里鸡犬不宁，你们先回去，我找陈县长说说，让陈县长交涉交涉，再给你回话。

董锐兰回到家里,闭口不提田崇慧没有被省立二中录取的事,只害怕父亲知道了趁机教训自己。

田崇慧回到家里等消息,母亲问他省立二中榜发了没有。田崇慧没有好气地说不知道!

田寿丞从宝鸡回来,到佛籁精舍去了一下。回来时一个居士问田寿丞,你小儿子怎么没有考上省立二中?田寿丞不相信自己的耳朵,问了一遍,消息确实如此。

田寿丞回到家,问田崇慧是不是没有考上省立二中?田崇慧说没有!田寿丞问为什么?田崇慧说了自己没有考上的原因,田寿丞一听事情的原委,就去找县党部。

田寿丞来到县党部,找到县党部主任和他论理,可是县党部主任却不吃他那一套,碰了他一顿,田寿丞只好去找陈县长。

找到陈县长,田寿丞说了小儿子的事,陈县长让田寿丞先回去,自己和县党部再协商协商。田寿丞质问宣传抗日有罪吗?陈县长只是无奈地笑笑,并不回答。

6

董兆元从乡下回来,急着让妻子准备东西到乡下去躲飞机,田寿丞就找上门来。田寿丞笑着对董兆元说:"董掌柜,你攀上财神了!"董兆元纳闷:"什么财神?"

田寿丞说:"你猜,那天我给你介绍的富商是干什么的?"

"干什么的?有钱的闲人。"

"不是,实业家。他的工厂从上海迁移到汉口,现在从汉口又迁到平凉来了,正在头道渠上建工厂呢。"

董兆元知道平凉已经迁来了几家大工厂,分布在东郊的单家川和头道渠附近,自己早就想攀上这些富翁,把自己的生意做得红火些,苦于没有机会,现在看来机会来了,终于抓住了一条大鱼!

哎呀,这可是一个好机会。

就是,抓住他,把他们厂那些日用杂货的采购拉住,是一笔不小的买卖!

董兆元有意识地跑了一趟头道渠,参观了那个富商的工厂,又找了那个富商套了近乎,让那个富商购买自己铺子里的东西,那富商答应了。董兆元邀请那富商吃饭,那富商拒绝了,说我们以后合作的日子还长,以后有机会再说。

董兆元回到家,见妻子未收拾去王家沟的东西,还在照旧纺毛线,就有些不高兴,问妻子:"让你收拾东西你怎么没动?"

妻子说:"不走了,纺线。"

董兆元问:"为啥?"

妻子说城里成立了"工合"("工合"中国工业合作社的简称)指导室,在城里收羊毛线,羊毛线收购价提了,前院里河南女人去交了一次,赚的钱多,我留下纺毛线。

董兆元理解妻子留在城里多纺线多赚钱的心思。可是飞机不能不躲,那可不是钱的事,而是人命关天的大事!能为了钱不要命吗?董兆元也想让妻子多赚些钱,添补家用,可是一想为了妻子和女儿的安全,还是到乡下去,就催妻子快收拾东西去乡下。

妻子答应了,停止了纺线,但做事磨磨蹭蹭,一看就不大情愿。

董兆元问:"兰儿干啥去了?"

妻子说:"刚出去,可能找同学玩了。"

董兆元去铺子里转了一趟,又回到屋子里看妻子把东西收拾得怎么样,一走进二门又听见自家房里的纺车响,这女人又纺毛线了!

董兆元进屋,妻子一看董兆元一脸阴沉,就赔着笑脸说我看乡里暂时就不去了,看看形势再说。

董兆元说:"看什么形势,日本鬼子的飞机来了,出了事怎么办?"

忽然,街上一阵慌乱,有人在喊:"快跑,日本飞机要来了!"

话音未落,和阳门的天圣铜钟就咣咣咣地响了。凄厉的警报也响了。董兆元急忙让铺子里的人关铺子,自己跑回屋去叫妻子。

妻子喊:"兰儿还没回来!"董兆元急得直跺脚,隔壁河南老太太也急得喊叫。河南汉子昨天刚骑着自行车去西安跑来回小生意没在家,董兆元让伍三娃搀着妻子先跑,又让人赶快出去找兰儿,自己去看河南老太太。

董兆元来到隔壁房中,河南老太太把重要的东西包成了一包背在身上,一双小脚向外挪。董兆元急忙把河南老太太背到简易防空洞边,勉勉强强把河南老太太放进防空洞,就向外跑。

刚跑到二道院子,伍三娃进来叫:"掌柜,铺子门关了,快跑!"

董兆元问兰儿回来了没有?伍三娃说没有。董兆元就出去找兰儿。兰儿最终没找见。董兆元只好跑到南山沟一个僻背处躲了。

一个多小时后飞机飞走,董兆元丢下众人急忙向回跑,要去找女儿。

董兆元回到家中,看见女儿和河南女子正把河南老太太从简易防空洞里向出拉。董兆元问女儿你到哪里去了?女儿说我们到城外防空洞躲了。

董兆元告诉女儿,明天去学校办手续,去王家沟。

苏玉英也回来,看见女儿,一阵子咳嗽,就是哭。董兆元脸一黑说,你和兰儿明天就去乡下,再不许犟!

冬天天亮得迟,八点多还没有大亮。董锐兰心里烦极了,今天要和母亲去乡下躲飞机,她真想瞅个机会溜掉,让母亲一个人去乡下。

一切东西都准备好,就等太阳出来出发。

董锐兰听院子里没有人声,就溜了出来。一出房门和河南女子碰了个满怀。河南女子对董锐兰友好地笑笑,问:你今天去乡下?我送一送你!董锐兰说不必送了。话没说完,人已跑出了院子。

到了前院,董锐兰害怕铺子里人发现,就蹑手蹑脚地从侧门跑了出去。

董锐兰急急忙忙向城东跑了一段路,见没有人追来,便放慢了脚步。

到了牛屎巷口时间还早,这么早去叫田崇慧明显不合适,还是到山陕会馆找张月梅吧。

张月梅是董锐兰同班同学,父亲是一个山西商人,平时一直在外经商,家里只有张月梅一个人。

过了鱼儿桥,对面的宝塔让人看见就有一些恐惧。不远处摇摇晃晃走来一个缺胳膊断腿的人,走近一看才知那是船舱街口东北角坐的"六二〇"。

董锐兰故作镇定,与"六二〇"擦肩而过,只怕"六二〇"扑过来。"六二〇"一走远,董锐兰就急急向山陕会馆跑去。

可能是董锐兰来得太早,山陕会馆里静静的。董锐兰找到张月梅的家,犹豫了,听声音好像没有人走动,董锐兰就去敲门。

起初没有人应声,董锐兰刚准备走,就听里面有人问:
"谁?"

董锐兰一听是张月梅的声音,说:"我!"

房子门吱的一声开了,张月梅一看是董锐兰,说:"锐兰,快进来!"

"怎么来这么早?"张月梅问。

"还早呢,要不是我跑得快,现在都已到乡下了!"董锐兰搓搓手,在火上烤。

"你们家要到乡下去躲飞机?"

"我根本不想去,就跑了!"

"你不会给你父母讲学校要搬到郑家沟去上课,飞机炸不到,让他们不要害怕。"

"他们才不听呢!"

"你不回去,整得你妈也去不成乡下,你家里人可能在找你呢!"

"让他们去找,我才不管!"

上午十点多,董锐兰想出去找田崇慧,可是想想出去说不定会被家里人碰上,就没有出张月梅家的门。

中午吃过饭，董锐兰要出去转转，张月梅陪着她。两个人刚出山陕会馆就听见好像有钟声响，细听不光有钟声还有警报声。附近的人跑了起来，两个人知道日本鬼子的飞机又来了！

董锐兰不知向哪里跑？张月梅说："快跟我跑！"

董锐兰跟着张月梅一口气跑到山陕会馆后的一块空地上趴下，等了一会儿就听见东北天空飞机的嗡嗡声。一会儿有飞机轰隆隆地从头顶飞过！

城西传来了爆炸声。

炸弹声一响，董锐兰就想起了母亲。不知母亲这时候在哪里跑飞机？心里像猫抓一样的难受，心就飞了回去。

等没有了飞机轰炸声，董锐兰说我走了！说完就向家里跑。

董锐兰回到家，母亲正为找不见女儿急得哭。父亲看见董锐兰就要打，被账房先生拉住。看见母亲哭，董锐兰心里特别内疚。账房先生说："大小姐，铺子里的人都出去找你，只要人好着回来就好，明天还是到乡下去，省得大人操心！"

7

董兆元送妻女从乡下回到城里，一颗久悬的心总算落了下来，觉得心身轻松了许多，生意也管得严谨。可是由于日本鬼子飞机的轰炸，城里有钱人许多跑到了乡下，乡下人也少进城，生意便一天比一天寡淡。

嘟嘟脸胖厨师跑到铺子里来问董兆元中午吃什么？

"凑合着做一点儿洋芋面吃吧！"董兆元回答。嘟嘟脸胖厨师进去做饭。

到了中午吃饭的时候，嘟嘟脸胖厨师下好洋芋面出来叫铺子里的人吃。铺子里的人正准备轮流着进去吃饭，防空警报和和阳门的钟声就响了。董兆元急急忙忙让快关门，关了门跑。又跑进院里把隔壁河南老太太放进简易防空洞，就和铺子里的人跑向城外防空洞躲避。

等日本鬼子的飞机轰炸完后回来，只见城里有十几户人家挨炸，房倒屋塌，有人在哭在骂。锦货铺子隔壁的姚家院里也落了一颗炸弹，炸坏了两间房屋，幸亏人没有受伤。

"掌柜的，掌柜的，骆驼客回来了。"伍三娃没有进门就喊。

董兆元问："在哪里？"

"坐在自己小屋门槛上哭呢！"伍三娃说。

自从骆驼客媳妇被日本鬼子的飞机炸死，董兆元就等着骆驼客回来，现在他回来了。

"他知道媳妇死了？"董兆元问。

"知道了！"伍三娃说。

"赶快领我去看"。

伍三娃领着董兆元来到后院，董兆元看见骆驼客坐在门槛上低头哭。

董兆元问："骆驼客回来了？"骆驼客不吭声。

董兆元又问。骆驼客仍然不吭声。

董兆元劝骆驼客不要哭了，人死不能复生，哭也无济于事。

董兆元虽然劝着骆驼客，可是想起自己在轰炸中死去的小儿子，眼泪就流了出来。

伍三娃劝董兆元回去，他去叫杨大人来劝劝。

伍三娃叫来了杨大人。杨大人好说歹说才把骆驼客劝进房里吃了一点儿东西。杨大人让骆驼客休息休息，自己就回去了。

骆驼客坐在门槛上三天，失踪了。

老家又来人了，二爷捎来话说城里不安全，让董兆元和家人回老家来躲飞机。董兆元一听热泪盈眶，自己还有一个家，老家人还记着自己！

董兆元告诉捎话的人向二爷问好，说自己家里人已经安排到乡下有了住处，捎话人走时，董兆元给了路费。

一天，去野猫沟取货的人回来说朱福病了。

董兆元去野猫沟看，朱福躺在炕上盖着被子冷得打战，董兆元给被子上加了棉衣，朱福依旧发冷。董兆元让朱福跟自己进城去看，朱福死活都不去。董兆元知道朱福怕回城里遭到日本鬼子飞机的轰炸。没有办法，董兆元只好带着铺子里的相公，去给南门什字廖大夫说了症状，廖大夫说是偶感风寒，人在打摆子，开了三服中药，让用开水煎服。

董兆元回到家，让伍三娃拿了药罐，带着药去照顾朱福。晚上，空荡荡的屋里一个人冷清，账房先生进来说话。两个人不免对时局感叹一番。说起了铺子的生意，账房先生说掌柜还是再裁几个人吧！董兆元想想同意了账房先生的建议。

夜里十二点，账房先生出去睡了。董兆元迷迷糊糊倒在炕上。

忽然有人喊，飞机来了，快跑！董兆元起身就跑，慌不择路，环顾四周满是黑暗，竟无一人。董兆元感到浑身不由得发冷，没穿一件衣服。一摸被子，才知道是做梦！

"掌柜的，起床了！"迷糊中有人喊。董兆元醒来原来天已大亮，是伍三娃在喊自己。

董兆元想起来，只感到浑身沉重难受，爬不起床。董兆元估计自己可能病了！

今天一定要到王家沟看妻女去。昨天王家沟捎来话，让董兆元赶快去一趟，苏玉英咳嗽得更厉害了，痰里带了血。董兆元的女儿在乡下也不安心，嚷着要回来。十几天没有见妻女，董兆元心里也着急，今天一定要去王家沟。

董兆元挣扎着爬起来，穿好衣服，歪歪斜斜地出了门。来到铺子里，账房先生看董兆元精神不好，就问掌柜的你是不是不舒服？董兆元说没有什么，让伍三娃赶快出去给自己叫车。

账房先生说掌柜的吃了早饭再走？董兆元说吃一口馍就行，早去早回！

账房先生害怕董兆元路上出事，就让伍三娃陪着董兆元去乡下。

一路昏昏沉沉得难受，中午才到王家沟。董兆元强打精神走进亲戚家门，表兄见他脸色不好，问他怎么了？董兆元说没有什么。妻子苏玉英一看赶快接东西，让丈夫进窑休息。

董兆元问妻子的病，妻子告诉董兆元没有什么，说着说着就咳嗽起来。董兆元急忙拿出带来的药让妻子吃上。

下午伍三娃要先回去，董兆元依了。伍三娃走后，董兆元用被子包着头，好好睡了一觉。

天黑时董锐兰放学回来，看见父亲来了高兴得不得了，问父亲的身体情况，又给父亲倒水，又给父亲端吃的。董兆元心想，虽然女儿不太听话，可是要紧处还是疼自己的！

晚上董兆元和妻子商量，要妻子跟自己回城去看病，毕竟城里医疗条件要比乡下好！妻子不去，说去了给你添麻烦，再说也不安全!

第二天早晨,董兆元吃了早饭要回城,妻子再三叮嘱丈夫把自己纺的毛线给"工合"交了,下次来时给自己多带些羊毛。

董兆元身体沉沉坐车到了城里,下午一点多才回到铺子。铺子里冷冷清清无买主,董兆元身体不舒服,就回屋睡了!

一连几天,董兆元病情不见好,账房先生进来与董兆元商量铺子里要辞掉的人。辞掉的三人,包括生病的朱福。

朱福从野猫沟回来,董兆元说了自己的意图,朱福听了只是哭。自己想回去时不让回去,自己不想回去时掌柜的却让他回去!

董兆元也心软,自己在朱福有病时辞了他毕竟不仗义!可是想想为了铺子,还是硬下了心,把朱福辞了。

辞掉人的铺子里更加冷清,很少有顾客进来,铺子眼看要关门了!

董兆元又想起后事来,如果铺子关了门,自己一家到哪里去?

地皮还是要赶快买下,修住的地方。今年开春还要给哥哥家修房,可是修房的钱在哪里?现在最好要想办法挣钱!

找杨大人,去陕北贩布。这兵荒马乱的,日本鬼子的飞机隔三间五的轰炸,说不上半路上会被炸死,连尸首都会丢到外面!

8

昨天,村上有人从城里回来,带话说董兆元病了。

苏玉英要回去看，表哥说你这么个病身子，怎么能走得动？不如我带锐兰去，她早就想回去看看了！苏玉英一听也是，就同意表哥带女儿回去看看。

董锐兰随表叔回了城里，见了父亲。父亲的病情已好转，能进进出出走动。父亲见女儿回来，高兴得不得了，让嘟嘟脸胖厨师给表兄和女儿做好吃的，问妻子身体近况，女儿和表兄一一回答了。吃过饭表叔要出去办事，董锐兰趁父亲外出就跑出去找田崇慧。

事不凑巧田崇慧不在家，董锐兰左等右等不见田崇慧回来，时间不早，就回家吃饭。

饭碗刚丢下不久，田崇慧就来找她。

董兆元见了田崇慧，问田崇慧上学的事。田崇慧说明天他回灵台去上学。

董兆元知道田寿丞爱儿子，一心想让儿子上学念书，小儿子没考上省立二中，他不甘心，就让小儿子回灵台老家继续求学。

董锐兰和田崇慧来到院外，董锐兰问田崇慧："你真的要去灵台？"

"这事谁还能哄你？"

一听田崇慧明天要去灵台读书，董锐兰情绪就有点儿低落，转头向街道上望了望。田崇慧说不要紧，我读上三年初中不是又回平凉了吗？

三年，长长的三年，不知那时都成了啥样子？董锐兰心里不免失落。

"明天几时走？"董锐兰问。

"上午，几点有顺路的货车几点走。"田崇慧回答。

两个人在街道上说了一会儿话，时间不早，董锐兰就回去了。

第二天早晨，董锐兰天不亮起床，催着表叔起床和她早早回去，说回去得迟了小心日本鬼子的飞机轰炸。董兆元让嘟嘟脸胖厨师快快做了早餐，两个人吃了，带上东西回乡下。

董锐兰催表叔匆忙走到中山街，对表叔说我有一个同学今天要去县上上学，我们不如到汽车站送了他再回去。表叔笑着说你个小鬼，我知道你走这么早就有事。董锐兰笑了笑，便和表叔去汽车站送田崇慧。

两个人来到汽车站，董锐兰远远看见田崇慧正站在一辆货车旁与河南女子说话。不知为什么董锐兰心里一阵难受，原来已经有人送田崇慧了！

田崇慧看见了董锐兰，高兴地喊："锐兰，锐兰。"

董锐兰走过去。

"你几时来的，来了还不快过来！"田崇慧问。

河南女子也说："锐兰，来了就过来，田大哥走了，不知几时才回来，我们好好说说话！"

田崇慧和董锐兰、河南女子说话。田崇慧的父亲田寿丞忙着给货车顶上装行李。

三个人在货车旁叽叽喳喳地说着，司机在喊："去灵台的人赶快上车，开车！"

田崇慧向大家告别，爬上了车顶。

货车"突突"地发动，货车马上要开走了，董锐兰心里一阵难过。

"田崇慧，田崇慧，等一等，等一等！"远处，有人紧紧张张向马上要开走的货车跑来。田崇慧向一看，原来是县政府的张朝宗。

田崇慧问:"啥事,张干事?"

张朝宗急忙招手:"快下来,快下来,下来再说!"田崇慧有些迟疑,迟迟不肯下来。

"省立二中上学,省立二中上学!"张朝宗急得在车下跺脚。

省立二中上学的事伤透了田崇慧的心,田崇慧不愿再提省立二中,就迟迟不下来。

马达加速转动,货车要开动。张朝宗张开双臂挡在车前,喊:"停车,田崇慧,快下来!"

司机不满地停下车,头伸出驾驶室怒斥:"走开,干什么!"

张朝宗不理司机,直对车顶的田崇慧说:"下来下来,二中收你了,说好了,二中收你了。下来下来!"

田崇慧还在犹犹豫豫,父亲田寿丞说:"下来,下来。"车上的乘客怪田崇慧误了开车时间,不满地看田崇慧,田崇慧才勉勉强强地从车上跳了下来。

"到底走不走?"司机不满地问。

张朝宗说:"不走了不走了,把铺盖扔下来,扔下来!"车上的人扔下了田崇慧的铺盖。货车一溜烟开走。

田崇慧问张朝宗怎么回事?张朝宗说陈县长和县党部、省立二中交涉好了,同意你去省立二中上学。

1940 年

1

董兆元为频繁地去城外野猫沟取货物而感到烦恼。

武汉、上海许多大工厂迁址西南,西北抗日大后方平凉也迁来了十几家工厂。常有新来工厂的采购人员到董兆元的锦货铺子来采购。董兆元害怕时间长了这些客户让别人挖走,就主动跑到这些工厂,登记了他们所需的货物,带着朱福和伍三娃雇马车送货上门。这些厂家自然喜欢。董兆元不满足,又主动跑了七八个厂家,软缠硬磨地联系货物的销路,这些厂家的生意也被拉了过来,挣了不少钱。

常要带人到野猫沟去取货,时间长了董兆元感到麻烦,想把野猫沟的货全部取回来,但是惧于日本鬼子飞机的轰炸,只好派人一趟一趟地去取。

董兆元计算着铺子里的收入,每天平均卖二十个大洋,除过房费和人头开支,可赚三四个大洋。这样下来自己每月分红的大洋不少,积攒不长时间自己就可以给哥哥家修地方,给自己买地皮修地方了!

给哥哥修起一院地方,自己要回去好好摆几十桌酒席,请来四乡八邻的乡亲,光耀光耀门楣,让乡亲们看看,穷得连母亲都葬不起的董兆元,终于翻身,在外面干出了一番事业!

时间长了没有去乡下,董兆元心里挂记着妻女,这几天稍有闲暇,董兆元就去看乡下的妻女。

来到王家沟,已是下午两点。表兄让董兆元坐了,表嫂和妻子忙着给董兆元做饭。董兆元付了车钱,让车夫留下吃饭,车夫不吃要赶回去。表嫂给车夫塞了几块馍,车夫赶着轿车走了!

董兆元吃了饭,问妻子这段时间身体可好?咳嗽得怎样?妻子说咳嗽好多了,就是人有些困乏。董兆元问女儿怎么样?妻子说还是老样子,淘气!

董兆元问表兄今年粮食收成怎样?表兄说今年小麦丰收了,可是乡公所征粮重,传说南方稻子瞎了,军队上无粮,只好靠北方小麦救济。北方粮重,收成的多一半都被征收去了!

平凉城里今年粮食供应也有些紧张,董兆元来乡下一方面是看看妻女,另一方面是看看表兄家粮食收成怎样?如果歉收,粮食紧张,自己也好补贴些,不至于让自己的妻女饿肚子。

傍晚,董锐兰放学回来,一进家门,表叔高兴地说锐兰你父亲来了!董锐兰一听父亲来了,就叫了一声大,跑进窑里去看!

董兆元听女儿回来迎上去。董锐兰跑进窑里,高兴地把书包向炕上一丢,就和父亲拉在了一起。

董兆元问女儿最近淘气没有?女儿一嘟嘴不理父亲,董兆元笑了!

第二天,董兆元看了表兄家的粮囤,粮囤里还有半囤糜谷，院里栽的木椽上挂满金黄金黄的玉米棒。表兄高兴地说玉米棒这粮食可是个好东西，刚引种进来不久，玉米棒刚熟时煮上吃，香甜香甜的，满嘴喷香，吃上一个还想再吃。可惜你来得不是时候，玉米棒老了，不能吃了，只能磨面，明年玉米棒下来，煮一锅你吃吃！

董兆元听了，笑了。

快到中午，董兆元不知为什么感到有点儿心慌，眼皮也有点儿跳。本来想再住一夜回去，可是想到城里的生意和铺子，就有些不放心。吃了中午饭，留下一个大洋，急急忙忙地向城里赶。

董兆元走到半路，挡了一辆西去的卡车，坐车回到了平凉。

走到中山街，董兆元就听人说今天中午城里被炸了，这次炸得不轻，多处房屋被毁，有人员伤亡。

有熟人告诉董兆元，董掌柜，快回去看，船舱街遭炸了，有你铺子，听说还死了人！

刚过中山桥，董兆元就看见自家铺子前搭着一个帐篷，帐篷前有人在进进出出走动。董兆元心里一紧：出了什么事？

董兆元还未到帐篷前，就有人喊掌柜的回来了！董兆元应了，问出了什么事？那人说铺子里的一个相公被炸死了！

董兆元一听如遭雷击，害怕出事，偏偏出事了！

董兆元急步走到帐篷前，账房先生从帐篷里出来，一看董兆元就问："掌柜的，赵平去叫你，没有和你一起回来？"

董兆元说："没见，可能走岔了。"

董兆元问："谁出了事？"

"伍三娃。"账房先生问答。

伍三娃做事挺认真，家在华亭关山农村，来铺子里学相公已经三年，马上就要出师了。

董兆元进帐篷揭开苫单看了，只见伍三娃头部受伤，被人用白布把头包了。脸上有血痕，白布上也渗出血迹。董兆元眼睛湿了，擦擦眼睛，问账房先生，给他家里说了没有？账房先生说已派人专门去说。

董兆元安排献果和奠祭之物让人去办，又让账房先生给伍三娃缝一身新衣服，让死人穿上，死得体面些。

安排好一切，董兆元走进院子。二道院子被炸了一个大坑，简易防空洞半个也被炸塌，东面房墙也受到损伤。董兆元问有没有伤人？账房先生说河南老太太被土埋了，已抢救过来，好在没有受多大伤。

董兆元回到自己的屋里放下东西，就去隔壁看河南老太太。河南老太太已苏醒，躺在炕上。河南汉子坐在炕边看着母亲，河南老太太脚受了伤也包扎着。董兆元问了二人的情况，安慰了二人。河南老太太感激得流泪了，让董兆元快回去安排死人的后事。

回到屋里，董兆元询问伍三娃死的过程，账房先生说了。原来昨天早晨董兆元走后，下午一家工厂来采购布料做工作服，后来又有几个大客户来采购日用杂货，铺子里的备货快要卖完，按照惯例铺子里去城外取货，都是每天下午三点以后。这段时间日本鬼子的飞机轰炸相对少了，账房先生就派了伍三娃和另外一个相公，雇了一辆马车上午去野猫沟取货。

三个人去野猫沟装了一车货向回走，走到隍庙时城里响起了防空警报声和钟声。三个人慌了，有满满一车货，跑又不能跑，只好赶着马车向铺子里跑，想卸下货再跑飞机。

三个人跑到铺子门前，铺子里的人已跑完，只留下河南汉子陪着老母躲在简易防空洞里。河南汉子和三个人急急忙忙向院子里下了货，已能隐约听见飞机声，河南汉子去简易防空洞陪老母躲了，三个人急忙赶着车出了船舱街南口向沟里躲。

伍三娃跑着跑着一只鞋掉了，低头去穿鞋被落了下来，没想到日本鬼子的飞机来了，投下了一个炸弹，伍三娃被炸死了。

账房先生讲了伍三娃死的经过，问董兆元伍三娃的丧事怎么办？

怎么办？等家属来了再说，看是拉回去还是就地火葬？董兆元说。

第二天下午一点多，伍三娃的家属才来。来人是伍三娃的父亲和哥哥，一对憨实的山里农民，董兆元迎接了。两个人揭开苫单看了伍三娃的遗容，对着伍三娃的尸首哭了。伍三娃的父亲询问伍三娃死的经过，账房先生讲了。几个人叹气，又骂了一通日本鬼子。董兆元说三娃在铺子里学相公学得好，人诚实憨厚，听话，做事认真，铺子里的人都喜欢他，眼看就要出师，就出了这样的事！遗憾自己没有照顾好三娃，让三娃出了意外！

伍三娃父亲气得说那是他娃的命，是天世的！日本鬼子的飞机要炸谁也没办法，事情只能这样了，也不怪你们。董兆元问老人家你看人如何处理？伍三娃的父亲也不知怎么办。双方再三商量，最后决定把伍三娃的尸体就地火化了，他父亲带着骨灰回去。

第三天凌晨，众人拉了伍三娃的尸体，去甘沟河滩火葬。伍三娃的父亲看着儿子的尸体在火中焚化了，含泪收了儿子的骨灰，装进一个瓦罐，用黑布包了，提上要回去。董兆元给伍三娃的父亲三个大洋，算是对死者家属的安抚，伍三娃父亲接了。

2

半夜里，董锐兰被一阵咳嗽声吵醒。母亲又咳嗽了！这次比上次厉害，时间又长，董锐兰有些听不下去！

"妈，你把药吃了吗？"董锐兰问。

母亲咳嗽间隙回答："吃了！"

"那怎么这么厉害，是不是没盖好着凉了？"

"没有，一切都好好的，不知怎么又咳嗽了？"

第二天凌晨，董锐兰起米得很早，帮着母亲收拾好屋子，看着母亲把药吃了，才和同学去上学。

下午放学回来，母亲又在咳嗽纺毛线，董锐兰气得不行，狠狠训了母亲一顿。

晚上，母亲半夜又咳嗽不止，董锐兰一看不行，决定第二天不去上学，陪母亲回城去看病。

第二天早晨，母亲死活不回城里看病，两个人正在僵持，表叔过来告诉董锐兰，今天你去上学，早晨趁天凉我陪你母亲去镇上看一下！董锐兰只好背着书包上学去了。

下午回来，董锐兰问母亲病看了？母亲指着柜上的几服中药说看了。董锐兰问医生怎样说？母亲回答医生说肺热，吃几服药就好了。

吃了几服药，母亲的咳嗽越来越厉害，父亲不知在城里忙什么，这段时间很少到乡下来看他们。董锐兰实在不忍母亲咳嗽下去，第二天早晨背着书包去上学，半路上把书包交给同学，自己偷偷地跑回了城里。

回到城里已是午饭时节，家里正要开饭。账房先生见董锐兰回来，就奇怪地问大小姐你怎么回来了？董锐兰反过来问我的家我不能回来吗？账房先生被问得张口结舌，佩服董锐兰好一张利嘴！

董锐兰不见父亲，就问账房先生父亲哪里去了？账房先生说董掌柜前天回了老家，可能明天下午才能回来。

吃过午饭，董锐兰要出去，向账房先生要钱给母亲买药。账房先生给了。

董锐兰告诉账房先生，给母亲买完药自己就回去，父亲回来了让父亲去一趟王家沟，母亲病重！

董锐兰出得门来，去南门什字廖士英诊所给母亲买了药，心里想见见田崇慧，就站在路边等下午上学过来的田崇慧。

左等右等不见田崇慧过来，董锐兰以为自己没有把握好时间，田崇慧过去了。

董锐兰情绪低落，低头向东走，准备回乡下。

忽然，董锐兰看见远处来了一个人像田崇慧，仔细看还有一个人同行，近了一看原来是田崇慧和河南女子。看见田崇慧和河南女子在一起，董锐兰心里有些不快，怪自己不应该在这里等田崇慧，就躲向了街道边的一个铺子中。

看着田崇慧和河南女子说说笑笑走过了，董锐兰心里一阵难受。

董锐兰回乡下的第三天，父亲就来了。

董兆元给妻子买了西药，进门就问妻子的病怎么样？表叔说咳嗽重了！

董兆元问了妻子的病况，劝妻子回城治病。董锐兰也劝母亲回去。妻子让董兆元先回去，她回去要跑飞机，给丈夫添乱。扛过了这个冬天她再回去。

　　表婶把饭端上来，不好意思地说家里白面没有了，就吃些黄米干饭吧！

　　看见黄米干饭，董兆元想起以前看的表兄家的那半囤糜谷，又看看表兄一家人和妻女发黄的脸，就明白了个中的缘故。

　　董兆元回去的第二天，让铺子里的相公雇了一辆轿车，买了五百斤小麦送到了乡下。

　　星期天，表叔一家去山上背谷子，董锐兰跟着去了，中午回来，董锐兰把谷子捆子丢在院子里，就跑到厨房窑里拉开缸盖喝凉水，表婶说喝完快到窑里去，城里同学来看你！

　　董锐兰一听城里有同学来看她，高兴得把马勺向缸里一扔，就向窑里跑！

　　董锐兰急急忙忙进窑一看，来的是田崇慧、河南女子和张月梅三人。

　　董锐兰一下兴味索然，几乎停下了脚步。

　　三个人一见董锐兰，张月梅高兴地喊："锐兰，你回来了。"

　　董锐兰应了一声。

　　河南女子问："锐兰，你好吗？"董锐兰嗯了一声。

　　三个人围着董锐兰，问这问那。董锐兰努力应付着不知说什么好。

　　表婶和母亲压了荞面饸饹端上来，让三个人上炕吃。田崇慧吃了两碗，看董锐兰有些不高兴，搞不清楚是怎么回事。

饭后，表叔和桂生要去地里，董锐兰要随着去，表叔和桂生都劝董锐兰不要去了，陪三个同学玩玩。董锐兰便领着三个人去村东的磨坊玩。没走到磨坊跟前就听到了轰隆隆的水响声。

到了磨坊跟前，只见磨坊里走出一个人来，满身满脸毛绒绒的，连眉毛都白了，如童话里走出一般。

董锐兰领着三个同学来到东面，站在高处，远远地看水磨飞流直下的巨大水柱和水柱下飞转的转盘。那雪白雪白的水沫，随着转盘碎玉般不停歇地飞溅。碎玉落进脚下的潭中，又恢复了它过去碧绿的模样。田崇慧看得高兴，拾了几个石子向水里扔，同时也吆喝起来。

四个人又看了四周的玉米地，正玩得高兴，只听小表弟在喊："锐兰姐，锐兰姐，表婶让你们回去。"

董锐兰不知母亲让他们回去干什么？

四个人回到家，董锐兰奇怪，桂生哥在家，怎么没有上山去背谷子？

母亲端来馍和米汤，还有凉菜，放在院子中的石桌上让四个人快吃，问田崇慧你们今天是不是要回去？

母亲一问三个同学要回去，董锐兰一下记起了时间，现在已经是下午三点多，明天要上学，路上要走三四个小时，三个同学也该回去了。

田崇慧说回去。苏玉英让他们快吃，吃了桂生送你们回去，再迟就要走夜路！

几个人快快地吃了，桂生要送他们回去。田崇慧不让。母亲和董锐兰坚持要送。

送到村口，董锐兰本想和田崇慧多说几句话，可是想起那天田崇慧和河南女子在一起,就没有说什么。

送走三个同学,董锐兰本以为桂生哥第二天回来,没想到天黑时桂生哥就回来了。

母亲问桂生你送人怎么回来了?桂生说他把他们送到甲积峪,正好挡了一辆西去的卡车,拉上三个人,他就回来了。

吃晚饭时,表叔去村上开会还未回来,全家人都有些着急。众人等不及,刚端上饭碗表叔就回来了。

表叔一脸阴沉,表婶问什么事?表叔说吃了饭再说。

一家人吃了饭。表婶收拾完碗筷,问表叔什么事?表叔说今天村部开会,宣布今年壮丁派下来了!

表婶问今年壮丁怎样派的?表叔说与往年一样,一家有三个男娃的出一个壮丁,别的几家合起来三男出一个壮丁。有钱的人家出钱,无钱的人家出人。冯家有两个男娃,我们和冯家合起来出一个壮丁。如果冯家出壮丁,我们就要出钱!

当兵就当兵,去打日本鬼子,有什么害怕的?董锐兰说。

母亲瞪了董锐兰一眼,董锐兰自知失言,吐了一下舌头。

表叔家一贫如洗,钱在哪里?

表叔和表婶商量过来商量过去,没有了主意。

表叔叹一口气说,那只有去城里找兆元了!

表叔要去城里,表婶给父亲带了一篮子熟透了的杏子。董锐兰给父亲捎了问好的口信,并再三叮嘱表叔给母亲带些治咳嗽的药回来。

晚上九点多表叔从城里回来,说没有见到表弟。母亲问怎么没见到丈夫?表叔说表弟不在,铺子里的账房先生说昨天他回老家去了。

母亲奇怪丈夫为什么要回老家,是不是老家出事了?

隔了几天，表叔又去城里，依旧是夜深了才回来，说把表弟找到了，借了一个大洋，够给隔壁冯家给出壮丁钱了！

3

董兆元铺子死了人，大多数客户感到晦气都不愿上门来买东西，生意渐渐淡了下来。快到春季，天气变暖，崇信老家捎来话，修房的木料已买下，二爷让董兆元回去，哥哥的庄子今年要修起来。

董兆元在铺子里拿了八个大洋带着，回家给哥哥买木料。董兆元回到了乡下，见了哥哥一家人，饭后去见二爷。二爷问城里飞机轰炸的情况？董兆元眼睛一红，说了武儿和伍三娃的事。二爷说这日本鬼子把人害死了，不把他们这些祸害赶出去，我们的日子就没法过了！

董兆元询问二爷身子骨可好？二爷说我都一把老骨头了，眼看要入土，这天下竟不太平起来。

董兆元与二爷谈了修房的计划，董兆元给表兄捎了话，就等表兄来。

第二天，表兄来了，说当地人去年冬天已伐下了木头，在山里晾了一个冬天，估计木头已经晾干，如果要，木头马上找人运回来。

董兆元给表兄给了木头钱，让表兄找人把木头赶快从关山运回来。

安排好一切，董兆元高兴，走路一身轻，很快回到了平凉。

春季已过，铺子里的生意也渐渐回暖，有了点儿生意，但是依旧没有凑够给哥哥修房的钱。董兆元心里有些焦急，修房的木头表兄已从关山运了回来，家里就等着他回去修房！

一眨眼一年就会过去，如果今年不修，一晃就是一年，哥哥一家人在借的那两孔烂窑里又要住一年了！

夏季很快过去，二爷捎了几回话，问董兆元房几时修？修房的钱不够，董兆元心里有一点儿惭愧，拖拉着迟迟不肯回老家。

秋收后是修房的好时节，错过秋收后的二十几天，就要进入雨季了！修房钱不够，思来想去，董兆元还是去找田寿丞。

秋季是药材收购旺季，田寿丞忙得不可开交，在乡下跑东跑西地收购药材，董兆元找了两次，都没找到田寿丞。董兆元有些急了，给壶济堂的账房先生再三安顿了，田寿丞回来立即告诉他。

等了一天没有田寿丞的消息。

又等了一天还没有田寿丞的消息，董兆元晚上就到田寿丞家去找田寿丞。

在田寿丞家等到晚上十点钟，还不见田寿丞回来，董兆元就泄了气，低头向回走。

快走到中山桥上，董兆元要上坡，就听有人喊：董掌柜，董掌柜。董兆元抬头一看，原来是田寿丞。

田寿丞一脸疲惫。董兆元说我正要找你。

田寿丞问什么事？董兆元说借钱！

田寿丞一听借钱，说这事明天再说，我今天累得不行！董兆元不好说什么，就与田寿丞商定了明天下午四点再说。

田寿丞到底借不借，董兆元捉摸不透。好不容易熬到了第二天下午四点，董兆元去了田寿丞的药铺，田寿丞果然在。董兆元说了借钱的事，田寿丞面有难色，说你借钱真不是时候，这段时间我收购药材钱正紧张，腾不开手，你老家房子今年一定要修。这样吧，我做保，你先找个钱庄贷一点儿，等我秋后批发了药材帮你还上，就算我借你了。

董兆元找了个钱庄，田寿丞作保，董兆元贷了二十个大洋。

第二天，董兆元拿着大洋急急忙忙赶回老家修房子。董兆元与二爷、表兄和匠人放了线，地基已经开挖，董兆元放心不下城里的铺子，就把一切托付给了表兄和工头，自己急忙回平凉。

过了二十多天，董兆元估计房子快要修成了，又带一点儿钱急急忙忙回老家。

快走到老院子，董兆元远远看到了那三间新修的房子。三间新房远看是那样的有气势，厚厚的土墙看起来非常结实，屋顶崭新的蓝瓦摆放得四棱上线。走近一看，屋檐下的椽头又粗又壮，让人一看就是关山林里的好木头。

董兆元走进院子，表兄正看着匠人和小工做收尾工作。侄儿帮着众人干活。嫂子见到董兆元只是笑。哥哥把他那套家什早已拿到院子里来了，依旧是坐在院子中间捣木炭。看见董兆元，哥哥傻傻地笑了。董兆元看出那是从哥哥心底里发出的，一种甜蜜的幸福的微笑。

董兆元热情地和众人打了招呼。表兄陪着董兆元看了新修的房子。

结实的椽棒檩子，房檐台由一大块一大块的青石铺成，甚是坚固。粉刷得雪白细腻的内墙，董兆元敲了敲墙壁，那墙壁透出湿重的声响，董兆元对眼前的一切满意。

董兆元高兴，下午好好地在县城的一个饭馆里摆了三桌，招待二爷和修房的有关人员。

4

董兆元虽然为给老家修了新房而高兴，可是铺子里的生意却不死不活，那次铺子里死了相公，好像是生意不死不活的导火索，从那根导火索点燃以后，铺子里的生意再没有好过！

眼看田寿丞做保人在钱庄贷款的还期就要到了，那笔款项田寿丞答应代他还的。可是今年秋天以来，田寿丞的药材生意也不景气，田寿丞忙得团团转，账赊了许多，可是款急忙要不回来。董兆元知道田寿丞义气，账他会尽力还的，可是自己却不能耍赖皮，等着田寿丞要账！

拿什么还呢？靠铺子里的生意这样，账一定还不了，不想邪方子就没有出路了！

想什么邪方子，总不能杀人越货，拦路抢劫？或卖空买空？

董兆元跑了东郊几个厂家套了近乎，联系了客户。又跑了西郊的几个乡绅家，希望他们有买的东西到自己的铺子里来。

董兆元刚从西郊回来，账房先生就告诉他，郭老总家来人了，说郭老总病重，让你速去。

董兆元问来的是谁？账房先生说是周杏花。

董兆元一听可能事情重大，郭老总千万不能出问题，就急忙备了礼物去乡下看郭老总。

郭老总家在崆峒山下的一条沟里，一个柴门东倒西歪，院子里两间瓦房，后面是三孔窑洞。

董兆元来到住人的窑洞里，外面虽然炎热，一进窑洞却清凉,董兆元看见郭老总在炕上呻吟。

董兆元放下东西,急忙问郭老总怎么了?郭老总说不出话来。

董兆元一看救人要紧,急忙问周杏花周围有没有年轻人,我们把郭老总拉到城里去看病!

周杏花找来家门上的侄儿,董兆元给了钱,让他快去镇上找一辆轿车来拉人。

郭老总的侄儿去了,董兆元帮着周杏花收拾去城里的东西,过了一个多小时轿车才找来。

董兆元周杏花给车上铺了褥子,几个人抬着郭老总上了车,头脚摆正了,跟着轿车回城里给郭老总看病。

到了城里,几个人把郭老总抬进南门什字廖士英诊所,放在简易床上。诊所里满是排队看病的人。一个四十多岁的乡下女人,面色瘦黄,一直捂着胸脯在咳嗽,听起来有什么东西在嗓子里卡着,挺难受的,看样子和妻子的病情有点儿像。等到那个女人看病,廖士英问这病得了多长时间?那女人说快半年了,什么方子都想到了就是不见好!廖士英把了脉,忧虑地说这病可能是痨病。这样吧,我给你开三服药,抓回去吃吃,如果不见效你再去洋人医院看看,确认一下。那女人看了病,抓了三服药走了。

董兆元一听痨病,想到妻子的咳嗽就忧虑起来。痨病可不是好病,一天会比一天厉害,根本看不好,病人只能一天一天地熬着,直到熬死。妻子可不能得这病,这病是一个熬人花钱的病啊!

从妻子连续的咳嗽,吃什么药都不见效,董兆元就有些怀疑,现在他的疑虑加重了!

轮到给郭老总看病，廖士英来到病床前给郭老总把了脉，开了药方。董兆元躲开郭老总问廖士英，你看郭老总的病情怎么样？廖士英说可能看不好了，就这样凑合着，凑合一天算一天！

董兆元拉着郭老总回到郭家院子，喊来周围邻居，把郭老总抬进屋里，又安排叫了吃的，郭老总在城里住了一夜，第二天早晨周杏花就嚷着要回去。董兆元害怕飞机又来轰炸，不敢多留，便雇了个轿车要送郭老总回家。

周杏花见董兆元要送郭老总回去，就再三阻挡不必去了。董兆元给了周杏花零用钱，叮嘱周杏花悉心照料郭老总，派了一个相公去送郭老总。

送走郭老总，董兆元心急如焚，急忙去王家沟看妻子。在乡下见了妻子，妻子脸色蜡黄，照旧咳嗽，食欲也不振，发低烧。董兆元哪管日本鬼子飞机的轰炸，救人要紧，便把妻子从乡下接了回来，抓紧时间给妻子看病。

董兆元带着妻子去了博爱医院，齐修士诊断了，开了退烧止咳药，讲了吃法，让董兆元拿回去给妻子按时吃。

董兆元拿回了药，看着妻子吃下。第三天日本鬼子的飞机又来轰炸，住城里不方便，妻子又硬回了乡下。

送妻子回来，董兆元想还是趁早想办法多挣一点儿钱，给妻子看病。想来想去杨大人提出的去陕北贩运虽然冒险，但却能挣下大钱，董兆元只好去找杨大人。

董兆元来到杨大人家，只见杨大人家院子里一片凄凉，没有了往昔的生气，也不见杨大人家的炉头和雇工。董兆元问杨大人今天你这院子里怎么不对，家里的工人呢？杨大人气得说董掌柜你是气我还是不知道，我杨大人是虎落平川被犬欺，活生生地被人作了!

董兆元以为杨大人在说自己,就说我又没有欺负你,你怎么这么说话?杨大人说我不是说你,我确实栽了,栽到了一个毛头小子手里!董兆元问怎么回事?杨大人说了事情的经过。

前段时间,杨大人去宝鸡买做酒的原料高粱,在平凉马峪口被刘黑旦的侦稽队截了,说是上面有令,今年全国粮食紧张,禁止粮食贩运和做酒,杨大人的高粱便被没收了,人也险些进了监狱。由于禁止用粮食做酒,酒坊被查封,垆头和雇工也被辞退,杨大人这几天一个人在家里蒙头睡大觉。

董兆元说了想去陕北贩运。杨大人说董掌柜,过去让你去陕北贩运,你不去,这几天形势不好你却找来了!

董兆元问什么不好?杨大人说你还不知道,前段时间平凉有一个商人走山穿沟地去陕北贩运,并请了侦稽队做保镖,没想到侦稽队的人反而把货抢了,并杀了那商人。那商人闹了个人财两空,商人的家属哭着去省上告状,只知丈夫找的是侦稽队保镖,但说不上具体人,上面正在查,北塬上去陕北的那条路便断了,你从天上去陕北贩运?

杨大人的一席话无异于一盆冷水,浇得董兆元透心凉,去陕北贩运挣钱的念想自然也就灭了,心里感叹自己时运不济!

5

眼看快到年关,女儿明年就要上初中了,只有城里有初中,一定要回城里来上,妻子也该从乡下接回来在城里过年。董兆元不愿意妻女回来为自己的安全担惊受怕,上次伍三娃被炸死,自己害怕妻子担心而没有告诉妻子,这次自己想法挣钱也不希望妻女知道,看来自己有必要再去杨大人那里一趟,再找找挣钱的出路!

董兆元找到杨大人。

"哈哈,我以为你不想再做挣钱的生意了,你又来找我?"杨大人说。

"我来找你杨大人也是无法,我知道你杨大人不会困死在这臭水沟里。"董兆元说。

"你看今年过来,平凉城里开工厂的开工厂,办作坊的办作坊,别人像酵面一样暗暗地在发,就烂场了我们兄弟。我心不甘,我打听好了另外一条路,去陕北贩运,你敢不敢去?""走!去也是一死,不去也是一死,不如我们出去闯闯!"董兆元说。"好!爽快,我等的就是你这句话!"杨大人说。"那这生意怎么做?"董兆元问。"你回去先等着,我准备好了来找你。"

三天过去了杨大人还没有消息,董兆元等得心急,想去找杨大人,可是一想杨大人一再嘱咐自己要沉住气,不要走漏风声,就没有去找。

第四天早晨,杨大人派人叫董兆元到他家里去一趟,董兆元安顿好铺子,就跟来人去杨大人家。

进了上房,杨大人关了上房门,董兆元急忙问我们何时出发?

明天白天准备东西,后天晚上出发。

杨大人告诉董兆元,货物一起出城目标太大,我们想法子先把货一批一批运到单家川和八盘磨我朋友那里,后天半夜我们用马驮上去陕北!

董兆元问,马从哪里来?

杨大人说这些你别管，你只等着明天发货。

第二天下午，荣福祥锦货铺子果然来了两个商人要批发布匹，董兆元认识那是杨大人的手下，就假装用批发价发了，让账房先生收了钱。第三天下午那人又来调布，董兆元继续批发了，又让账房先生收了钱。调货人走后，账房先生高兴地对董兆元说，这样下去我们的生意就发了！

第三批布发出去，董兆元估计够了，就等着半夜出发。

下午饭后，董兆元找来账房先生，说了明天自己要出远门做一趟生意，让账房先生照顾好铺子。账房先生关心地劝，掌柜的马上要过年了，就不出去了吧？董兆元说不出去钱从哪里来？你还是照顾好铺子，我去去就回。

账房先生问掌柜的明天早晨我是不是送送你？董兆元说不送了。

董兆元一个人坐在屋子里，冷清清地等待着天黑。

夜色一步一步地落下来，淹没了墙壁和家具。等夜色严实了，董兆元背着褡裢，趁着夜色神不知鬼不觉地走出家门。

初冬的街道上显得有点儿冷清。东面的中山桥下，亮亮的灯火劈开一个红红的穹窿。长春社剧院京剧悠扬的声腔，在夜空里显得格外的脆亮柔媚。董兆元知道平凉城里东大街陇东平乐学社剧院的秦腔，隍庙三星班的秦腔，还有这中山街长春社剧院的京剧，三个戏班夜夜同时开场，名角名旦，声震西北，并且演出场场爆满，赢得阵阵喝彩。董兆元心中有事，顾不上这些，便独自向西去了。

从船舱街北口出去，不远向西折，董兆元沿着北城墙根去杨大人家。

北城墙根下全是平凉手工业者场所，沿途有火柴厂、酱园、木器厂和手工业社。白天这里人头兴旺，夜里却停工，显得分外空寂荒凉。

董兆元趁天黑来到杨大人家，杨大人家大门虚掩着。董兆元推门进去，插了门。杨大人从上房里出来，说一切都准备好了，就等你来。

两个人说了一阵子话，杨大人说睡觉，半夜要出发，趁早休息！

董兆元就在杨大人家倒头睡了。

杨大人头刚挨枕头，就打起了呼噜。董兆元心里有事，怎么也睡不着，思想着路上会遇到什么困难，心里总觉不安。

晚上一点多，有人敲杨大人家的门，杨大人爬起来去开门。门外有人说"掌柜的，好了。"

杨大人进来，捣捣董兆元，说："起来，走！"

董兆元一咕噜爬起来，揉揉眼睛，背上褡裢跟着杨大人向出走。

一出杨大人家屋门，天上悠悠飘着雪花，地上也覆盖了一层薄薄的白雪。一个人在杨大人家大门外拉着四匹马在等。杨大人接了马，对拉马人说了一句："好了，回去吧！"拉马的人走了。

静静的雪夜中，两个人拉着马悄悄地向东，来到了城东单家川杨大人的朋友家。

杨大人朋友家是一个独院，周围没有人家。来到大门前，杨大人敲了门，里面有人应了。门开后开门人与杨大人小声地打了招呼，带着杨大人和董兆元把马拉进了院子。

在西厢房前停了，杨大人让董兆元把马拉着，自己和朋友到西厢房去抬货。

货抬出来董兆元一看就有些纳闷,平时一匹布没有这么重,今天两人抬起来怎么这么吃力?

董兆元不知布里夹着什么,反正是冒险,一切都由它去吧!

布匹被放在了两匹马身上,杨大人向朋友道了谢,两个人拉着马出了院子,又去八盘磨驮东西。

一路上,董兆元心里七上八下:布中如果夹着禁品,这一回说不上自己的小命就搭上了!

来到八盘磨,杨大人八盘磨的朋友家在村子中央。杨大人害怕闹出响声,自己一个人牵着两匹空马去驮东西,让董兆元在村外等。

董兆元耐心地等待着。四周静静的,远处的雪野里好像有人在撒欢赛跑,细看什么也没有,这莫非是鬼的影子?董兆元有些害怕,可是一想到以后的日子,董兆元便有了勇气。

董兆元见四周无人就去摸布卷儿。布卷中夹的东西硬硬的,像有铁,又像有木头。一匹马可能等得不耐烦了,刨了几下蹄子,弄出了一些声响,吓得董兆元半死。想制止它,可是还没动手,那马又不刨了。忽然,那马鬃一摆,对着长空一声长嘶,吓得董兆元几乎喊出声来。制止不及,董兆元急忙抽出鞭子,抽了那马两鞭子,那马才老实了。

杨大人终于拉着马驮着东西从村里悄悄地出来。董兆元问:"怎么才出来?"

杨大人说:"还慢,驮上就出来了!"

离开八盘磨,杨大人让董兆元把牲口向北山底下吆。董兆元说就是就是,小路上保险!

雪夜无人,两个人吆着牲口只顾赶路。对面群山默默不语，很快一大片原野就被丢在脑后。不大一会儿来到泾河边上。

结冰的泾河冰面上覆盖着一层薄雪，河滩里显得格外明亮。杨大人辨别了冰冻得实的地方，用脚踩了踩没有什么问题，就和董兆元拉着马过河。

走到河中间，一匹马不小心一下子滑倒，卧在冰面上。董兆元和杨大人过去怎样拽马嚼子，马也不起来。两人只好卸了马身上的布匹，董兆元拉马头，杨大人抓住马尾巴向起抬，马才挣扎着站了起来。

两个人把马拉过了河，给滑倒的马背上又放上了布匹，拉着马来到了北山底下，沿着北山下的小路向东走去。

雪夜寂静，天地间只能听到人和马的呼吸和踏雪的声响。两个人拉着马走了半夜，拂晓时走到了七府村。杨大人带着董兆元把马拉到一家门前，杨大人轻轻敲了门，里面有人来开门。周围人家的狗咬起来，咬得董兆元心惊肉跳。进门那人帮二人卸货喂马。那家女人也起来给二人收拾吃的。

两个人吃喝饱了，倒头就睡。天快亮时，两个人起床吃早饭准备赶路，那家主人告诉杨大人说你们走到大潘村要小心，那里民团厉害，查得紧！

6

大片大片的雪花，缓缓地飘着，仿佛一片雪就能覆盖住一块天地。两个人在雪中拉着马，急急忙忙向大潘赶。

走了将近七十里路，已经接近天黑。快到大潘村，雪花中董兆元看见大潘村果然气势不比别处。半山腰里是一大片古庙，高屋建瓴。庙院里古柏森森。山坡上有穿着农民服装的人在持枪站岗，董兆元害怕，让他们抓住就麻烦了！

等董兆元和杨大人吆着牲口走近了，那站岗的农民拉着枪栓在喊："站住，不许动，干什么的？"

两个人停下来，喊的人来到面前，持枪问："干什么的？"

"兄弟到泾川去做生意，顺路有事在七府看了一个朋友，我们要去泾川！"杨大人回答。

"非常时期，莫不是通敌走私？"一句话问得董兆元小腿都发抖！

"如果不信，把我的兄弟张贵找来问一下就行了！"杨大人提出了一个帮会兄弟的名字。

"等一等，我这就叫。"

那人放开嗓子向半山的庙里喊了两声，让张贵下来。山上人问有什么事？那人放开嗓子说让张贵下来认个人。一会儿董兆元就看见山上下来一个人。

那人颤颤巍巍下了山，热情地和杨大人打招呼，两人客套一番。张贵向站岗的人介绍，这是我帮里的兄弟。站岗的一听是帮里兄弟态度便温和多了。

杨大人和张贵正在说话，一匹马啪啦啦颤起来，摇摇欲坠得就要倒下。董兆元不知什么原因。那站岗的人说："这马走的路多了，就要累垮，得赶快让它休息！"

董兆元一听心里直叫苦，他们本想今晚赶到泾川，这一闹又不知要出什么事。

张贵说那就今天晚上在我家里住上一夜，明天赶路。

两个人在张贵家吃了晚饭，说了一阵子话，人也累了，倒头就睡。

半夜，董兆元迷迷糊糊得被几声厉声喊醒。

董兆元爬起来一看，几个持枪的民团队员持枪对着自己和杨大人。

杨大人想反抗，可是已经晚了，民团队员在杨大人的枕头底下搜出了一把手枪，三个人被绑了起来。

完了，这下子完了！自己为什么要蹚这趟浑水？董兆元不由得一阵后悔！

一个拄着文明棍，下唇下有一个黑痣的中年胖子说："带走！带上人和东西，去村部！"

三个人和货物全被带到了村部，人被捆在柱子上。

中年胖子用文明棍敲敲布卷："说，这些布要送到哪里去？是不是去陕北资敌？"

"没有，到泾川去送货！"杨大人回答。

"为什么身上带枪走这条路？是不是躲检查？老实说！"中年胖子厉声地问，"不然明天送你们到乡公所去！"

三个人谁也不说话。

中年胖子一看三个人不说话，就抽了杨大人一个嘴巴，让手下人拿鞭子抽三个人。

抽了一阵，三个人还是不说话，中年胖子打了一个呵欠，看起来是累了，要回去休息，叮嘱手下人看好三人，明天把他们送到乡公所去！

董兆元一听，送到乡公所就完了！董兆元无助地望着杨大人。

中年胖子走后，过了一会儿看守的人两个累了，要回去睡觉，留下两个继续看守。

几个人走后，静了一会儿，张贵悄悄地问那两个看守的人，雷保长今天怎么了，专门找我们的茬子？

一个民团队员说你不知道，雷保长今晚到于寡妇家去了，于寡妇闹着向雷保长要钱买镯子，抓你们就是为了要钱！

杨大人一听说："他妈的这个雷保长，要钱就给咱兄弟明说，何必这样折腾人！"

一个民团队员说："我看要钱就给了吧，不然明天到了乡公所就不好办了！"

杨大人说："两位兄弟，麻烦你去给雷保长说，我杨豁豁愿意出钱，只要息事宁人放我们过去，你的跑路费一个也不少！"

那个民团队员看了另外一个一眼，另外一个同意了，那个民团队员就去报信。

雷保长挂着文明棍来了，故意问："谁是杨豁豁？"

杨大人说："我！"

雷保长问："你们的事咋办？"

"我杨豁豁走这一路确实想避开哨卡少花两个钱，带枪是为了在路上防土匪。今天遇到雷保长，我们交个朋友，今后有事到平凉，我杨豁豁一定包办。兄弟这次外出也没有带多少钱，就给你一个大洋作为大家今晚的辛苦钱，怎么样？"

雷保长一听一个大洋够给于寡妇那妖精买镯子了，就抱拳说："杨大人，这事兄弟也做不了主，就两个大洋吧，兄弟手下人也要吃饭！"

杨大人说："两个就两个，大不了兄弟少赚一些！"

"爽快，兄弟要的就是这话。"中年胖子回头对手下说，"快，给杨大人松绑，不要伤了杨大人！把枪还给杨大人。"

几个民团队员给三个人松了绑，把枪还给了杨大人。

杨大人付了钱，雷保长客气一番，让杨大人他们回去，东西先放在村部，明天早晨来驮，搬来搬去不方便！

杨大人不放心，说今晚时间不长了，我们就在村部里休息，不来回惊动别人了。

第二天天不亮，杨大人给那报信的民团队员一点儿钱作为报酬，那个民团队员高兴地和张贵回去牵马，帮着两个人向马背上驮好了东西，送两人上路。

有了大潘村的经历，路上两个人格外小心，快到泾川县天还没有黑，两个人不敢贸然进城，便找了一个僻背处休息了，只等天黑。

雪花就像一个悠闲的过客，在这个世界不紧不慢地落着。雪地中，董兆元感到包了厚厚一层雪壳的鞋冻起来。

天慢慢黑了，杨大人说可以进城了！

两个人吆着马，驮着东西来到了泾川县西郊，还没有进城就被警察挡住盘查。杨大人说自己是平凉向泾川发货的，两个警察检查了一番没有什么问题就放行了。

在泾川城里杨大人联系好住处，人马食宿了，只等第二天天不亮出发。

第二天凌晨，两个人早早起床吃了一点儿东西，给牲口背上驮了货，悄悄地出了泾川城。

大山负雪，天地混沌。杨大人让董兆元吆着牲口向北面的山沟里走。董兆元有些纳闷，问杨大人不是说好从长庆桥过吗？杨大人说长庆桥出事了，过不去，我们要绕着走！

天没有晴，雪也没有消，路走起来不至于太滑，但是有些雪厚的地方道路不明，需要停下来辨清了路再走。

大概走了两个小时，天先是一黑，不一会儿天又亮了。走进山里，好在没有下雪，阴风只是吹，吹得人发冷。两个人赶着马走了一段山路，人马都累了，就停在半山腰的一个小塬上休息。

马身上的布匹被卸了下来，马在涧边啃着干草。两个人休息够了，又给马背上驮了货物，吆着马赶路。

中午，两个人拉着马来到一个小山村，找了一户人家，给了钱。这家人给他们做饭喂牲口，两人在这家休息好了，下午两点钟又出发。

两个人走到下午五点，能看见前面高处山坳里的窑洞了，杨大人说快走，我们晚上住的地方到了！

董兆元加快脚步，向前赶去。

"前面山峁上怎么多了间房子？"杨大人看了看前面的山峁奇怪地问。

董兆元不知就里，问："一间房子有啥奇怪？"

杨大人说："你不知道，到边区去的东西查得紧，原来这里没有房子，现在修了房子，是不是这里也设起了哨卡？"

两个人小心翼翼地边走边观察。走了一段路，董兆元看见房子前确实好像有人在站岗。杨大人也说："糟了，赶快把马拉到僻背处，不要让人发现！"

两个人把马拉到僻背处，杨大人偷偷地观察山峁上的动静，确定那里有人站岗！

"怎么办？我们怎么过去？"董兆元问。

"回去不可能了，再说我们对其他路不熟，你说怎么办？"杨大人问董兆元。

"我也说不清！"

考虑再三，杨大人让董兆元把马和货藏好，自己先去看情况。

杨大人走了，董兆元一个人留在山涧里。

身上的热汗渐渐下去了，山野的寒风吹过来，让人身上冰凉冰凉。马匹也冻得在原地打转。

一直等到天黑，也不见杨大人回来，董兆元惊恐地望着四周。四周黑黑的，什么声音也没有。是不是杨大人冒险出事了？

7

隐隐约约有人说话，细听那声音渐渐近了，只听杨大人喊："董掌柜，董掌柜，在吗？"

董兆元急忙应声："在"，从山涧里走出来，问："你怎么才回来？"

杨大人说："赶快把馍吃了。走，到了村里再说！"递过几块馍来。

董兆元接过杨大人递过的馍，杨大人和来人给马身上驮东西，两个人驮好了东西，董兆元也吃完了，三个人吆着马上山。

这时，天已黑尽，三个人在月光下赶着马上山，到了哨卡时，董兆元看见哨卡的门紧锁着，三个人吆着牲口顺利地过了哨卡。

进了村子，走进一户人家，杨大人让董兆元赶快吃饭，自己和主人去卸货。

吃过饭，几个人坐在热炕上。董兆元问杨大人哨卡的事，杨大人说哨卡你以为这样好过，是我花了两个大洋好不容易才过来的！董兆元问具体过程，杨大人说闲了再给你说。

第二天天不亮，迷迷糊糊中董兆元被杨大人叫起。杨大人说快走，迟了会有麻烦！

董兆元、杨大人和那家主人一起给马身上驮了东西。杨大人给那家主人给了五十文钱算是报酬，那家主人客气一番就收了。

两个人吆着牲口出了村子。

天快亮时走到一个山坳处，几匹马叫着迟迟不肯向前。杨大人纳闷，使劲地拽马嚼子让马前行，董兆元也在后边用鞭子抽，四匹马只是在原地打转，怎么也不肯前行。

杨大人和董兆元奇怪，今天这马怎么了？两个人正在与马纠缠，忽然四周山冈上一双双绿莹莹的眼睛贪婪地盯着他们。几个黑影出现了。杨大人说：不好，遇上狼了！

狼！那是吃人的东西，怎么对付？

八双贪婪的眼睛盯着他们，要夺取的是他们的性命！

董兆元攥紧鞭子！

杨大人害怕马逃跑，一只手紧紧地拽住马嚼子，一只手攥着鞭杆。

四匹马吓得在原地转圈嘶叫！

对面的豺狼发起进攻，猛地一下向杨大人扑来！

杨大人攥紧鞭杆，等头狼扑到跟前，大喊一声，一鞭杆甩过去，一下打中头狼的头。头狼惨叫一声躲向了一边，后面的一只狼看架势不好，跟着躲向一边。

第一个回合就这样度过了！

左右两面的狼又发起了攻击，杨大人攥紧鞭杆拉转马头，又过去护另外一匹马。董兆元也跟了上去。

两个人正在忙于对付左面的狼，没想到后面高岗上的狼发起了偷袭，一下子从后面的高处扑了下来。马儿一惊，一声嘶叫。董兆元一愣，下意识地向旁边一闪。前面的狼一下子咬中了董兆元的肩头。

杨大人大喝一声，一鞭杆击向了狼腰，那狼负痛，惨叫一声倒在地上。

正当杨大人庆幸时，没有想到自己的腿上被狼狠狠地咬了一口。杨大人大喝一声，向狼头一鞭杆，手心一裂，鞭杆断成两截，那狼一声残叫逃走了！

八只狼围着两个人四匹马转圈子进攻。两个人手忙脚乱地呼喊应付，双方谁也不能取胜，僵持了起来！

两人渐渐没有了力气，手脚也慢了，眼看狼要占上风！天渐渐亮了，东方出现了鱼肚白。狼群的进攻更加猛烈，狼群在这白天即将来临的时刻发出了总攻，一齐扑向了两人。

杨大人被那只长有棕色狼毛的头狼一下子扑倒在地，头狼张大血口，白森森的獠牙逼向杨大人。

完了，一切都完了！

杨大人顺手向怀里一摸，一个硬硬的、冷冰冰的东西碰了杨大人一下。杨大人顺手拔出，那是杨大人情急之下忘记了的盒子枪。杨大人一拉枪栓，脸上已感到头狼獠牙的冰冷，呼的一声枪响，鲜血四溅，头狼软软地倒下了！

一声枪响，群狼一愣，杨大人一声大喝，起身就向群狼射击，群狼仓皇逃走了。

董兆元和杨大人都出了一身汗，瘫软地坐在地上。

等两人缓过气来，对面的山梁上有了人的说话声和羊叫声，山梁上出现了羊和放羊人的身影。

两人包扎好伤口，杨大人说赶紧上塬，再不敢出事了！

快到塬上,寂静中,一个声音忽然大喊:"不许动,举起手来!"一阵拉枪栓声,几个人端着枪包围了上来。杨大人一看傻了眼,中埋伏了,完了!

包围的人眼看就要走到两个人跟前,忽然,一阵枪响,子弹向包围的人射来。包围的人一看急忙调转枪口还击,双方打在了一起。

"快,拉上马跑!"杨大人大喊。

董兆元反应过来,两个人拉马猫腰赶快就跑。跑了几步,包围的人发现,就听一个喊:"不好,跑了!"包围的人又调转枪口打。杨大人还击。

杨大人在后面掩护,救援的人加紧了射击,包围的人只好转头射击。董兆元在前面拉着马跑,杨大人在后面一瘸一拐地追,枪声渐渐远了。

两个人牵着马在山间的小路上跌跌撞撞地顾不上休息,跑了半天,感到周围确实没有什么危险才停了下来,坐在山冈上喘气。杨大人发现裤腿被子弹穿了个洞,小腿在流血,就撕了一块衣襟包上。董兆元心里自责着自己贪财,为了发财这次看来把命都要搭上了!

杨大人看董兆元一脸气馁的样子,说男子汉丧什么气!已经来了就来了,只要人好着什么都会有!我们命大,没有什么事!

杨大人话音未落,就听有人喊:"不许动,举起手来!"再跑,两个人都跑不动了,看来这次只好束手就擒了!两个人乖乖地举起了手。

几个端枪的人包围了上来。一个人上来缴了杨大人的枪。

董兆元浑身被搜遍了。

一个长官模样的人走过来,问:"你们是干什么的?"杨大人说商人。那人打量一下杨大人的脸，又打量董兆元。一看董兆元那人就说，哎呀，这不是董掌柜？董兆元吃惊，不好，这个人认识自己！

董掌柜不认识我了？那人问。

董兆元细看，这人好像在哪里见过，一下子又想不起。

"在你的铺子里。"那人提醒。

董兆元忽的一下想起，这人不是那天劝自己给边区贩布的人吗？

"李发，去牵马，把布驮在咱们马上，这些马走了一夜，驮不动了！"

那个叫李发的人去牵马，彻底完了，货让人拿走，接下来人就要受苦了！"

李发牵来了马，货物被调换，那人说："拉马上塬！"几个人带着人马上塬。

杨大人越走越纳闷，这是什么人？怎么向塬上走？

天亮了，一线耀眼的红光出现在东面高原的地平线上，一个巨大的火球从东方升起，杨大人和董兆元这才明白，边区到了！

1941 年

1

很长时间了村上没有人去城里，董锐兰焦急。小学毕业后，董锐兰就直接嚷着要回城里去上学。

这天有人进城，表叔托付那人带董锐兰回城看看父亲。那人同意了，带着董锐兰来到城里。父亲不在，那人只好把董锐兰交给账房先生，自己去办事。

董锐兰问父亲哪里去了？账房先生说外出做生意，隔几天回来。

账房先生要领董锐兰到春华楼吃羊肉泡馍。董锐兰不吃，说自己随便到街上吃一点儿，这次回来主要打听上初中报名的事。

账房先生给董锐兰了钱，让董锐兰随便去吃，但要注意安全，一有警报声就赶快向防空洞里跑，下午三点以前要回来！

董锐兰来到山陕会馆找张月梅，张月梅不在，折回来刚走到鱼儿桥就碰见张月梅。

张月梅见到董锐兰，高兴地拉着董锐兰的手问这问那。董锐兰问城里有几所中学报名招生？张月梅说了招生学校和报名时间。董锐兰想报考省立二中，但考虑报省立二中高中毕业以后要去省城或大城市念书，现在父母身边只有自己一人，自己再不能远走高飞，而且田崇慧和河南女子都在省立二中，自己不愿意和他们在一个学校读书。考察再三，董锐兰决定还是报考陇东女师。

两人说着话到了张月梅家。张月梅还没有吃中午饭。两个人动手做。饭后两人又说了一通话，董锐兰看时间不早就告辞回家。

走到半路上，董锐兰远远看见田崇慧。两人相遇了，田崇慧高兴地问："锐兰，几时回来的，怎么不告诉我？"董锐兰一脸冰霜，只管走自己的路。

田崇慧一把拉住董锐兰，问："你怎么了，锐兰？我又没惹你！"

"放开，你走你的阳关道，我走我的独木桥！"董锐兰甩开田崇慧的手，只管走自己的路。

放寒假已经十几天了，董锐兰下学期就要上初中，到底上哪个学校还没有定下来，董锐兰有些心急，想回城里去看看，可是听说重庆又遭到了大轰炸，死了好多人。接近年关，日本鬼子的飞机可能要对平凉城进行大轰炸，母亲劝她不要回城，说你父亲这几天就要来了。

董锐兰思念着父亲，一直到村口去，希望能看见父亲的身影。

已到腊月二十六，父亲还不回来，家里人有些慌，是不是董兆元出事了？

腊月二十七，表叔只好让桂生到城里去看看。

桂生来到城里，账房先生一见桂生也心慌，说我刚要派人到区公所报案，董掌柜外出做生意十几天到现在还没有回来，是不是出事了？

桂生一听也发慌，家人让他来就是害怕姑父出事，没想到姑父果然出事了！

要是往年腊月二十七，铺子里说生意，掌柜的会把铺子里所有人的工钱结了，并决定人员的去留，董兆元今年不在，众人眼巴巴地等着。

吃过晚饭，账房先生转出转进，没有了主意。今天生意不说，明天铺子里的人怎么回家？

晚上十点了还没有董兆元的消息，众人都死心了，失望地回去睡觉。桂生被安顿睡在相公宿舍里。

半夜，桂生隐约听见好像有人敲大门，铺子里的相公去开。听声音是姑父，桂生急忙爬起来出去看。只见开门的相公提着一包东西，后面跟着姑父。

桂生和姑夫打招呼，姑父摆摆手让他不要声张，有事明天再说！

第二天早晨，账房先生早早起来让大家在铺子里集合，掌柜的要给大家说生意。

桂生在相公宿舍里等着，约莫一个小时，铺子里的人出来，脸上都带着笑容。桂生听出来的人说今年铺子里虽然生意不好，但是没有裁人，全额发了工钱。说生意结束时与朱福同一个县的相公被留了下来，董掌柜要和他单独说事。

董兆元让那个相公过年回去到朱福家去一趟，看朱福病好了没有，好了就让朱福回来。

董兆元安排好一切，才与桂生说话。向桂生打问妻子和女儿的情况，家里年货办得怎样？问完话，董兆元说自己身体不舒服，休息休息，让账房先生带着桂生去办置年货。

桂生走后，董兆元去壶济堂找田寿丞，告诉田寿丞，田寿丞做保贷的款自己有钱马上可以还了。

董兆元带人拿着钱还了那家钱庄的贷款和利息，一桩心事总算了了！

还了贷款回到家，账房先生已带着桂生办好了年货回来。吃过午饭，董兆元安排好铺子，让账房先生多操心门户，自己跟着桂生去王家沟。

坐在轿车里，桂生总觉得姑父身体怎么不对？身体直直的，左面害怕人碰。一次，桂生稍不注意碰了一下姑父的左胳膊，姑父痛得直咧嘴。桂生问姑父你左胳膊怎么了？姑父说没事。

两个人到了王家沟天已黑尽。一进大门全家人都很高兴。董锐兰高兴地上来接父亲手中提的东西，表叔喊表婶赶紧给二人端饭。

母亲和表婶去端饭。吃过饭后，董兆元让妻子和表兄看了年货，家人坐在一起说话。

晚上休息时，董兆元龇牙咧嘴，胳膊疼得脱不下衣袖。苏玉英奇怪，问："你胳膊怎么了？"董兆元说："没有什么，这几天不知为什么胳膊这样疼？"苏玉英帮董兆元脱了衣服，只见董兆元左肩膀用布包着。丈夫肩膀肯定有大问题，就逼着问丈夫原因。董兆元被逼不过，只好讲了陕北贩运，路上遇狼肩膀受伤之事。苏玉英听了大惊，男人为了这个家连命都不顾，自己既不能指责，又不能鼓励，心中一酸，泪水就流了出来。

正月初四，董兆元要回城里，城里有许多朋友要去拜年，走时苏玉英再三叮嘱董兆元，回到城里要抓紧看病，不要让伤口发炎。董兆元也叮嘱女儿要听大人的话，招生报名前一天再回来。

正月十八招生报名，正月十七一吃过早饭董锐兰就要回城，表叔让桂生陪着董锐兰回城。

走时，母亲再三叮嘱女儿到城里要听大人的话，报了名马上回来。董锐兰答应了，和桂生回到了城里。

董兆元见女儿回来高兴得不得了，让嘟嘟脸胖厨房赶快给女儿和桂生做饭。

两个人吃了饭，董锐兰要去山陕会馆找张月梅。桂生说他还要赶着回去走亲戚。董兆元再三挽留，桂生还是走了。

董锐兰来到山陕会馆，见了张月梅。张月梅高兴地说我以为你明天回来，没想到你今天回来了！

董锐兰问："陇东女师现在在虎山沟上课，我们明天到什么地方去报名？"

张月梅说："报名在城里陇东女师旧址，考试可能在虎山沟。"

两个人玩到傍晚，董锐兰要回去，张月梅留董锐兰吃饭，董锐兰说父亲在家等着。

出了山陕会馆不远，苍茫暮色中，董锐兰看见一个人艰难地跨过宝塔梁大门的门槛。董锐兰奇怪，细看，那人是"六二〇"。

看见"六二〇"，董锐兰感到晦气，心里也有一点儿害怕，快速走过了。

董锐兰回到家，刚从家乡回来的朱福正站在大门口等董锐兰回来。

吃过晚饭，董锐兰出门就碰见河南女子。河南女子一见董锐兰高兴地问董锐兰几时回来？董锐兰本来不想理河南女子，但碍于情面只好应付说自己下午刚回来。

第二天早晨，董锐兰和张月梅去陇东女师报名。报名的人不多，两个人报了名。学校老师让他们赶快离开学校，不要聚集，以防日本鬼子的飞机轰炸。

两个人离开陇东女师，张月梅说时间尚早，我们现在到哪里去玩玩？董锐兰想想说我们还是到隔壁药王楼去吧！

药王楼在县城西街北侧，柳湖路口西北角，供奉药王孙思邈。相传陇东镇守使张兆甲之妻久病不愈，其子发愿为母亲修建药王楼，来祭祀药王孙思邈。药王楼修成之日，母亲的病果然好了。

两人从药王楼门洞里进去，上了药王楼。站在楼上四望，只见北面的柳湖氤氤氲氲，柳色重重。南面张郎公馆屋宇叠叠，好一幅景象。

在药王楼观看一番下得楼来，张月梅要再往西走看看。董锐兰不愿意去，因为向西走不远就是郭老总家，听人说郭少总这段时间一直在城里晃悠，她不想看到郭少总。

柳湖转了一圈，回来时已是中午。来到家门口，董锐兰看见田崇慧在门口等自己，就和张月梅分了手。

2

日本鬼子的飞机对平凉轰炸相对减少，搬到虎山沟和郑家沟上课的学校又搬回城里。

回到城里上陇东女子师范的女儿，像脱缰的野马，让董兆元操尽了心。考虑再三，董兆元决定把妻子从乡下接回来。

女儿听母亲要回来高兴得不得了,学都不上了要去乡下接母亲。董兆元不同意,叫了一辆轿车,自己与朱福一同去了。

从乡下接回妻子已天黑,董锐兰见了母亲高兴地向母亲问好,帮着从轿车上拿东西。

没有几天就有人捎来话,郭老总让董兆元雇一辆轿车拉他们回城。

第二天,董兆元雇了轿车,和朱福一起去了崆峒山下接郭老总。

来到乡下,郭老总这段时间经过乡下自由自在生活的调养,病也好了许多,能下地行走了。董兆元给郭老总谈了铺子里的生意,郭老总鼓励董兆元好好干,自己今后一定不会亏待他。

周杏花招呼董兆元和朱福吃喝,郭老总的堂侄帮着向轿车上装东西。

一行人回到城里,轿车停到郭老总家大门口,周杏花去开大门。

朱福和董兆元把郭老总向家里扶。两个人刚把郭老总扶进院子,就听开上房门的周杏花"啊"地叫了一声。董兆元以为周杏花出了什么事,急忙去看。

来到上房一看,董兆元不由一愣。对面炕上被褥全无,只剩下一片芦席。左面的圆桌也荡然无存,屋里乱得像过了贼一般。董兆元有些奇怪:东西哪里去了,莫不是遭了贼偷?继而一想刚才进门门上的锁还好好的,不可能是贼偷了?是不是郭少总偷偷把家里的东西卖了?

周杏花坐在地上哭,郭老总也气得躺在了炕上。

年前有人看见郭少总好像在市场里卖家具,原来他在卖家当!

董兆元劝周杏花别哭,先买东西安顿好老总再说,就急忙带着朱福出门买东西。

买了铺盖褥子,董兆元身上带的钱已用完。董兆元叮嘱朱福拿着东西先回去,自己到铺子去取钱。

董兆元取钱买好了桌凳,让卖主用马车拉了送到郭老总家去。又买了油盐酱醋,提着回郭老总家。

"走开,我进我家的铺子谁敢拦我?"第二天早晨,铺子刚开门就有人在铺子门口争吵,董兆元出去一看是郭少总找上门来,朱福正在拦挡。

昨天刚安顿好他老子,儿子就找上门来?董兆元知道郭少总又来要钱,就给铺子里其他相公使了一个眼色,让他们出去把郭少总挡在门外。

几个相公去拦挡,董兆元乘机溜进了院子。

郭少总进不了院子,在铺子门口大喊董兆元霸占他家财产,他要收回铺子!

闹下去,今天的生意肯定做不成了,还不如给点儿钱把他打发了,铺子里好做生意。董兆元出去悄悄地给账房先生使了个眼色,账房先生走进了院子。

"给他给一点儿钱,快把他打发走,我们还要做生意!"账房先生出去打发人。

打发走郭少总,董兆元心中生气,看来自己还是要想想自己的退路,这种寄人篱下的日子也不是个常法!

人无外财不富,马无夜草不肥!干什么事不铤而走险硬闯一番是不会成功的!董兆元想,看来只好又去找杨大人!

董兆元敲杨大人家家门,杨大人一瘸一拐地来开门。杨大人问董兆元的肩膀好了没有？董兆元笑了，说一下子能好？

董兆元说了来因。杨大人一听笑了，董掌柜你不要命了？上次伤还没好，又想下次了？

董兆元说不做不行啊，世事把人逼得无法！

杨大人说我这两天心里也有这个想法，只要董掌柜敢做，我们就可以做！

"这次还是你做你的布匹，我做我的军火？"杨大人问。

"你也太不够朋友，我们都冒着杀头的危险，你的利大，我的利小，不行，这次我们平分！"董兆元说。

"看来董掌柜这次也要做军火生意？好，你先准备布匹，我给咱们联系军火。"

过了几天杨大人来找董兆元。两个人来到账房先生的卧室关了门。董兆元问杨大人枪准备得怎么样？杨大人说这几天海老总正在筹备平凉商会护商团，在和七里店营房联系武器，我们可以乘机弄几把盒子枪和长枪，这事办成办不成谁也说不准。这年头弄枪要花大价钱，我手头紧张，我们各出一半钱！

董兆元一听杨大人在向自己要钱，就问得多少？杨大人说每人三十个大洋，长退短补。

董兆元一听三十个大洋，心里就有些为难，上次贩运得的三十个大洋连结账带过年，再加上安置郭老总早已用完，看来还得回去赶快找钱。

回来的路上董兆元想着钱的来路，想来想去还是找田寿丞。

董兆元知道田寿丞近段时间药材生意做得好，虽然遭遇了去年后半年生意的艰难期，可是今年年初生意特别好，药材批发利润大，田寿丞狠狠赚了一笔，又放了很多账，可以说是盆满钵满。找田寿丞借钱没有问题，主要是看自己怎样开口？

董兆元回到家，妻子正在嘟嘟囔囔地收拾家里，说自己没在，丈夫和女儿把家弄得不成家了！董兆元没有理睬妻子，只等着下午去找田寿丞借钱。

春季是药材淡季，下午董兆元去壶济堂找田寿丞，田寿丞正好在药铺。

董兆元和田寿丞闲谈了几句，提出借三十个大洋的事，说两个月以后还上。田寿丞对董兆元年前外出贩运略有耳闻，就对董兆元说男子汉早就应该这样想，这样做了。与其死守在家里本本份份地等死，不如出去闯一番，还可能会闯出一片天地！做人要有自己的一片天地，不能长期寄人篱下。你这几年打拼有起色，钱借给你，只是在外做生意应该心细一点，不能出现大的纰漏。

董兆元听了田寿丞的鼓励，田寿丞慷慨地把三十个大洋借了。

董兆元拿着钱去找杨大人。杨大人说我正要去找你，枪械的事情有些不好处理，真是事不凑巧，这段时间听说外国对中国的武器援助停了，枪支供应紧张，上面又抓得紧，昨天七里店军营里来了枪械督查小组，看来一时半会儿枪弄不出来。

董兆元问那我拿的钱怎么办？杨大人说你先交给我，让我随机处理。

3

昨天陇东女师临时发出布告,通知学校从虎山沟搬回来在旧校址上课。

早晨,董锐兰和张月梅准备去陇东女师报名,一出大门就碰见田崇慧。田崇慧上来打招呼,董锐兰转过身子不理。田崇慧一脸尴尬。张月梅觉得董锐兰做得有点儿过了,太不近人情!

"走!"董锐兰背着书包喊张月梅,张月梅只好跟着走了!

田崇慧早已知道董锐兰不理自己的原因,他认为董锐兰心眼小,误解了他和河南女子的关系。其实他与河南女子的接触纯粹是同学关系,也属于帮扶对象。河南女子的奶奶身体不好,需要人照顾,许多时候他是抱着一颗同情心去帮助河南女子,没有想到董锐兰多心了!

田崇慧尴尬地背着书包跟在董锐兰和张月梅的后面,一个人到学校报名去了。

董锐兰和张月梅到学校报了名。报完名出来,董锐兰问张月梅,报名时怎么林老师盯着我问这问那,问得我心里有点儿发毛?张月梅说可能林老师注意你了。

中国抗日,国际援助的通道几乎全部被砍断,邻国也停止了军火援助,中国将士开始过盐水煮菜叶的艰难生活,全社会开始春季募捐,陇东女师也成立了上街募捐队,董锐兰被分到第二募捐小组。

上街募捐已经三个下午了,董锐兰虽然在街上募捐积极,可是情绪并不高,只让别人捐款,自己却一毛不拔,这是什么态度？

天快黑时回家，母亲关切地问怎么刚开学几天就上街募捐？董锐兰说敌人可不管你上学不上学，该进攻你时照样进攻你！

吃过晚饭，董锐兰想和父亲谈谈募捐的事，可是父亲这几天忙出忙进，铺子里生意又不好，董锐兰欲言又止。

董兆元晚上回来，听妻子说了女儿上街募捐的事，想想自己作为一个中国人，也应该为抗日出力，小儿子的惨死，大儿子的失联，不抗日看来不行了！这次捐款，女儿虽然没有向自己开口，自己也该主动给女儿钱了！可惜自己身上暂时无钱，还是赶快想办法弄点儿钱，让女儿去捐款！

董兆元想去找杨大人，拿回自己先前交给的钱。可是一想又不好开口，万一杨大人把枪弄下了怎么办？自己和杨大人的生意还做不做？思来想去无办法。账房先生看见董兆元愁眉苦脸的心中有事，就问董掌什么事把你愁的？

董兆元叹了一口气，说了自己的难处。账房先生跟着感叹一番，说我手头还有一点儿积蓄，你先拿去让娃娃捐了。董兆元不好意思地接了钱，说以后一定还你。

中午回家吃饭，董锐兰看见母亲面带喜色，就知道有喜事。饭后回到屋里，母亲从口袋里拿出五十文钱，说这是你父亲给的，你拿去捐款。董锐兰想父亲这次进步了，以前捐款都是自己向他要，他推三阻四的，这回是他主动给了！

这几天，田崇慧经常来找董锐兰，董锐兰爱理不理，想好好教训教训田崇慧一下。星期日下午，还没等田崇慧来，董锐兰就和张月梅去柳湖背书。

初春的柳湖，水面冰雪融化，柳梢只带上了一丝儿绿色。

柳湖里少有游人，冷冷清清的。两个人沿着湖畔转着背了一会儿书，感到有点儿冷，就决定去学校背书。

两个人来到陇东女师，因为学校放假，校工不让两人进校园，两人只好转头向回走。

两个人来到县政府门口的广场，围着那几棵老枝横干的古槐转了一圈儿，欣赏着古槐的奇伟，县政府门口的两个看门人向她们看，似乎有驱赶之意。两个人觉得无聊，只好向回走。

两个人刚走到乏牛坡口，朝阳门上的天圣铜钟当当当地响了，警报同时也响起来。董锐兰吃了一惊，日本鬼子的飞机好长时间没有来轰炸，谁知他们又来了！

街道上你推我撞，一片慌乱。董锐兰对张月梅说，你快去城外躲，我回去！董锐兰知道张月梅的父亲外出不在，家里没有什么牵挂，回去也是一个人。

张月梅说不，我跟你去看家人！

两个人跑到船舱街，街道上人早已跑光。只见铺子门和院子门上上了锁。董锐兰不知母亲跑到哪里去了，就和张月梅两人急急忙忙向城南跑。

两个人跑出城外，远远看见小路上有两个人推着推车跑。跑近一看原来是河南汉子和女儿推着河南老太太在跑。两个人快跑到跟前，头顶上已听到轰隆隆的飞机声。

董锐兰急忙喊："快趴下，快趴下。"前面人没有听到似的。等董锐兰和张月梅跑到跟前，飞机已飞到头顶。一颗炸弹从空中呼啸而下，董锐兰急忙扑上去，推倒车子和人，炸弹落地掀起的土浪把几个人压在土下。

飞机飞走了。

"锐兰，锐兰，怎么了？"董锐兰听到有人喊自己，不知自己身在何处?

又有人摇了摇董锐兰几下,董锐兰才恢复知觉。原来是张月梅和河南女子在喊自己。

董锐兰睁眼一看感到双眼迷离,好像什么东西塞住一般,视线被一堵墙堵住。

"快去找水,用湿手帕擦一擦。"只听河南女子说。

张月梅找来水,弄湿了手帕给董锐兰擦眼睛。擦了几下董锐兰感到眼睛虽然没有以前那么难受,但是眼前依旧看不见。

"不行,赶快送医院!"张月梅说。

这时河南汉子早已扶起了母亲和推车。几个人把董锐兰扶上推车,河南汉子让女儿照顾奶奶,他和张月梅送董锐兰去医院。

城里飞机刚刚轰炸过,家家户户大门紧闭,有几户人家房子着了火,早回来的人在急急忙忙救火。

两个人把董锐兰送到南门什字博爱医院,博爱医院大门紧锁。有人说齐修士和助手到后面天主教堂躲飞机去了,让张月梅去叫。张月梅来到后面的天主教教堂院子,只见教士搭梯子从教堂顶上在取他们的国旗。许多人嚷嚷着从教堂里向出走。张月梅一打听原来教堂顶上覆盖着瑞士国旗,瑞士是中立国,日本鬼子的飞机见了瑞士国旗是不轰炸的,所以街道上的人都向教堂里跑,躲飞机轰炸。

看见从教堂里向外走出的人,张月梅感到胸口好像被什么重击了一下,有些出不来气。堂堂一个中华大国,不能在自己的国土上保护自己的子民,而是要靠一方外国国旗来保护,这简直是奇耻大辱!怪不得连小小的日本鬼子都欺负我们,说我们是东亚病夫。这日本鬼子不赶出中国去,不给他们一些教训，他们是不会老实的！

张月梅找到齐修士，齐修士也正好要到外面门诊去，听说有人受伤，急忙和助手出了教堂。

齐修士和助手给董锐兰清洗了眼睛，掰开董锐兰的双眼，拿着放大镜给董锐兰做了瞳孔和眼底检查，看见眼底没有什么大碍，又拿听诊器听了董锐兰的心脏，没有什么问题，就给董锐兰开了西药和眼药水让回去使用。

4

董兆元的妻子苏玉英跑飞机回来浑身瘫软，不见女儿回来，就急忙让丈夫和朱福去找。

苏玉英不放心，站在街道边张望。

河南女子搀着奶奶慢腾腾地向回走，没走到跟前，苏玉英就问河南女子见没有见女儿？河南女子说董娘你家锐兰眼睛受伤了，去了医院。

苏玉英一听心里一乱，人一下软了，马上要瘫倒！"哪个医院？"苏玉英问，急得就要跑。"南门什字博爱医院。"河南女子回答。苏玉英顾不上什么，赶快去医院。

苏玉英刚走到乏牛坡半坡，就见几个人扶着推车从乏牛坡上向下走。走近了才看清是丈夫和朱福几个人，推车上坐着女儿。

"怎么了？怎么了？兰儿怎么了？"苏玉英扑上去问。

苏玉英看见女儿坐在推车上，眼睛好像什么都看不见。

"不要问了，回去再说！"丈夫说。

到了家门口，几个人把董锐兰从推车上扶下。苏玉英问：

"兰儿，兰儿，眼睛怎么了？"女儿还未回答，张月梅抢先说："没什么，董伯母，轰炸时让土伤了，刚看过，医生说休息几天就好了！"

来到屋子里，几个人把董锐兰扶上炕，张月梅忙着给董锐兰倒水。苏玉英一个劲地问女儿的眼睛伤在哪里？张月梅说，没有伤，齐修士说休息几天就好了。河南汉子说了董锐兰眼睛受伤的经过。

苏玉英絮絮叨叨得不信，董锐兰被问得不耐烦，说："不信我撕了布你看！"说着就要动手。苏玉英一看女儿动了真，就不再吭声。

隔壁河南女子安排好了奶奶，跑过来问董锐兰伤得怎么样？董锐兰笑着说去医院看了，没事。

几个人正说着话，田崇慧来了。田崇慧一进屋就问董锐兰怎么了？董锐兰听田崇慧问自己，心里一酸，眼睛一下子湿润了。

张月梅说了事情的经过。田崇慧问董锐兰现在感觉怎样？董锐兰答了还好。田崇慧让董锐兰好好休息，按时点眼药、吃药。

跑了几小时飞机，所有人中午饭都没吃，嘟嘟脸胖厨师进来让众人到饭堂吃饭，众人谢了，各自回家去吃。

下午，田寿丞外出回来，听说董锐兰眼睛受伤，就提了一包点心来看。

董兆元接待了。田寿丞问了董锐兰眼睛受伤的情况，安慰董锐兰不要心急，好好养病，自己再找一个好中医大夫来给董锐兰看看。

第二天上午九点多，河南老太太絮絮叨叨地过来，坐在炕边上拉住董锐兰的手说是董锐兰救了他们,她不知道怎样谢董锐兰,让董锐兰以后有什么事找自己的孙女,董锐兰的一切她孙女全包了。

河南老太太走时,从口袋里掏出两个核桃塞给董锐兰,说是儿子给她的,留下给董锐兰吃。董锐兰不要,河南老太太硬是塞给了董锐兰。

中午十一点多,河南老太太站在门口喊苏玉英,她做了胡辣汤,让孙女端过来一碗给董锐兰喝。

河南女子中午放学回来,过来问董锐兰眼睛好些了吗?董锐兰说好多了。河南女子说你赶快好,我们还要一起上学。董锐兰感到心里热乎乎的。

星期天上午,河南女子早早过来陪董锐兰,给董锐兰补习功课,两个人刚拉开摊场,张月梅就来了。

董锐兰听张月梅来了,高兴地让河南女子回去照顾奶奶,功课由张月梅来补。

快到中午,张月梅要回家吃饭,董锐兰和母亲挡了:"你一个人回去冰锅冷灶地要做,不如在这儿吃!"坚持再三,张月梅只好留下来吃饭。

吃过午饭,张月梅给董锐兰点了眼药,看着董锐兰吃了药,田崇慧拿着两小纸包东西来了。

张月梅找了个借口走了。

田崇慧打开两个纸包,告诉董锐兰,一包是红枸杞,一包是炒熟的决明子。红枸杞让董锐兰洗了吃,一次少吃几颗,多吃几顿。炒熟的决明子泡茶喝,这两种东西都有清心明目作用。

董锐兰听了高兴,觉得田崇慧心里还是有自己。

中午饭后,苏玉英又给女儿点了眼药。女儿中午睡起,苏玉英问女儿眼睛好些了吗?董锐兰被问得心烦。起初还应付两声,时间长了董锐兰就带理不理,再后来董锐兰纯粹不吭声了。苏玉英责怪女儿不理解母亲的心思。下午,苏玉英又问女儿,女儿不耐烦地说好了好了,明天我就去上学!

苏玉英的好心被女儿误解,一肚子委屈。丈夫从铺子里回来,躲开女儿,苏玉英给丈夫诉苦。董兆元既不说妻子的不是,也不说女儿的不是,只是哼哼哈哈地应付。

街道上的空气又紧张起来,像拉紧弦的弓,咔吧吧地响。社会上又传来消息,说日本鬼子的飞机又轰炸重庆了,炸塌了防空洞,活埋了两千多老百姓,老百姓又遭殃了!

这几天日本鬼子的飞机像发了疯似的,隔三间五地来轰炸,虽然对城市没有多大破坏力,但是闹得人心惶惶。董锐兰行动不便,有时让人搀着跑飞机,紧张了由朱福背着跑。

晚上,苏玉英嚷着,这兵荒马乱的日子,不如让大儿子从云南回来!董兆元说这几晚他也连做噩梦,梦见大儿子血淋淋地站在床头,梦中醒来常被吓出一身冷汗。

董兆元记着云南的儿子,几乎隔三间五地去邮局看有没有大儿子的来信。苏玉英整天念叨着大儿子,每次董兆元去邮局都是失望而归。

这几天女儿的眼睛能看清眼前的东西,开始出去在院子里走动,董兆元感到心里轻松了许多。没想到妻子又捂着胸口咳咳咳地咳嗽起来,董兆元心焦,只好带着妻子去博爱医院看。

去了几趟不见治疗效果,董兆元问齐修士妻子到底得的什么病?齐修士确诊为痨病。

董兆元所担心的事终于发生了!痨病,没有希望的死亡之神，大多数得了此病的人都逃不出它的魔掌！董兆元感叹自己命运的悲苦，少年丧母，现在而又面临着中年丧妻的厄运！

5

这段时间平凉城里吵吵嚷嚷，"工合"改良了织毯机，在客户家里推广，只是价钱略高一些，一般人家买不起。看织毛毯有利可图，董兆元就想购置几台织毯机织毯子。

田寿丞拿了一棵人参来看董兆元的妻子和女儿，问董兆元近日生意怎样？董兆元说了情况。田寿丞说，我看你还是搞什么贴补一下。董兆元说生意倒有一桩，就是手头缺钱做不起。田寿丞问什么生意？董兆元说织毯子。田寿丞说我也早看上了这生意，只是生意忙顾不过来，我看你这二道院子里有地方，不如我出钱你出地方，我们合伙买机器办作坊织毯子。

董兆元问我们二道院子里有人住着，机器买来放在哪里？田寿丞说，你想办法把那家河南人安顿了，我们可以在那里盖工棚办作坊。董兆元想把隔壁女儿住的那间房让出来，让河南人一家住了，就可以在那里盖工棚了。

田寿丞走后，董兆元找上房女人谈想在二道院盖工棚的事。上房女人一听盖工棚就坚决反对，这几年日本鬼子的飞机轰炸，街道上的墙都涂成了灰色。每次轰炸，日本鬼子的飞机好像有目标似的，专轰炸人多的地方和有工厂有机器的地方，在自家院子里办作坊不是在招惹日本鬼子的飞机轰炸吗？不论董兆元怎么说，上房女人就是不同意。

第二天，田寿丞来问地皮的事，董兆元气的说了情况。田寿丞说不要着急，我们再想办法。上房女人如果拿不下来，这事肯定就黄了。董兆元情绪低落，账房先生知道了此事，对董兆元说："掌柜的，要不我去上房试试？"

董兆元一喜，账房先生平时和上房女人要好，全铺子人都知道，他去说可能会起作用！

账房先生去了上房，很长时间不见下来，董兆元心里发慌。又等了一会儿，账房先生才慢慢腾腾地从上房里下来。

董兆元急忙迎上去问情况，账房先生一脸冰霜不吭声。董兆元心里一凉，完了，上房女人又没说通！

董兆元又问，账房先生才慢腾腾地告诉董兆元，事情说通了，让我们先交两个大洋的地皮费，形势不好就立即停产。

办作坊修工棚的钱还无着落，哪里有现钱预交地皮费？董兆元无奈给田寿丞通了信息，田寿丞给了董兆元十个大洋，说："钱我出，我这几天生意忙，顾不上，你只管交了地皮费，修工棚买机器，我这几天忙完再来帮忙。"

董兆元督促匠人修工棚，院子里乱哄哄的。工棚是按摆放四台织毯机修的，正好把二道院子西面的空闲地方占完。

工房修得很快，再过两天就可以完工。董兆元早已去"工合"定好了四台织毯机，又让"工合"物色了四个开机器的师傅。一切就绪，就等着工房修好晾干，把织毯机搬进去开工。

杨大人来找董兆元，在僻背处说东西准备好了，后天去陕北贩运。

董兆元一听，你这时候找我贩运，是不是专拣我忙的时候故意来难为我？这段时间我走不开，你还是把我的钱还我。

杨大人一脸为难，钱我买了货物，你要钱我到哪里去找？货物出手本钱一定还你！

董兆元一听要钱不现实，就再没有开口。

工棚修好，田寿丞抽时间来看了一次，对诸事甚是满意，说自己忙，让董兆元放手去干。

四台织机正织得欢，四个师傅手脚不停地织着，一天能织八条毯子。看着织出的毯子，董兆元有苦有乐。

织出的这些东西过去人们把它叫做粗毯。这粗毯的针脚比麻包片子的针脚还粗还大，对着太阳照能看见亮光。这样的东西连风都挡不住，能送到抗日前线让抗日将士夜晚防潮隔寒？看着这些东西董兆元皱起了眉头。

让董兆元欣喜的是这些东西交给"工合"，可能就能变成钱，能变成一块块白花花的、重重的、有响声有硬度的大洋！

四台织机织了五天，织出了四十条粗毯，董兆元不放心，害怕织出的这些粗毯不符合收购的要求和标准，就带着一个师傅，用推车推着四十条粗毯去船舱街北路的"工合"交货。

"工合"院内，人声嘈杂，热气蒸腾。一些工人忙着把刚收购的粗毯放进大锅里煮泡，并不停地用木棍搅动大锅里煮泡的粗毯。煮泡好了的粗毯冒着热气被工人从大锅里捞出来，放在大案子上挤干了水，交给了另一批工人。这批工人把煮泡过的粗毯用铁刷子用力地刷着，刷得起了乱乱的毛。这些毛片又传给了旁边的工人，旁边的工人用如锅盖一般的木盖子左右旋转碾压着，把毛片磨平压光，变得光滑平整。这样，一条柔软光滑的军毯就制作成了。

董兆元看了这一系列的工序放心了，自己作坊织的粗毯看来还挺不错！

董兆元带着师傅交了四十条粗毯，得了六个大洋，心里暖暖的。织毯手工作坊全平凉城都在搞，有了这个作坊，加上自己的吃苦努力，赚下钱，买一块地皮，修起自己的地方，自己以后的一切希望都在这作坊上了！

董兆元时刻注意着杨大人的消息，去陕北贩运毕竟是刀刃上舔血的事，弄不好会赔本贴上性命。董兆元害怕杨大人有事，自己那些本钱打了水漂还会受牵连。一天，听说泾川抓住了两个军火贩子，货物被没收，人也被就地枪毙。又听说陕甘交界发生了枪战，一方有人被打死。董兆元疑心杨大人出了事。

星期五下午，作坊的机长带人去"工合"交粗毯回来，给董兆元报告说"工合"给我们下了任务，让我们在一月之内完成织五百条粗毯的任务，否则"工合"将取消我们军用毛毯加工作坊的称号，所产粗毯永不采购！

董兆元觉得可不能错过这发财的机会，就让朱福去找田寿丞，让田寿丞过来议事。

朱福回来说田寿丞外出不在，晚上回来后会立即过来。很晚了田寿丞还不过来，董兆元心急，快睡时田寿丞才过来。

董兆元给田寿丞通了消息，两个人都发了愁。按照常规，作坊一个月能织二百四十条粗毯，现在一月要织出五百条粗毯，就得白天黑夜加班才能完成。

董兆元与田寿丞合计，四台纺织机要没黑没明地干才能完成任务。白天黑夜加班，四个师傅根本不够，再招四个师傅两班倒才有可能完成任务。

平凉城里到处都在织粗毯纺毛线，师傅难找。找了四五天才找了两个，将近半月过去，任务还没有完成五分之一。董兆元着急，嘴上都起了水泡，好不容易招够了四个师傅，便不分昼夜两班倒地干起来。

6

董兆元带人交了最后一趟粗毯,一月五百条粗毯的任务终于完成,董兆元如释重负,决定今天午饭让嘟嘟脸胖厨师加几个菜,自己要和师傅还有铺子里的人好好喝一口,庆贺庆贺!

董兆元还未走进铺子,朱福就从铺子里迎出来,悄悄地说:"掌柜的,不好,郭少总到铺子里来要钱了!"

董兆元一听郭少总来要钱,头轰地一下子大了!少东家死皮赖脸的无脸面,今天怎么又遇上他!

"从侧门里拿进去!"董兆元把装钱的褡裢交给一个师傅。郭少总可能听到了董兆元的说话,从铺子门里出来了。

董兆元去拦郭少总。郭少总一见董兆元,说:"干大回来了!"话没有说完,看见那个师傅抱了褡裢从侧门里向院里跑,就去追。

董兆元左挡右挡,挡住郭少总。郭少总一急,转头就向铺子里跑。

董兆元一看糟了,郭少总要到院子里去截那个师傅!

董兆元害怕郭少总抢夺师傅抱的大洋,就急忙追进了院子。

二道院子里郭少总堵住了那个师傅。

董兆元急忙拉郭少总,想让那个师傅抱上大洋跑进里院,郭少总挣开董兆元的手,死死抓住那个师傅的衣领。

那个师傅反过来打郭少总,问:"你干什么?"

郭少总说:"要钱,要我们家的钱!"

"我抱的是我的钱,不是你们家的钱!"

"你一个穷工人,哪有这么多钱?这是我们家作坊里的。"郭少总说着去抢褡裢。

那个师傅反抗,郭少总、董兆元、那个师傅和铺子里出来的人纠缠在一起。

苏玉英正看着女儿喝决明子茶,听见了外面的吵闹声急忙出来看。董锐兰也跌跌撞撞地跟在后面。

苏玉英来到前院,几个人正在为褡裢拉扯,就喊了一声:"少东家,放开手!"她希望郭少总放开,可是郭少总依旧死死拉着褡裢,喊:"我家作坊挣的钱,我死都要要下!"

"少东家你放手放手,账房先生,你给少东家在柜子里取一点钱!"苏玉英说。

账房先生看看董兆元,董兆元无奈地使了一个眼色,去取上一点儿吧!

账房先生去取钱。

"不能给,不能给这大烟鬼给烟钱!"只听董锐兰一声喊。账房先生一楞。

苏玉英知道女儿的心性,她插进来事情会越搞越乱,就说:"兰儿,你回去,不要管这事!"

董锐兰不理,摸着就要去抓郭少总。

"好,不给,我哪天一定要把这作坊烧了!"郭少总恶狠狠地说,说着就打那个师傅。

"起来,我看,一个不知廉耻的东西!"只听一声吼叫,一顿文明棍落在了郭少总的头上。

郭少总头被打痛,双手抱头,丢开了那个师傅,那个师傅趁机拿着褡裢跑进了里院藏起来。

一顿文明棍又落在郭少总头上。众人一看打人的是裴举人，急忙拉裴举人，裴举人气得昏倒在地上。

众人去救裴举人。账房先生拿来了一点儿钱塞给郭少总，众人都哄着吓唬："拿上钱快走，小心裴举人醒来打！"

郭少总拿上钱灰溜溜地走了。

下午，董兆元为郭少总上门捣乱的事，亲自去了一趟壶济堂找田寿丞。田寿丞让他回去，晚上他专程到董兆元的铺子里来。

晚上，田寿丞如约而至。董兆元给田寿丞汇报了作坊的生产和收入，又谈了郭少总上午来要钱的事。田寿丞说作坊看起来我们办对了，只要好好干会挣下钱的，只是这郭少总上门来捣乱实在难缠。我们早早写了契约，证明是我租上房女人的地方办的作坊，你只是代为管理怎样？董兆元同意。两个人商定了分红比例，让裴举人和上房女人作证画押，田寿丞董兆元各执一份契约，此事算是办妥。

两个人按比例分了红，董兆元给田寿丞给了十五个大洋，说把前面借田寿丞的钱先还一些。田寿丞不要，说弟妹有病，你还是拿钱给弟妹看病，等以后有了钱一起还！

两人推让再三，田寿丞不要，董兆元只好把钱装上。

有郭少总那句威胁的话，董兆元总觉得不放心，害怕郭少总报复，就特别安顿铺子里的人和作坊里的人时时小心。

一天，董兆元从外面回来，在船舱街口远远地看见郭少总，郭少总仇恨地看了一眼董兆元，躲了。

董兆元回到铺子，问铺子里没有什么情况吧？账房先生说没有。董兆元又去作坊里看，作坊里四台织机正常纺织，董兆元放了心。

董兆元一边照顾铺子，一边照顾作坊。听人说郭少总常在船舱街和"工合"附近转悠,去"工合"交粗毯时董兆元特别加了人手,以防路上遭郭少总抢劫。

可能是董兆元带的人多,郭少总始终没敢下手。

一天半夜,董兆元正睡得香听外面朱福敲门。董兆元问什么事?朱福说掌柜的你赶快起来看,作坊的师傅让人打了!

董兆元赶快起来要向外走,妻子叮嘱把衣服穿厚些,小心着凉!

董兆元来到外面,问人在哪里?朱福说在外面。

董兆元急忙出去看,账房先生房里,被打师傅的头被另一个相公用枕巾捂着,血从头发中渗出来,弄湿了一片头发。董兆元害怕得破伤风,说快送博爱医院!几个人把那师傅送到了博爱医院。

博爱医院值班医生进行了伤口清洗,又剪掉了伤口周围的头发。伤口是一个一寸多长的口子,缝了七针,包扎了,几个人才陪着师傅回来。

董兆元问了情况,那个师傅说昨天他上夜班,半夜两点下班向回走,刚走过中山桥,黑暗中冒出两个人手提青砖,挡住了去路。他想躲开,被其中的一个人照头拍了一砖,说,让你给财主当狗!看着他倒了,两个人才扬长而去。

董兆元一听打人者说的话,像是郭少总指使人干的,第二天天亮就去警察局报案。

董兆元给警察说了怀疑对象,两个警察去找郭少总。

两个警察来到郭老总家,郭老总正扶着桌子坐着。周杏花问警察什么事。两个警察说了情况,周杏花说不可能,不可能,自己的儿子绝不会干那事!郭老总听了气得又头甩手抖起来。

7

妻子咳嗽得厉害，嘟嘟脸胖厨师出来叫董兆元，让董兆元回去看。妻子一脸蜡黄。董兆元问了妻子的病情，看着妻子吃药，同时也叮嘱女儿吃了药。朱福进来叫："掌柜的，外面有人找。"董兆元不高兴地问："谁？"

"老总夫人！"

董兆元一听周杏花，心里一紧，周杏花上门肯定没有好事，又是郭老总的事情！董兆元无奈，只好说："走！"

来到前面铺子，周杏花一见董兆元，扑通一声给董兆元跪下。董兆元被吓了一跳，急忙扶周杏花："怎么了？有事起来说！"

"董掌柜，救我儿子！"

董兆元吃惊："郭少总又惹什么事了？"

周杏花说了事情经过：这段时间郭少总很少回家。那天，郭少总躺在城西福盛膏店的炕上吸足了烟膏，起来正准备出去，烟膏店里进来两个人，走到郭少总跟前问你是不是郭少总？郭少总奇怪，点点头。那两人一听他是郭少总，就一人拉住一只胳膊，给他戴上了手铐，让他去警察局。郭少总嚷叫着问我犯了什么法？两个便衣说到了警察局你就知道了！

到了警察局，郭少总被审讯。审讯人员问他是不是认识一个叫王长久的人？郭少总说不认识。审讯人员又问你与长武塬上的土匪是什么关系？郭少总说他与长武塬上的土匪没有一点儿瓜葛。审讯人员就喊外面人把王长久带上来。审讯室打开，王长久戴着脚镣手铐被押了进来。郭少总一看正是长武塬上平时和自己接头取情报的人，就吓得身子如筛糠一般抖起来。审讯人员喊:"来人,上大刑!"郭少总一听上大刑,就说:"我招我招。"招了自己被长武塬土匪收买做眼线的经过。

郭少总抽大烟缺钱,在平凉城里小偷小摸到处游逛,被长武塬的土匪盯上。一天,郭少总在一个烟膏店抽烟膏没有钱付账,被烟膏店的打手毒打了一顿,郭少总答应给烟膏店里打扫卫生做零活顶账。正打着有一个人喊住手,说他愿意给郭少总付账,让烟膏店的人放了郭少总。那人付了账,烟膏店的人放了郭少总。

出了烟膏店,那人问郭少总愿意不愿意跟着自己干?如果愿意钱少不了你的。郭少总问干什么?那人说活儿不重,只要把平凉"工合"东去送毯子的卡车出发日期和时间告诉我们就行了。郭少总正为毯子的事要报复董兆元,一听这事来钱容易,就答应了此事。

一周以前,郭少总打听到"工合"送毯子发车日期和时间,给那人送了情报。"工合"送毯子车到长武塬上就与土匪发生了枪战,土匪烧了送毯子卡车。长武警察局和平凉警察局联手破了此案,找到了郭少总。

警察局通知家属给郭少总送饭,郭老总被气倒,郭家无人有能力操办此事,周杏花只好来找董兆元。

真是恶有恶报,善有善报!听了案情,董兆元长出了一口恶气。上次郭少总指使人殴打自己的师傅还没有找到人,现在他自己先进了警察局,死在警察局里活该!自己才不管那事!

董兆元说:"这么大的事我没办法。截毯子烧汽车那是汉奸干的事,汉奸杀头是人人得而诛之的事情,我没有一点儿办法!"

周杏花一听扑通一声给董兆元跪下,痛哭流涕地求董兆元看在她和郭老总只有这一个独子的分上，救郭少总一命！

董兆元被哭得心软，救吧，是仇人，上次的账还没有清算，这次反而来救，这不是仇将恩报，让人知道了笑话。别人会说自己软弱，傻！不救，别人会说自己等着郭少总死，断了郭家的香火，自己要霸占郭家的铺子。

到底救不救？董兆元也拿不定主意！

"老总夫人，你先起来，我们慢慢说！"账房先生把周杏花向起拽，几个相公也上来拉，拉起了周杏花。

周杏花还在哭泣。

"掌柜的，我看这样，让老总夫人先回去，我们再想想，看有什么办法？"

周杏花不走，众人劝周杏花，董掌柜一定会想办法！

周杏花走后，董兆元确实不想管，账房先生说掌柜的此事还是要管的，如果不管郭老总有个三长两短，对我们谁都不好！

董兆元被说得心动，看来这事不想管也得管！

找谁呢？

找商会会长海振兴，土匪劫商人的货，给海振兴不提，海振兴都嗤之以鼻，还管这事？

找田寿丞，田寿丞也遭过土匪的抢劫，对土匪恨之入骨，是不会给郭少总求情的！

找裴举人，裴举人嫉恶如仇，恨不能让政府枪毙了烟鬼郭少总，况且郭少总还给土匪做眼线，裴举人能为他求情？

算了，不管了！不管了！

董兆元有心放弃不管，可是东家的事情自己不能不管，如果东家的家破了，自己一家吃饭的地方也就没了！

账房先生凑上来说:"老掌柜,现在重要的是和东家去七里店看守所先看看人,然后再想办法!"

董兆元觉得账房先生说得也对,就准备了钱物,与周杏花一起去七里店看守所看人。

两个人来到七里店看守所,被挡在了大门外。董兆元给哨兵塞了钱,一个哨兵才进去给所长报告。

一会儿所长出来,董兆元讲了原因,所长看看董兆元,说上面有令,郭少总通匪,不能和外人见面串供,劝他们回去。周杏花哭得不行,董兆元把所长叫到无人处,给所长塞了钱,所长才准董兆元和周杏花两人进去,并让他们说话快一点儿,免得惹麻烦。

两个人见了郭少总,郭少总正在发烟瘾,妈妈老子的在号子里哭叫,头朝墙上撞。狱警喊:"12号,有人来看你。"郭少总不理,只是把头向墙上撞。

看见儿子痛苦的样子,周杏花心如刀绞,抓住号子栏杆直哭。郭少总看见母亲扑上来,抓得周杏花双臂出血,喊,妈救我!妈救我!

最后郭少总有气无力地说:"快去找刘队长!刘队长!"董兆元知道郭少总说的是刘黑旦。

董兆元和周杏花去了警察局,刘黑旦正在出警,不知去了哪里。下午下班时两人又去警察局找,又没找见人。

第二天早晨上班前,董兆元和周杏花两人早早待在警察局门口等刘黑旦来上班。

等到八点半,刘黑旦才提着枪迟迟到来。两人挡住刘黑旦说了情况。刘黑旦说:"我忙,现在没空,这几天日本鬼子的飞机又要来轰炸,平凉城防空的事都安排不好,你们的事等闲了再说。"说完拨开两人进了警察局。

两个人垂头丧气没有了主意,回来找人,有人出主意说刘黑旦每晚都要到隍庙的茶楼上去,你们不如晚上到茶楼去找。

两个人得了信息,决定晚上上隍庙茶楼去找。

8

董锐兰每天都注意着田崇慧来的脚步声,田崇慧每次来都是直出直进,没有任何迟疑和分神,董锐兰听了高兴。

田崇慧这段时间几乎每天来给董锐兰补课,许多内容实际上张月梅都已讲过,可是由田崇慧再讲一遍,董锐兰感到增添了许多乐趣。

田崇慧在董锐兰面前经常念叨他要到抗日前线去,董锐兰说希望把她也带上。田崇慧不吭声,董锐兰感到田崇慧有点儿瞧不起自己,就暗暗下决心让自己的眼睛快快好起来,以后加紧锻炼身体,有一副强健的体魄上战场。

一天下午,田崇慧来得很迟,灰头土脸。董锐兰问你今天这是怎么了,闹得像土地爷?田崇慧说你不知道,学校里进行军事训练,为了提高同学们在敌机轰炸时的适应能力,整整一下午练习起立卧倒,起立卧倒。

董锐兰一听,这正是自己的弱点,这次自己眼睛受伤就是不懂敌机轰炸时的躲避知识和救人常识所造成,以后上学一定要多学一些这样的知识。

田崇慧一进董锐兰家院子,便兴冲冲地喊董锐兰的名字。可是屋里没有回音,田崇慧以为董锐兰不在家,快到房门口,苏玉英出来与田崇慧打招呼,田崇慧问:"董娘,锐兰在吗?"

苏玉英回答:"在。"

田崇慧进了房门,只见董锐兰背身坐在炕边不言语。田崇慧喊锐兰,董锐兰不答应。田崇慧纳闷:锐兰今天又怎么了?

苏玉英一看女儿不理田崇慧,就过来圆场,慧儿你坐,锐兰眼病又反复了,这两天心情不好!田崇慧一听明白了原因,就鼓励说不要紧,眼睛会好起来的!

田崇慧问了几句,看董锐兰没有反应,不好再问什么便告辞回家。

田崇慧闷闷不乐地回到家,母亲告诉田崇慧,你师父从崆峒山上下来,找你不见,刚到宝塔梁去了。

这段时间,田崇慧把师父教的黑虎出洞鞭前两节二十四个动作练习得烂熟,他只想让师父再教一节,他好练习。随着年龄的一天天增大,他计算着时间,练好本领,明年自己就要十八岁了,完全可以上战场杀鬼子了。

吃过晚饭,田崇慧就去宝塔梁找师父。

一上宝塔梁,听见宝塔上的风铃响,田崇慧心里就有些害怕。看见延恩寺的厦房,田崇慧想到棺材里伸出的那只手,恐惧得想跑。想到来的目的,田崇慧硬着头皮来到延恩寺正院。

宝塔梁延恩寺正院,师父韩道正在和静安师父烟熏火燎地做饭。两个人做着饭谈论着时事。静安师父问韩道,你常年在外,前线我们和日本鬼子打得咋样?韩道长叹一声说,不瞒你说,战况让人揪心。武汉战役之后,日本鬼子南下的脚步已经停止,现在中日在拉锯状态,抗战前线缺医少药,缺乏英勇作战的士兵。我有心在崆峒山办一个国术学习班,传授崆峒国术,培养一批人才。可惜这些年来战乱频繁,山上香火稀少,吃的粮食油盐短缺,恐怕去的人多,时间长了支撑不下来!

静安师父说这事你不要操心,不管怎么说这几年我寺里香火还可以,有一点儿积蓄,到时候你困难了我接济,大家都在爱国,我佛只能贡献于此了!

听了静安师父的话,韩道心中有了底,表示自己抓紧时间把国术班办起来,多收些弟子,学成后让他们上抗日前线,让日本鬼子尝尝我崆峒国术的厉害!

两人正说话,田崇慧提着鞭杆就来了。

韩道的黑虎出洞鞭相传出自商周时峨眉山道人赵公明,也就是人们所说的"黑虎灵官"。黑虎灵官力大威猛,擅使钢鞭,后人便称这套鞭法为黑虎出洞鞭。此套鞭法为崆峒山道教镇山之宝,一般只闻其名而未见其实,韩道害怕自己年事已高,使这套鞭法失传,就挑了田崇慧来传授。

由于钢铁紧张,田崇慧一时找不到好钢铸造钢鞭,就暂用一条木鞭杆代替钢鞭,等以后找到好钢再铸。

见师父和静安师父还未吃饭,田崇慧告诉师父自己去外面把学的套路复习复习。师父同意了,田崇慧就在大殿前那块平地上练起来。

田崇慧虽然练着招式,却不时走神。董锐兰真是,平时看着好好的,但重要时却弱不禁风,一个炸弹的气浪就让她的双眼看不见,如果真的上了战场她还不知道要出什么事?

师父吃了饭,出来给田崇慧指导练鞭。田崇慧练鞭,练着练着被师父叫停:"这招黑虎穿林你使得软弱无力,把黑虎那种威猛的气势和敏捷的身法没有使出来。"说着,师父拿过田崇慧手中的鞭杆,施出了一招黑虎穿林的拳势。只见师父目露杀气,出鞭威猛敏捷,田崇慧看了不由地赞叹师父的身手。接着田崇慧又模仿着师父的动作重做了一遍,始终不得要领。

两人在大殿前的空地上比画了一个多小时。休息下来，韩道给田崇慧说了自己想在崆峒山上办国术班的想法，田崇慧坚决支持，只盼着师父的国术班早早办起。

第二天下午放学后，田崇慧背上书包准备离开教室，被河南女子喊住。田崇慧问你有何事？河南女子说锐兰眼睛又看不着了，旷课时间长了，落下功课多，咱们得想办法帮一帮。田崇慧说我也在想这件事，可惜她这段时间脾气不好，我也不知道怎样帮？

两个人背上书包向回走，下了乏牛坡田崇慧有点儿犹豫，和河南女子一同进去又害怕招来董锐兰的误会，离开河南女子自己又不好意思，田崇慧不知怎么办？

马上要走到董锐兰家大门口，田崇慧还没想好对策。倒是河南女子识趣，走到大门口让田崇慧先进，自己到父亲的膏药店去一下。

河南女子去了膏药店，田崇慧才如释重负，直奔董锐兰的屋子。

董锐兰这几天在家一直生闷气，怪自己身体不争气，常常气得流眼泪。

田崇慧进了屋子见苏玉英正在纺毛线，便打了招呼，然后和董锐兰打招呼。董锐兰碍于母亲在场随便应了。母亲苏玉英站起身说自己纺毛线时间长了，也该出去转转了。

母亲出了屋子，田崇慧说了昨天晚上师父给他讲准备在崆峒山上办国术班，希望董锐兰的眼睛赶快好，好了咱们可以一起上崆峒山去学国术。

董锐兰一听田崇慧说要去崆峒山去学国术，认为那是田崇慧在故意气自己。以前自己身体好时，多次对田崇慧提出让他给韩道介绍一下,自己跟上韩道学国术。可是田崇慧说韩道比较封建保守,自己不好说。现在自己身体不好了田崇慧又要去学国术,这不是在有意气自己!就转头不理田崇慧。

9

隍庙的茶楼白天倒是清闲,一到晚上喝茶的、聊天的、看秦腔的,吵吵嚷嚷,人满为患。两个人打听到刘黑旦在二楼雅间里打麻将,周杏花一个女人家上去不便,就让董兆元上去找。

董兆元推开二楼一个雅间门,打麻将的人看见董兆元一愣。有人呵斥干啥?董兆元小心地说找刘队长。刘黑旦看了一下董兆元,犹豫了一下要推倒手中的牌。麻将桌上一个人站起来说不行,眼看我和了你要走,要走就把钱掏下!刘黑旦看着说话的人,说,李局长,这把就算你和了,我替在座的朋友掏钱。说着给了李局长钱。李局长骂骂咧咧收了钱。众人都怪董兆元来的不是时候,扫了他们的牌兴,他们三缺一又要找人。

董兆元跟着刘黑旦出了茶楼。刘黑旦问什么事?

董兆元忙把要救郭少总的事说了。刚说几句刘黑旦说这事太大,这里说话不方便,咱们还是找个僻背处说。

三个人找了个僻背处,董兆元说了案情,周杏花哭着求情。刘黑旦说通匪可不是小事,弄不好要杀头。自己去说弄不好还会受到牵连,我还是不管为好。周杏花和董兆元再三央求,董兆元赶快拿出两个大洋塞给刘黑旦。刘黑旦看了看大洋,说好吧,我就看在董掌柜的面上试试,能不能起作用我也说不准。

过了几天董兆元去警察局找刘黑旦，被刘黑旦训斥了一顿，说郭少总那么大的事，直接到局里找他不好，让董兆元以后有事在茶楼门口等他。

过了几天不见刘黑旦的回音，周杏花催董兆元去找刘黑旦。董兆元晚饭后早早在茶楼门口等了。刘黑旦来后两个人在僻背处说了救人的事，刘黑旦黑着脸说人确实不好救，自己想了好多办法还是没有结果，让董兆元再想想其他办法。

董兆元一看刘黑旦打退堂鼓，就知道刘黑旦在要钱，就又给刘黑旦塞了两个大洋，央求刘黑旦再想办法。

董兆元一方面要跑郭少总的案子，一方面又要照看铺子和作坊，整天跑得焦头烂额。

董兆元对刘黑旦能不能办成此事不放心，又去找裴举人，让裴举人通过县法院轻判。裴举人一听人骂董兆元糊涂，那种不肖之子你还有脸来给老朽说，让老朽去救人？你知道那是啥人？汉奸！就是他死在牢里老朽也不看一眼！你这是侮辱老朽，滚，快滚！董兆元被裴举人臭骂一通，灰溜溜地出了裴举人家的门。

周杏花无法，只好忍痛卖掉自家四亩川地，拿着四百个大洋救儿子。

董兆元找到刘黑旦，好说歹说让刘黑旦拿四百个大洋想法子去救人。经过三个月，刘黑旦不知跑了什么路子，最后判了郭少总三年有期徒刑。

女儿的视力虽然能看见光亮，但是妻子的咳嗽却越来越严重，中药吃了五六十服不见效。董兆元又领着妻子看了几次西医，西药吃了也不见效。董兆元偷着问齐修士治痨病有什么好方法和特效药？齐修士说痨病叫肺结核，全世界现在都没有什么好方法和特效药，董兆元便发起愁来。

妻子整夜整夜地咳嗽。有时捂着胸口连气都喘不过来。董兆元只好披上衣服坐起来给妻子拍脊背。

董兆元听河南客说用青瓦把鸡蛋清焙干了吃可以治咳嗽。就急忙让朱福去找青瓦。

青瓦找回来，董兆元给妻子用青瓦焙了两瓶子鸡蛋清，让妻子一天舀三勺冲着喝。

周杏花又哭哭泣泣地来找董兆元了。董兆元问啥事？周杏花说自己活不成了，儿子坐牢，男人病又重了，这个家我一个人撑不住了！

董兆元自责这段时间自己只顾给妻子看病，把郭老总的事忘了，就急忙问郭老总的病。周杏花说郭老总这段时间不见儿子，起不了床，嘴角的口水又流得厉害了！董兆元急忙带上钱和朱福去看郭老总。

郭老总确实病得不轻，躺在床上，流着口水已不能言语。董兆元和朱福把郭老总搀起来，要到南门什字廖士英中医诊所去看。郭老总明显不同意，口里呜拉着。董兆元和朱福不理，只是把郭老总向门外的轿车上抬。

董兆元陪着郭老总看病抓了药，廖大夫说郭老总是急火攻心，吃上几服中药，泻泻火，病情就会好转。

甲长送来了征粮草款子，那上面的数目虽然有点儿大，但是还能接受。

甲长对董兆元开玩笑，说你的生意越做越大了，织毯子织得红火，铺子也兴旺。董兆元只是客气地笑笑。实际上董兆元心里盘算着，再有半年时间，自己就可以置块地皮，给自己修地方了！等有了自己的房子，有了自己的铺子，自己就再不寄人篱下了!

甲长走后,董兆元给账房先生安顿粮草款子由柜子上支付,让朱福拿着去镇公所交上。

快吃中午饭,董兆元身上不舒服,就回去休息。二道院子里四台织毯机在哐哐哐地响,组成了一首美妙的合奏曲。听见这声音董兆元心里格外舒畅。织毯手工作坊已工作半年了,田寿丞的投资已收回了一半,再有半年他们就可以盈利,那时自己的一切都会好起来!

进了三道院子,走到自己的门前时,董兆元听见屋里纺车吱咛咛地响。"这个女人,给她说上不听,又在纺毛线!"董兆元嘟囔一句进了屋门。

屋子中央,妻子果然在纺线。她神情专注,下午金黄的阳光从窗中射进来,照在妻子身上,使妻子显得格外宁静柔美。妻子为了这个家,为自己生了三个儿女,董兆元感谢妻子,他觉得眼下只有快速地修起自己的房子,让妻子有一个家,哪怕妻子住一天新房他心里也高兴。

10

星期日,张月梅来找董锐兰,给董锐兰讲学校里发生的事情,希望董锐兰的眼病赶快好,好了以后她有个宝贝给董锐兰看。

张月梅告诉董锐兰,山陕会馆办起了同仁中学,校址就在山陕会馆里,父亲让她转回去上学。

董锐兰听了十分惋惜,自己在学校只有这么一个要好的朋友,她转走后自己上学就孤单了!董锐兰再三劝张月梅不要转学,张月梅说自己也无法,父亲让她转回去,离家近好照顾家里。说老实话她也不想转回去,父亲经常不在家,转回去那个家永远就成她一个人的了。

张月梅虽然转到了同仁中学,却经常来看董锐兰。董锐兰的眼病也一天天好转,能看到眼前的东西。董锐兰急着要张月梅带自己出去玩,无奈母亲阻拦,几次都没有成功。

半年了没有上学,董锐兰心里记挂着学校火热的生活。张月梅告诉董锐兰,听说平凉学生抗日联合会要组织代表去西安,到前线去慰问抗日将士。

听到这个消息,董锐兰就想到了田崇慧。田崇慧是省立二中学生会宣传部长,有可能被派去。

董锐兰对田崇慧即羡慕又嫉妒,如果自己身体好,这回去的可能还有自己。

母亲咳嗽一阵纺一阵毛线,董锐兰看了心烦。董锐兰劝母亲休息休息,父亲的织毯作坊这段时间生意好,能挣下钱,不必为钱而不顾身体!母亲只是淡淡一笑,说不要紧,稍微休息又开始纺毛线。

这几天董锐兰的双眼能彻底看清外物了,董锐兰心里高兴。下午五点多,田崇慧放学后来找董锐兰,田崇慧见董锐兰能彻底看清东西了,从书包里掏出一本宣传画册让董锐兰看。

董锐兰好长时间没有看过抗日画册,把画册从头到尾先快速地浏览了一遍,再仔细看。

田崇慧告诉董锐兰,后天他要去前线慰问。董锐兰高兴,从柜子里拿出一个日记本题字交给田崇慧,让田崇慧带给前线战士,鼓励他们勇敢杀敌!

这半年眼疾把董锐兰推到了社会洪流之外,现在眼睛好了,田崇慧走的那天,董锐兰准备去送,可是母亲不让她出门,董锐兰急得在房中走来走去,任由母亲的纺车响声烦人。

星期天下午,张月梅撺掇董锐兰到她家去玩。董锐兰好长时间没出门,心里也急得慌,就准备跟张月梅去。苏玉英听见女儿要外出就阻挡女儿,董锐兰非常躁闷,只怪母亲胆子小,越管束,自己的身体越糟!

张月梅走后,董锐兰心急,趁母亲外出不注意时从侧门里跑了出去,站在街道边看行人。

一切是那么新鲜,过往车辆响着喇叭,一串串骆驼驮着货物,慢慢地从眼前走过。街道上放学的小学生说着闹着向回走。看到小学生,董锐兰就想起了自己的学校生活。

董锐兰刚迈开步子想随便走走看看,就听见有人喊她。回过头看是母亲,她极不情愿地跟着母亲回家。

晚上,河南女子过来告诉董锐兰,说下周星期四去前线慰问的学生代表回来后,平凉可能要举行集会游行,劝董锐兰和他们一起去集会游行。

董锐兰盼着田崇慧回来,带回前线的消息,嚷着要去上学。母亲劝她再等两天,等眼睛彻底好了再去。

说好田崇慧星期四回来,星期五了还没有音讯,董锐兰心里着急。河南女子中午放学回来,董锐兰问河南女子。河南女子说她也不知道原因,有人猜测是不是代表在路上出事了。

星期六了,代表们还没有回来,董锐兰转出转进像丢了魂似的,吃饭也不香。晚饭后张月梅来了,张月梅看董锐兰神思恍惚,就问董锐兰有啥心事。董锐兰起初不说,张月梅再三追问便说了。

张月梅一听,说田崇慧才走几天你就放心不下,以后如果分开了怎么办？董锐兰嫌张月梅说话不吉利，就没有理张月梅。

第二天早晨，董锐兰刚梳妆完，就听田崇慧在外面喊："锐兰，锐兰。"董锐兰迎出去，果然是田崇慧。

看见田崇慧，董锐兰心里一酸，一颗眼泪从眼眶里滚出来。董锐兰急忙转过身去抹眼泪。田崇慧从口袋里掏出两颗弹壳，说这是一个战士给自己送的，一颗送给你，一颗我留着。

董锐兰接过弹壳，一股呛人的硫磺味直刺鼻腔，董锐兰精神一振，她闻到了战争的硝烟。

1942 年

1

自从郭少总收监，周杏花整天哭哭泣泣过日子，亲戚邻居都劝周杏花不要过于悲伤。郭老总家有铺子里人照应着，日子过得倒也凑合。

春暖花开，董兆元照顾着里外的生意，刚从铺子里进来照看作坊，就有相公进来叫："掌柜的，冷班长来了，找你。"

"谁？"

"冷班长！"

"啊，冷班长？"

那是1938年秋天。一天，董兆元正在铺子里照看生意，只见外面进来四个满身尘土的外地人。其中两个带枪的军人，两个戴眼镜的读书人。

董兆元急忙迎上去，问："几位，要什么？"

一个军官模样的人说："看看再说。"说完，几个人就隔着柜台看货物。

董兆元跟着客人看，殷勤地给客人介绍。几个人看了一圈儿，一个戴眼镜的读书人说："走吧，到下一家再看看！"

董兆元急忙说:"先生,别走别走,要什么一定让你们满意!"

"你们这铺子,火车头牌牙膏都没有?"

董兆元一听来人要牙膏,急忙说:"平凉这小城太落后,刷牙的人少,牙粉到有。"

"三星牌牙膏也没有?"

"没有!"董兆元回答。

"走,到下一家看!"读书人说完要走。

军官模样的人说:"有牙粉就先买一点儿,凑合着用,不嫌累,讲究什么!"

读书人不说话了。另一个读书人不知叽哩哇啦说了几句什么,几个人不走了。

董兆元拽过一条长凳让客人坐下。那个读书人极不情愿地坐在长凳上,嘴里叨叨着说这鬼地方,连一支牙膏都没有!

军官模样的人在挑东西,董兆元问:"长官是外地来的?"

"重庆。"

军官模样的人厌恶地看看戴眼镜读书人,抱怨说:"就这样给电磁厂选址,满山满沟乱转?"

董兆元随便问:"几位住在哪里?"

"隍庙对面的悦来客栈。"那个读书人答道。

军官模样的军人买好了东西,走时董兆元加上一句:"欢迎各位再来!"

不管把电磁厂厂址选在哪里,建厂、生产就要消费,这可是一个潜在的商机。董兆元知道除过南门什字自利西商店可能有牙膏外,别处都没有。董兆元便急急忙忙到南门什字自利西商店去找牙膏。

幸亏自利西有牙膏，董兆元买了四支牙膏，又买了两只烧鸡和两个锅盔，提着来到悦来客栈。

董兆元向客栈掌柜打听好了选址人住的房间，找到房间就去敲门。

屋里一个人声音闷闷地问："谁？"

董兆元回答："我，送东西的！"

那人好像极不情愿地拉开门，问："啥东西？"那人一楞，认出了董兆元，笑了："原来是你掌柜，请进请进！"董兆元进了房门。

"这是你们要的牙膏！"

"就为这么个破东西让你掌柜跑一趟，这个四川佬真是！"军官模样的人客气，"有劳掌柜的！不敢当，不敢当！"

"军爷贵姓？"

"免贵，鄙人姓冷，冷卫国，保卫班长！"

"原来是冷班长，幸会幸会！"董兆元问，"冷班长，你们的厂址定下来没有？"

冷班长说："初步定下了安口。"

安口是离平凉六十里的一个小山沟，自古至今那里盛产陶瓷，是陇上有名的瓷都，厂址定在那里，可能是看上那里隐蔽和那里的坩泥及陶土。

"我提了一点儿平凉特产，你们尝尝。"说着，董兆元推出了烧鸡和锅盔。

冷班长客气一番要给钱，董兆元推说自己只是和冷班长交个朋友，冷班长以后来平凉常到自己铺子里来就行了！后来安口电瓷厂基建开工了，却没有了冷班长的音讯，也没有建厂搞基建的来照顾董兆元的生意。董兆元多方打听才得知冷班长回了重庆。董兆元后悔自己白花钱买东西投了资,时间长了董兆元把这件事忘了。

"冷班长,稀客稀客,一别三年,您又回来了!"

冷卫国后面的勤务兵纠正道:"冷排长,这是我们的冷排长。"

"冷排长,恭喜恭喜!高升了,高升了!"

冷排长抱拳:"惭愧,惭愧!"

"冷排长这次来是常住?"董兆元问。

"常住,电瓷厂马上要投产,我们做保卫,以后诸事还要麻烦你董掌柜。"

"不敢不敢,欢迎欢迎!"

"小佟,把我们需要的货单交给董掌柜,备齐。"

小佟递过货单,董兆元接过看了,交给账房先生,让账房先生带人赶快配备。

"他妈的,别人把钱赚淌了,就是咱们弟兄怎么赚不下!"杨大人一进铺子门就嚷。

董兆元喜出望外,高兴地问:"杨大人,几时回来的?又在生谁的气?"

"时间不长,这几天把人忙坏了,才来找你!"杨大人说,"还有谁,还不是那些坏了良心的东西,他们财大气粗,一个个赚钱赚得眼睛都红了,你看平凉城里那些开戏院的、办赌场的,哪个不发财?就连你董掌柜也办起了作坊。"

平凉城里从去年后半年到今年可以说是急剧繁华,沿海迁来了十几家工厂,来平凉避难的富商也多了,城里三家剧院夜夜锣鼓喧天,场场爆满。南河道一带到处是赌场。柳树巷、过店街到处是妓院,一派繁华景象。

杨大人问:"有笔大财你发不发?"

董兆元笑笑,问:"什么大财等我发?"

杨大人说:"我们合办一个妓院,怎么样?"

董兆元一听笑了,心想这杨大人也是,我有家有舍,能做那皮肉生意?

董兆元摇了摇头说:"做不了,做不了!"

"不做?我给你老兄说到,不要我发了财你眼红!"

"不眼红,真的,兄弟,我发不了那财。"董兆元说。

"好,那我就把上次你投的三十个大洋给你。"说着,杨大人掏出三十个大洋交给董兆元。

董兆元客气了两句收下钱,杨大人笑着走出了铺子。董兆元和铺子里的人都以为杨大人在说笑话,就把杨大人的话没放在心上。没有想到隔了十几天,乏牛坡北面的大坑就挖起了地基,有人说杨大人要在那里修妓院。

董兆元听了这话有些吃惊,笑着问账房先生,杨大人一个五大三粗的人物,能干成这事?

账房先生也摇摇头说这年头谁也说不准!

下午,杨大人路过,进来到铺子里闲坐。董兆元问你开妓院不是坑害妇女,逼良为娼吗?

杨大人说别人开赌场搞得赌徒家破人亡。别人开烟膏店逼得人卖儿卖女,踢腾光家产。别人会唱戏办起了戏班。我杨大人只有几个手下,打打杀杀的,我总不能领几个手下在街道上耀武扬威,砸场子收保护费,做那小混混的生意?我办妓院有的是平凉城里现成的妓女扬州帮、苏州帮、上海帮。逃难来的妇女多的是,她们正愁没做生意的地方,我开妓院只不过是为她们提供一个场子，让她们做生意赚钱养活自己。你董掌柜说重了，我哪谈得上逼良为娼？杨大人的一番歪理说得董兆元没有了言语。

2

春节过后新学期开学，董锐兰眼病全愈，去学校复了学。

董锐兰嫌自己体质差，每天早晨长跑锻炼，天不亮就坚持跑到学校去。开始跑不了一段路，就累得双腿酸软，身体几乎要扑倒。她只好双手捂着胸口停下来喘气，稍稍休息一下又坚持跑，一直跑到学校。

田崇慧知道董锐兰在坚持长跑，每天早晨早早的在铺子门口等，和她一起长跑。

学校里的军训抓得越来越紧，发了军服，每班又发了四杆木枪进行刺杀训练，宣布本学期结束时全县中学生进行一次刺杀大比武。下午军训完毕，董锐兰回来得迟，在和阳门前和田崇慧会合了。田崇慧问："你们怎么才放学？"

"谁像你们，干什么事都应付，我们军训认真都赶不上，还应付？"

"你们认真，你们认真能干什么？还不是干家务围着锅头转！"田崇慧讥讽。

董锐兰被羞辱，急了，说："大男子主义，看不起我们女生，不信咱们比比看，看男女谁强？"

"比就比，比什么？一比还不把你们比到南河道去！"田崇慧说。

两人争吵起来，最后决定星期天下午两点在宝塔梁上比刺杀，男女双方各出五人。

星期天，董锐兰好不容易吃了午饭，父亲和相公们到铺子里去了，董锐兰提上铁锨把就要到宝塔梁去。母亲问她出去干什么？她说练习刺杀。母亲叮嘱她下午吃饭早些回来。董锐兰答应着，人早已跑出门外。

董锐兰提着铁锨把做的木枪路过牛屎巷口，想喊田崇慧一声，可一想自己和姐妹们约好了一点半在宝塔梁集中，先练一会儿，叫上他碍事，于是就快速走过了牛屎巷口。

上了宝塔梁，看见宝塔和延恩寺，董锐兰心里有一些害怕，想躲开这里，刚一转头四个女同学提着枪迎面走来，问董锐兰你怎么向回走？

董锐兰说我们重选个地方，那里离延恩寺太近。

五个人看东面有一块平地，就在那里训练。没想到去了那平地，地边上坐着一个人，断胳膊断腿的，看了让人害怕。那人是谁？那人是"六二〇"。

几个人感到扫兴，就说走，重选个地方！

几个人刚准备向东走，就听有人喊。董锐兰一看原来是田崇慧带人来了，董锐兰故意问你们怎么才来？是不是害怕了？

田崇慧一笑说：谁怕你们女生！

双方各自练了一会儿，热了身。先比赛的是基本功。双方先做了拼刺刀基本功。女生刺杀，杀杀杀，喊声震天，动作做得准确到位，几个女生正得意间，只听旁边呜哩呜喇地怪叫，众人一看，"六二〇"不知几时来到旁边在怪叫。

田崇慧挥手说："去去，一边去，一边去！""六二〇"坐在那里看着众人，就是不走。

基本功比赛男女双方打成了平手，谁也没有占上风。

接下来拼刺刀实战,双方给枪头包上了布,布包上蘸了带来的石灰。比赛分五对抽签进行,最后由男女双方队长对决。

第一局比赛男生以二比一取胜。董锐兰气得瞪了"六二〇"一眼,董锐兰认为这场比赛输了全是"六二〇"乱叫造成的!

第二局比赛仍然是男队以三比零取胜。"六二〇"仍然呜哩呜喇乱叫,气得董锐兰拾起一个土块向"六二〇"扔去。

第三局比赛开始,双方杀得难解难分。第一场男队胜,比赛过程中"六二〇"一直怪叫,尤其到女队队员处在危急时刻,"六二〇"好像能看出来似的发出怪叫。第一场后男队队员脸上露出了得意的笑容。

第二场比赛,女队队员奋起直追,一个直刺随着一声呐喊,对方一愣,胸口留下了一块白斑。男队输了。

第三局比赛女队队员体力明显不支,一上场就处下风,不时地被男队队员逼得后退。眼看女队队员无路可退,男队队员轻敌,直接刺向女队队员胸部,不想自己脚下一歪,险些被滑倒。"六二〇"大叫一声,女队队员反应过来,一个反刺刺中了对方的胸膛,男队输了!

第四局女队再反扳一局获胜,男女双方二比二平。

双方队员都紧张起来,最后一场决定胜输。

双方队长持枪上场,董锐兰和田崇慧两人都死死地盯住对方。开始气氛紧张,连风吹树梢的声音都能听到。双方持枪,裁判喊一、二、三,开始!董锐兰一个冲刺,田崇慧一挡拨过董锐兰的枪头,一个反刺刺向董锐兰的胸膛。董锐兰急了向旁边一躲,枪头擦面而过。

双方都跳开,一个回合结束。

第二个回合开始，双方又胶着在一起。

田崇慧连连发难，逼得董锐兰败退。董锐兰慌了手脚，只有招架之功，没有还手之力！

田崇慧一个冲刺，马上就要把董锐兰逼出圈外。田崇慧心头一软，枪头慢了一下，没想到董锐兰忙中出错，枪头一挡，胡乱向田崇慧胸部刺了一枪，田崇慧一躲，枪头一下子刺中了田崇慧的嘴。

田崇慧负疼丢枪，双手把嘴一捂，蹲了下来。

一股鲜血溢出了田崇慧的指缝。

众人顾不上评判胜负，急忙来看田崇慧。

大家问田崇慧伤得怎么样？田崇慧摆了摆左手表示不要紧，放开右手一看，一手鲜血。

第二天早晨上学，董锐兰在大门口等田崇慧。田崇慧来了，董锐兰看田崇慧嘴唇厚肿，就问昨天下午回去你妈没有问你？

田崇慧说没有。董锐兰知道田崇慧在撒谎，他昨天下午回去肯定被大人骂了一顿！

董锐兰问田崇慧："今晚你准备干什么去？咱俩今晚上去山陕会馆张月梅家看一样东西。"

田崇慧说："还是不去了吧，山陕会馆阴森森的，以前宝塔梁上看棺材把你还没有吓美？"

董锐兰说："走，那是小时候，一个男子汉现在了还吓成这个样子？"

吃过晚饭，两个人去山陕会馆。一过鱼儿桥空气就阴森起来。看到宝塔的影子，董锐兰就想到了宝塔梁上的灵柩。

两个人路过宝塔梁门口，看见宝塔梁的斜路上好像有一个黑影在慢慢移动。那黑影好像是一个人又不是一个人。让过那黑影，两个人吓得头也没回跑进了山陕会馆。

田崇慧跟着董锐兰慌慌张张来到张月梅家门口敲门。张月梅出来开门，见是董锐兰，问董锐兰："你怎么才来？"

董锐兰吐了一下舌头说："还来迟呢，险些都来不了了！你父亲没在？"

"没在！"张月梅说。

两个人进门。

"你把东西拿出来我们看看！"

张月梅看看田崇慧有些为难。董锐兰说不要紧。

张月梅上炕站在被子上，从椽眼里取下一个小木盒。擦了盒盖上的尘土，把盒子放在炕上。田崇慧感到张月梅神秘兮兮的，不知盒子里装着什么？

张月梅用钥匙打开锁子，开了盒子，盒子里盖着一层褐色的绸子，张月梅小心翼翼地揭开绸子，里面原来是一把明光闪闪的盒子枪。

一见盒子枪，田崇慧一下子心花怒放。自己梦寐以求有一把真盒子枪，没想到今天在这里见了！田崇慧伸手去拿枪。

张月梅一捂盒子说："只许看，不能动！"

田崇慧手收了回来，惋惜地说："已经来了一趟，让人拿一下嘛！"

张月梅坚持不让动！

董锐兰也不甘心，说："好朋友一场，已经来了就拿一下吧？又拿不坏，我们出去保证不给别人说！"

死缠硬磨，张月梅终于松口让两人拿一拿。

田崇慧一拿那盒子枪，挺重的，闹得险些失手。

田崇慧拿着枪反正看了，挤眼瞄准远方试了试，口中做了一个啪的响声。张月梅一把夺过枪，交给了董锐兰，说："你看！"

董锐兰接了枪，看了看，试着瞄准了一下，交给张月梅，问张月梅，"枪借给我们玩玩行吗？"

3

铺子里的生意一天比一天兴隆，铺子里的人个个面带笑容，董兆元记着冷排长的事，好长时间不见冷排长的影子，董兆元心想还是到悦来客栈去找找。

没等董兆元出门，就听有人喊："董掌柜，好久不见！"董兆元一看，原来冷排长满脸面春风地来了。

董兆元喜出望外，急忙招呼冷排长坐下，给冷排长倒茶。董兆元问："你们厂子几时生产？"

冷排长说："好了，后天生产，我给灶上买东西，又来了！"

董兆元一听生意送上门来，就满脸堆笑，问："要什么，让相公赶快去办！"

冷排长拿出清单，让董兆元过目。董兆元让账房先生负责，下午四点把冷排长要的货备齐！

董兆元问："冷排长这几天肯定忙坏了？"

"整天在乱跑，一直出汗，浑身闹得酸臭酸臭，自己闻见都讨厌！"

董兆元说："走，正好我下午闲着，我请你泡澡！"

"澡还是先不泡了，等我这几天忙毕了再泡。"冷排长说，

"董掌柜，你们这里哪家裁缝店好，明天就要招工，我要给招的工人做一百套工作服。"

董兆元一听要做一百套工作服，连工带料可有一笔赚头，就急忙问："衣料找下了吗？"

冷排长说："我这不是刚问你吗，衣料肯定在你铺子里拿，不过平凉的裁缝我不大清楚，还要你推荐！"

"裁缝好找，你选，选中了材料，我帮你找裁缝店，保证给你做的衣服合身，结实耐用！"

冷排长在货架前逐个看了布料，选了几种布料让董兆元参谋。董兆元说你们陶瓷厂工人主要和泥土打交道，穿在身上要耐实厚拉，不容易脏，我看灰颜色和土黄色的最好，就在这两种里选一种。

冷排长摸了摸灰色和土黄色两种布料，说这土黄色黄不啦叽的像和尚穿的衣服，怪难看的，我看就选灰的？

董兆元拿起灰布又摸了摸薄厚，说："我也看灰色的好，就扯灰色的吧。"

一个人按一丈三计算，一百个人得一百三十丈，冷排长就扯了一百三十丈灰布，让董兆元带上他去找裁缝。

几个相公用推车推着布，董兆元带着冷排长在乏牛坡找了三家裁缝店，谈好了价钱和时间，分了布匹，让他们三天之内完成任务，三天后他带车来取货。

第二天下午，董兆元没有走到裁缝店前就听到缝纫机哒哒哒的声响，听到这声音董兆元心里就喜悦。好长时间董兆元没有像今天这么畅快过，生意这样做下去，很快就能修起自己的地方了！

三家裁缝店做的衣服董兆元一一看了，样式大小都合适，只是速度有些慢。董兆元一一督促了，说："冷排长的事可不能拖，拖了以后我们的生意就做不成了！"三家裁缝店店主都表示他们加班加点完成任务，请董掌柜放心。

第三天早晨，董兆元刚看着铺子开了门，就有人来通知董兆元到商会开会。董兆元来到商会，商会理事已到齐。会长海振兴讲平凉县政府向全县各商户摊派修西兰公路款项，每户二十到十个大洋不等。据有关人士透露，这项摊派上面根本没有，这是平凉县政府巧立名目加在民众身上的苛捐杂税。商会提议从今天开始全城罢市三天，不知各位理事是否同意？

董兆元感到这几天生意正在好处，冷排长要的衣服今天就要做完，一罢市肯定会影响制作，心里就不高兴。海振兴让全体理事举手表决，董兆元看见大家都举手同意，就无奈地举了手。

从商会回来，铺子门已关。董兆元生气，训斥关门就行了，挡上窗板能把人黑死！账房先生只好让相公把窗板取了下来。

上午十一点多，工商局的人来让董兆元开门，董兆元拿不定主意，偷偷出去到外面看了看，其他店铺已罢市，就进来说别的铺子都没有开，自己铺子怎么也不能开！

工商局的人没有办法只好走了。

董兆元心里记着冷排长的衣服，吃过午饭就去裁缝店看。

远远就看见裁缝店门窗紧闭，董兆元心里紧张，冷排长说好明天要来拉货，今天罢市，裁缝店的衣服就做不成了！

来到裁缝店前，听不见裁缝店里缝纫机响，董兆元心里更加紧张，要误事了！

敲裁缝店的门，好大一会了才听见里面有人答应来开门。

这些懒裁缝，这样还不误事？

开门人见是董兆元，就开门让董兆元进去。董兆元问你们的衣服做得怎么样？那裁缝对董兆元笑了笑。穿过黑暗的工作间，董兆元听见院子里缝纫机欢快的响声，原来大家都在院子里做衣服。

第四天，董兆元给冷排长顺利地交了货。

杨大人的妓院翠香楼七月初七开张，早早邀请董兆元参加。董兆元对妻子封锁着消息，翠香楼那是烟花之地，自己不去最好！可是杨大人是自己的朋友，朋友生意开张，不能不去啊！

七月初七上午十点多，董兆元装作无所谓的样子踱出了铺子，一看四周没有熟人，就急忙向翠香楼走去。

从高处看，翠香楼似一座金碧辉煌的宫殿。高挑的屋檐，绿色的琉璃瓦在阳光下放着耀眼的光彩。走得近了，只见朱红的大门上镶着金黄色的大铜钉，门顶悬挂着一块黑色金丝楠木匾额，上面龙飞凤舞地题着三个大字"翠香楼"。入得院内，满院说笑声。姑娘们身披薄纱透玉体，眼含春情荡秋波。显贵们面带红光显富贵，身着织绵露醉色。

"杨大人，恭喜恭喜！"董兆元抱拳祝贺杨大人。杨大人高兴地抱拳回礼："欢迎光临，欢迎光临！"

"玉兰，招呼董掌柜！"过来一个姑娘招待董兆元，陪董兆元在礼簿上上了礼。

翠香楼里熙熙攘攘，董兆元与熟人打了招呼。

宴席后，董兆元被烧酒灌得迷迷糊糊。杨大人说有一个姑娘让董兆元开苞。听见开苞，董兆元面带羞涩，可是想到躺在炕上半死不活的郭老总，不就是寻花问柳，迷恋酒色的结果？

想到这些董兆元不由得打了一个冷战,灵醒了许多,赶快告辞,离开了翠香楼。

回到铺子中,账房先生看见掌柜的醉了,就让董兆元在自己的炕上休息。董兆元先是坐在炕上靠着被子兴奋地笑,杨大人的妓院说盖就盖,呼啦啦地就起来了,而自己辛辛苦苦几十年,没挣下一片瓦,一分地!这一切都是命啊!想着想着董兆元心中难受,呕吐起来,然后趴在炕上号啕大哭!

苏玉英听见有人在外边闹,出来一看是丈夫喝醉了,洒灰扫了地上的秽物,安慰丈夫一番。妻子问丈夫心里到底有什么事,说出来好受些!董兆元说:"我们治地,修自己的地方!"

4

董锐兰要借张月梅父亲的枪,张月梅一把夺过枪,说:"不行,让你们看就行了,借给你们我就不想活了!"

"看把你吓的!"

"真的,我父亲平时对我好,可是我一动他的东西,他就向死里打我,有时候我都不想活了!"

董锐兰不相信张月梅的话:"不借就不借,还要把责任推到大人身上!"

张月梅捋起袖子说:"不信你看!"

董锐兰一看张月梅胳膊上果然有几道青印,董锐兰就相信了。

时间不早,董锐兰和田崇慧两个人从张月梅家出来,出了山陕会馆,两个人瞧见宝塔梁的大门心里就发毛,谁也不说话,快速离开了宝塔梁旁。

董锐兰在张月梅家借枪不成，心里一直记着枪。这段时间董锐兰有意识地讨好张月梅，希望张月梅能把枪借给自己。

晚饭后张月梅来找董锐兰，说父亲的枪怎么不见了？

那次张月梅给董锐兰没有借枪，心里过意不去，这几天父亲又出去做生意，趁父亲不在，张月梅想看看父亲的枪。

张月梅在炕上搭上凳子，取房檐下的盒子。双手一端盒子，盒子很轻。取下盒子，打开一看，盒子里什么都没有。张月梅有点儿纳闷，父亲的枪怎么不见了？

董锐兰想想，说："你在别处找找，是不是你父亲发现我们上次看了枪，把枪藏到了别处？"

星期天下午一点多，董锐兰正准备放松放松，出去找张月梅玩。没等董锐兰收拾好东西，警报和和阳门的钟声就响了。董锐兰搀上母亲向出跑，父亲在外面指挥人关铺子，派朱福进来帮忙。

两个人刚把苏玉英搀出二门，就见河南女子搀着奶奶向出跑。河南汉子进来说你赶快向外搀，我去推推车！

来到外面，铺子门已关好，董锐兰和父亲母亲随着慌乱的人群，向船舱街南跑去。

母亲被架着，一路咳嗽一路跑。跑不动了由铺子里的相公轮流背着，跑到了南边一条沟里。

跑飞机的人在一条沟里躲了。这次飞机轰炸的时间特别长，声音特别地大，等得人心急。飞机飞走后，众人才胆战心惊地回来。

董锐兰随众人回到船舱街，船舱街满目疮痍，街道被炸了几个大坑，船舱街西北角一家鞋帽铺子被炸得面目全非。那家铺子的主人跑飞机回来看着就哭了。

回到铺子,幸好铺子和院子没有受到破坏,河南汉子和女儿推着河南老太太也回来了。

董锐兰扶着母亲回到屋里,惊魂未定,田崇慧就来看董锐兰。

田崇慧问了董锐兰母女跑飞机的情况,董锐兰说了。苏玉英问你们家人可好?田崇慧说很好,没出什么问题。这次轰炸听人说可惨了,东郊火柴厂厂毁人亡,二十多个职工去厂边城墙根下躲飞机,被倒塌下的城墙全部活埋。东郊的几个工厂被炸毁了机器和厂房。

街道上人议论纷纷,说这次日本鬼子的飞机轰炸是有目标的,炸的主要是工厂和经济中心,平凉城里可能有日本特务给飞机打信号做内应。

说到日本特务,董锐兰就想到了张月梅的父亲。张月梅的父亲有枪,经常在外不回家,神秘兮兮的,他是日本特务,可能性极大。

董锐兰给田崇慧谈了自己的看法,田崇慧也有同感,两个人想去警察局报案。

董锐兰一想有些不妥,张月梅的父亲常年在外做生意,据她所知,张月梅的父亲这段时间根本没有在平凉,怎么会给敌机打信号?不如自己和田崇慧先去看看,张月梅父亲如果在,再报案。如果不在,那明显有些不实。

董锐兰说了自己的想法,两个人便去山陕会馆看。

两个人来到山陕会馆张月梅家,张月梅问你们没跑飞机?怎么敌机刚走你们就来了?

董锐兰说跑了,来看看你。

张月梅说我一个人轻快,说跑就跑,没有事。

董锐兰问你父亲在不在？

张月梅说，我父亲出去做生意半个月了还没有回来。

两个人在张月梅家坐了一会儿就告辞回家。

回来的路上董锐兰说我们可能错怪张月梅的父亲了，这年月有枪的人很多，商人外出做生意，带枪防身也是正常的事。

平凉城里盘查日本特务盘查得紧，许多外地商人都不敢来了，董锐兰父亲锦货铺子的生意锐减。

可能是上次跑飞机紧张，母亲的咳嗽更厉害了，有时捂着胸脯咳嗽得喘不过气来，董锐兰在后背上猛烈地拍。

父亲又带着母亲出去看了病，抓了中药，熬上吃了不见效。父亲焦急，董锐兰也愁眉不展。母亲提议，不行找个神角子治治，是不是什么地方怪着了？

父亲同意，便托人找了个神角子看。

星期二晚上，神角子做法给母亲看了病，父亲按照神角子的要求上街烧了符咒，全家人都希望母亲病能快好。

一天中午，董锐兰回来吃饭，铺子里人还没有进来，就听见外面有人吵闹。朱福慌慌张张进来对母亲说掌柜夫人快去，警察局要抓掌柜到警察局去！

董锐兰和母亲一听，急忙出去。

到了铺子，只见刘黑旦带着两个警察正给父亲上绑。母亲拦挡，问什么事？刘黑旦说董兆元有给日本人当特务的嫌疑，要董兆元到警察局去一趟！

董锐兰和母亲上去论理，被刘黑旦和两个警察推开，董兆元被抓走了。

董锐兰和母亲、账房先生去警察局问情况，没有见到人也没有打听到任何消息，母亲和账房先生急忙去找裴举人。

董锐兰在家等着二人的消息，田崇慧来叫董锐兰去上学，听董锐兰的父亲被抓了，就急忙到壶济堂给父亲报告。

田寿丞过来问了情况，等着苏玉英和账房先生的消息。

约莫一个多小时两个人回来，说裴举人看着董兆元从十二岁来到平凉学做生意，最远去过上海武汉，大多数时间都在自家铺子里，说他是日本特务自己一点儿不相信。裴举人答应找陈县长去说。

下午送饭时母亲才打听清楚，父亲是被人检举，说他前天晚上半夜在街道上鬼鬼祟祟地点火，是在和日本特务联系，给日本特务发信号。

苏玉英赶快去找刘黑旦解释，那晚在街上点火是在请神角子给自己看病。刘黑旦说一切都知道了，待查。

第二天早晨，田崇慧来叫董锐兰上学，董锐兰没去，在家陪母亲等裴举人的消息。

上午十点多，账房先生进来告诉母亲，裴举人刚来过，说事情没有办成，他愧见掌柜夫人。

十一点钟，田寿丞过来看，听裴举人说的没有结果，就自告奋勇去说。

田寿丞去了，下午不知为什么董兆元被放了出来。

第二天，田崇慧告诉董锐兰，平凉城里抓特务，自己的师父韩道也吓跑了，不知去向。董锐兰问为什么要跑？田崇慧说前段时间有人说日本鬼子的飞机轰炸平凉，崆峒山上明光闪闪，是有人给日本鬼子的飞机打暗号。崆峒山上只住着韩道一人，发暗号的必定是韩道。师父听说侦稽队要抓他，吓得不知跑到哪里去了？田崇慧说去年后半年诸事打扰，师父办国术班没有办成，今年师父说一定要办成，师父一跑，此事又泡汤了！

5

"董掌柜,告诉你一个好消息,有人卖地了!"朱镇长一进铺子门就喊。

来人是西街络腮胡子朱镇长。董兆元迎接朱镇长进了房子,急忙问哪里有地?

朱镇长告诉董兆元,我们镇上一户人家有一亩多地要卖,在北后街。你先看地,如果看上,再与卖主商量地价。

那是北后街临街的一块菜地,豆角架、茄子架东倒西歪的满地都是。地好长时间没有种,已经荒芜。这块地势又平又临街,是块修地方的好地,董兆元就让朱镇长找卖主商量见面时间。

看地那天,双方会齐来到地边,董兆元问那个脸色蜡黄,身架歪斜的中年农民:"这地有多大,卖多少钱?"

那中年农民斜着头说:"一亩二分大,你能给多少?"

"你的地怎么让我说价?"董兆元问。

"说,董掌柜是个爽快人,不要绕三拐四的!"杨大人不耐烦地说。

那中年农民说:"不向你多要,二百个大洋。"

董兆元一听这简直是漫天要价,就说:"这价是抢人,一亩二分地值二百个大洋?"

"那你说多少?"那人问。

董兆元一看那农民脸色蜡黄,没精打采的,好像是个大烟鬼,就说:"这年头兵荒马乱的,谁还置地?多了我拿不出,六十个大洋!"

"董掌柜,我们已经来了,地也看了,你们两个好好说。"杨大人劝道。

董兆元看看杨大人,说:"确实太贵了,我真的端不起!"

那中年农民看来急着用钱,就说:"好,那就一百五十个大洋,不能再降了!"

董兆元说:"七十个大洋,干脆一些,我还要回去借钱!"

中年农民说:"七十个我就不卖了!"说完转头就走。董兆元想喊回那农民,成了这桩买卖。可是一想自己手头确实有点儿紧张,就住了嘴。

回家后董兆元心里有些后悔。那块地确实是块好地,地平又临街,当时再耐心地议议价可能那块地就成自己的了!

一整天董兆元闷闷不乐。下午一点多董兆元有些乏困,给账房先生安排了生意,回家去小睡一会儿。

刚睡下就听朱福在外面喊:"董掌柜,董掌柜。"董兆元不耐烦地问:"啥事?"

"董掌柜,有人找你,说是卖地的事。"

一听是卖地的事,董兆元一咕噜爬起来,问:"谁?人在哪里?"

"外面,铺子里。"朱福回答。

"好,你先走,我就来!"

董兆元用湿毛巾抹了一下脸,急忙出去。

铺子里站的是昨天那个卖地的中年农民。一看那人的脸董兆元心里就一喜:生意找上门了!

那中年农民脸上添了两道指痕,热情地与董兆元打招呼:"董掌柜好!"

董兆元哼了一声算作回答。

那中年农民问董兆元:"董掌柜,买地的事你想好了吗?"

董兆元说:"你不是不卖了吗?"

那中年农民干笑一下,摸摸脸上的伤疤说:"我还不是一时想不开,地还是卖给你吧!这不,地契我都带来了。"说着从怀里摸出一张发黄的地契。

董兆元斜眼看了一下,故意说:"昨天回来我和家里人商量了一下,家里人说我们手头钱不够,地就暂时不买了!"

中年农民一听急了,对董兆元说:"董掌柜,地我劝你买下,只要是现钱,再少一些也行。"说着那中年农民打了一个哈欠。

董兆元一看事情了有眉目,就说:"好,那就再加六个大洋,七十六个大洋,吉利,再多我也拿不出!"

"一百个大洋,你这么大的掌柜,不在乎那几个钱!"

"不行,多了我拿不出,我看你还是另找买主吧!"董兆元估计一百个大洋很少有人一下子拿得出。

"董掌柜,你就再加一点儿,七十六个大洋确实太低,别人一亩地卖一百二十个大洋,我那是一亩二分地,还没卖下一亩地的价钱!"

董兆元想了想,说:"没办法,那就八十个大洋吧,就这个数我还要凑着借!"

那中年农民看来是急着用钱,就对董兆元说:"好,董掌柜,那就这个数,你先给我一点儿定钱!"

那中年农民掏出地契放在桌子上。

"今天给不行,要给三天以后请了保人,写了契约一起给清。"

那中年农民一听急了,对董兆元说:"你害怕我赖账,地契押在你手里,你先给我两个大洋的定钱!"

董兆元对账房先生说:"那你就给他在柜上先支两个大洋,

后天我们把钱筹齐通过保人一起交给他。"

一听给钱,那中年农民面带喜色,说:"好好好!"高兴地把账房先生递过去的两个大洋塞进怀里,走了。

两天的时间紧张,董兆元一方面筹钱,一方面请朱镇长和杨大人作保人,写了契约。双方画押签字,保人又签了字,交换了地契和大洋,交易成功。董兆元用八十个大洋买下了那一亩二分地。

董兆元让嘟嘟脸胖厨师做了一桌子饭菜庆贺。董兆元给杨大人、朱镇长和那中年农民敬了酒,几个人高高兴兴地吃了饭。

饭后董兆元带着妻子与杨大人、朱镇长和那中年农民去北后街看地。

看着那块平整的地,董兆元感慨万千,自己的父母一辈子辛劳没有置下半分田地,自己打拼了半生终于有了一亩二分地,在这一亩二分地上自己要建起自己的地方,与妻子儿女过上幸福的生活!

董兆元让朱福在地边放了鞭炮,这片土地终于归自己所有了!

董兆元按捺不住内心的激动,每天都要抽时间跑到那块地边去看看。计划着在哪里建高高的上房,哪里建厢房,从哪里到哪里是第三道院子,从哪里到哪里是第二道院子,从哪里到哪里是第一道院子,临街再修几间门面,开自己的铺子,做大生意,富甲一方。

冬季的白天特别短,没到下午五点暮色就降临了。关门前,董兆元直奔北后街,看自己买的那块地。

荒凉的枯草在寒风里瑟瑟地抖着身子。站在地边,董兆元像一位检阅着自己军队的将军,显出无比的自豪。看了一会儿,董兆元又向土地深处走去,丈量着土地的宽窄,谋划着如何修建。

夜幕中,几个人在地边等着董兆元。董兆元走出地边,一个人问:"你是不是董掌柜?"董兆元回答:"就是。"几个人一听是董兆元,一齐扑了上来,抓住董兆元就打。

董兆元招架着,问:"为什么要打我?"那几个人不回答,只顾拳打脚踢地打,直打得董兆元呼喊救命。

潜意识里,董兆元希望有人来救自己,可是不管董兆元怎样呼喊,就是没人理睬。几个人打够了,看见董兆元躺在地上,扬长而去。

董兆元看地被打,大多数人认为一定是卖地的那家人打的,但却没有任何证据。

亲戚邻居都来看董兆元表示安慰。田寿丞拿着东西过来看,并安慰董兆元安心养病,作坊里的事他已安顿好,这段时间他会常过来照应。

田寿丞对董兆元说,地买下就买下了,等你好了抓紧时间把地方修起来,免得夜长梦多。

6

星期日吃过午饭,董兆元还没有出去,裴举人就来了。裴举人走得吃力,很远就能听见他呼哧呼哧的喘气声,

没等董锐兰和父亲反应过来,就听朱福在门外喊:"裴举人到!"

董锐兰和父亲赶快迎出去。

只见裴举人一手捏着文明棍,一手捂着胸脯。朱福跟在后

头,提着东西。董兆元去搀裴举人,董锐兰接了朱福手中提的东西。

裴举人坐定,董锐兰把东西放在裴举人身边的柜子上。裴举人问董兆元最近休息得怎样,又问了苏玉英的病。说自己刚从兰州回来,兰州的朋友送了他一瓶青海的酥油,他拿来让苏玉英喝。

董兆元知道酥油是青海藏民从牛羊奶里提炼出来的,只有藏区有,很稀少,喝了润肺止咳,有利于肺病咳喘。

董兆元说您老人家哮喘,人家是送给您的,您怎能给我们?

裴举人说老朽已经是废人一个,给弟妹用吧!

董兆元千谢万谢了。说了一阵子话,裴举人走时再三叮嘱酥油我们喝不惯,弟妹要坚持喝,一次一勺,一天两次,用开水化了,喝喝就习惯了。

裴举人走后,董锐兰去揭那酥油瓶子。瓶子盖刚一扭开,一股刺鼻的味道迎面扑来,薰得董锐兰恶心得要吐。董锐兰捂住鼻子。一看,什么酥油,乳黄乳黄的,腻腻的一团。那酥油像有无穷的膻的魔力,尽管董锐兰捂着鼻子,那膻味还是向鼻子里钻。这是什么东西,还能治肺病?

苏玉英一闻那味道,转头哇地一声吐了一口,向后摆摆手说:"快拿过,快拿过!"

董锐兰拧紧了盖子放到了一边。父亲对董锐兰说,等一会儿给你妈用开水冲着喝上,我先到铺子里去一趟。

父亲走后不久,董锐兰劝母亲把酥油喝上。母亲不肯喝。董锐兰给缸子里倒了开水,强忍住难闻,打开酥油瓶盖,挖了一勺酥油放在开水里搅化了,等水凉了端给母亲喝。

母亲一闻酥油的味道哇的一声,转过身去又呕吐起来,摆手示意董锐兰赶快把缸子端开！董锐兰把缸子放在柜子上,给母亲拍脊背。

开水有些凉了,董锐兰见母亲喝不下去,发了愁。母亲安慰女儿:"你别管,等我好了一会儿再喝。"

田崇慧来了,母亲还没有喝下,董锐兰着急,想随田崇慧出去。不出去吧,说好下午和田崇慧去学生抗日联合会刻蜡版,那么多人等着,自己总不能食言!

田崇慧给董锐兰使了一个眼色,让她走。董锐兰再一次动员母亲喝酥油水。母亲端起缸子,又恶心得低头呕吐。两个人连拍脊背带擦嘴,收拾了地上。苏玉英最终没有喝下酥油水。

两个人出门,董锐兰说你下午回去问问你父亲,酥油还有什么吃法,好吃一些。

两个人来到学生抗日联合会,董锐兰刻了蜡版,其他人印,不到下午五点钟就完成了任务。

回来时田崇慧直接去了壶济堂,问父亲酥油别的吃法。

董锐兰回到家,问母亲把酥油喝了没有?母亲说喝了。董锐兰问喝了几次?母亲说一次。

一会儿田崇慧过来说他父亲说了,酥油和白糖可以和在面里烙成馍吃。

董锐兰谢了田崇慧,就给嘟嘟脸胖厨师说,专门给母亲烙馍。

第二天中午放学回来,母亲告诉董锐兰馍已经烙出来,没有了酥油那难闻的气味,又甜又酥挺好吃!母亲递给董锐兰一块,让董锐兰尝。董锐兰掰了一块尝了,果然吃起来又酥又甜。董锐兰把馍递给母亲,让母亲吃。母亲让董锐兰把馍全吃了。董锐兰连忙说让你吃你就吃,顾及好你身体,再不要推三阻四!母亲一看女儿变脸,便把馍收了起来。

第三天早晨,董锐兰要去上学,发现书包里有一块母亲的酥油馍,就掏出来给母亲,背上书包上学去了。

下午回来,家里忽然有了好消息:哥哥捎信告诉家人,西南联大要把一部分师生分流到兰州,哥哥可能要回来。

父母一直念叨着哥哥。六七年没有见哥哥的面,哥哥长什么样子董锐兰几乎记不起了!董锐兰只记得小时候过年,哥哥把她架在肩膀上,在街道上看社火的情景。

7

董兆元虽然在买地上吃了皮肉之苦,但是他心里高兴。裴举人曾指责他不该乘人之危买下那块地,可是大烟和赌博闹坏了世道,那个烟鬼的地他不买别人还是要买的,说不定地价还要比卖给他贱。

董兆元计算着郭少总出狱的时间,郭少总一旦出狱,自己的计划可能要落空。他有一种紧迫感,他要在郭少总出狱前修起自己的地方,给自己找一条退路。

社会上认购"同盟胜利公债",董兆元买了两个大洋的公债。女儿也要买公债,向母亲要钱,董兆元听见了,让苏玉英不要给钱,自己给,就给了女儿一个大洋。

董兆元给女儿钱有自己的想法:女儿渐渐大了,懂事了,自己要给女儿做一个榜样,多给女儿一点儿钱,也是对抗日的一份贡献。多年来他把对女儿的爱深深地埋藏在心底,现在他要把这种爱表现出来,表现在脸上,表现在行动中。大儿子远在天边,回来回不来都是一个未知数,眼下最实在最牢靠的只有这个女儿。这个女儿可能是他们老两口老了唯一的依靠,许多时候他把一切希望都寄托在这女儿身上。

这几天铺子里交毛线的人明显减少,起初董兆元以为收购毛线的增减那是正常的事,可是隔了几天交毛线的人越来越少,师傅来反映情况。董兆元出去一打听其他铺子情况和自己铺子一样。

董兆元赶快去找田寿丞。田寿丞说:"别慌,我出去再看看!"

田寿丞出去看,董兆元督促师傅手里活儿干快点,交毯期限不到十天了。

田寿丞回来说全城羊毛供应紧张,有些作坊由于没有毛线已经停工了!

为什么羊毛紧张,众人都搞不清原因,后来才明白原来其他几个地方也收购羊毛织毯子,所以羊毛紧张了起来。

田寿丞为羊毛的事去找海振兴,海振兴毕竟是皮毛大户,找他可能会想出办法,解决羊毛危机。

田寿丞找到海振兴,海振兴让田寿丞不要害怕,有我海振兴织机用的毛线,就有你田寿丞织机用的毛线。你来以前,我的汽车已出去到宁夏收羊毛去了,估计明天就能回来,回来给你一些羊毛,你再把羊毛分给客户,有了羊毛你就不用愁没毛线织毯子了!

第二天,海振兴的收羊毛车还迟迟未回,急得董兆元和田寿丞在门口不时地张望。田寿丞去找海振兴,海振兴抱歉地说他也不知道去宁夏的车怎么还不见回来?

第三天,海振兴的收羊毛车还没有回来,田寿丞和董兆元的织机停工了!

停工误了工期,以后生意就难做了,自己还指望着它来还贷款修地方,看来问题闹大了!

董兆元跑前跑后没有办法,看见朱福不顺眼,就把朱福狠狠训了一顿。焦急中董兆元度过了下午。暮色降临,失望中董兆元让相公们关了铺子,回后院吃饭。

"抬进来,就放到这里。"正在吃饭的董兆元听见田寿丞说话声,几个人急忙丢下饭碗出去看,看见田寿丞正领着两个人向院子里抬羊毛包子。

几个相公麻利地去抬羊毛包子。田寿丞高兴地对董兆元说,海老总的羊毛车回来了,给我们分了十包羊毛,你快派人通知客户来领羊毛,连夜加紧纺线。

过了十几分钟,就有客户来领羊毛。董兆元安顿毛线明天早晨交来,作坊赶快开工。

"汉奸,汉奸,倭寇没有办到的事,你们办到了!"裴举人还没进来就骂,接着是停下来喘气。朱福揭起门帘,董兆元快步迎上去:"举人老爷来了!"

"自毁长城,自毁长城!"裴举人一手捏着文明棍,一手捂着胸口,喘气走进铺子。

董兆元知道裴举人为什么生气。前段时间县政府出了告示,决定拆中山桥东面的城墙。听内部人讲拆城墙的原因是有人认为日本鬼子的飞机轰炸平凉,是平凉城城墙太显眼的缘故,政府决定先拆外城墙,再拆内城墙。也有人说拆中山桥东面的城墙,是为了乘机向商户和老百姓派款,进行勒索。平凉城里这几天议论纷纷。

政府不是好惹的,上次修路抗款,罢市虽然胜利了,但是那些当官的一定会寻机报复,现在不是来了,拆城墙派款又到了头上!

这样闹下去,平凉城里又要乱了,如果这样乱下去像上次一样罢市,自己的生意又要受影响!

裴举人坐在条凳上休息,说:"不能让他们胡作非为,我要到省城去!"

其实拆与不拆那段城墙,对董兆元来说没有什么影响。自己虽然紧挨着那段城墙,但是自己在西面高处,就是拆了城墙,城墙东的河水也犯不到高处来。苦了的是那些住在东面低处的百姓。他们或者要搬迁,或者要被水淹。去年夏天那场大暴雨,大水不就淹了东面的二佛寺,淹了中山桥附近一队刚放学的小学生,几个小学生的尸体在中山桥上摆放得整整齐齐,小学生的家长哭天抹地也无用!

平凉城里为拆城墙的事闹得乱哄哄的,政府和民众发生了争执,两家各不相让,矛盾大有一触即发之势。

董兆元关注着事态的发展,政府勒令中山桥东面城墙根居住的居民半月之内搬迁,半月之后拆除城墙。

十五天过去了,中山桥东面城墙根下的居民按兵不动,明天事情就要见分晓。

"作恶必自毙,作恶必自毙!"董兆元和众相公刚端上饭碗,就听院子里有人大声说话。董兆元一听是裴举人的声音,忙放下饭碗去迎接,朱福也跟了出来。

"举人来了,什么好事?赶快吃饭!赶快吃饭!"董兆元说。

"喜事,喜事!狗官倒了,狗官倒了!要回省城述职去了!"裴举人满脸喜色地说。

"赶快吃饭,吃了再说!"董兆元喊,"给举人把饭端上来!"

朱福答应一声就去端饭。

"不吃不吃,陈县长那狗官倒了,要去省城述职去了!大快人心!大快人心!"裴举人说。

原来裴举人去佛籁精舍,知道了陈县长要回省城述职的事,按捺不住高兴,回家时来给董兆元报告好消息。

8

半夜里母亲咳嗽得厉害,父亲点着灯,董锐兰一看,母亲坐着,脸色苍白,捂住胸膛咳嗽。董锐兰急忙给母亲抚摸胸口。

屋里慌乱地嚷动,对面的嘟嘟脸胖厨师被吵醒了,披上衣服过来看。董兆元让嘟嘟脸胖厨师赶快出去叫朱福,让朱福去南门什字博爱医院叫齐修士。

董锐兰着急,害怕朱福拖拉误事,就要和朱福一起去叫,董兆元同意了。

嘟嘟脸胖厨师和董锐兰叫起了朱福,慌忙中,董锐兰和朱福高一脚低一脚地开了大门,跑上乏牛坡,过了阴森森的和阳门洞。

刚出和阳门门洞,一个人猛地从斜面出来,险些与董锐兰碰了个满怀,董锐兰吓得向后一跳。那斜出的人见是两个孩子,便对他们友好地笑笑。两个人才镇定下来,走自己的路。

夜深人静,街道一片漆黑。两个人在博爱医院门口敲门打窗子叫人,空寂的空气中好像有冰山塌方落下。房里面没有人应声,两个人焦急地在街道旁站了一会儿,又去打门。

房里终于有人应声。房门开了,有人问:"什么事?"董锐兰和朱福说了情况,开门的人说你们先等一等,我去叫齐修士。

两人等了一会儿,齐修士出来问了情况,进屋准备了一些西药,背上药箱跟着二人去看病人。

两人到家,苏玉英坐在炕上脸如黄纸地咳嗽。齐修士用听诊器听了病人的前后胸,又给病人打了一针,开了西药讲了吃法,让病人按要求按时服下。

第二天早晨,田崇慧来叫董锐兰上学,在街上田崇慧见董锐兰一脸疲惫,就问董锐兰你今天脸色怎么这么难看?董锐兰说我妈病重,昨天晚上闹了半夜。田崇慧问董娘现在怎么样?董锐兰回答还在咳嗽。

两人走到和阳门前,董锐兰说昨晚半夜我们去博爱医院叫医生,过了和阳门忽然冒出来一个人,险些把我吓死!

田崇慧问事情的经过,董锐兰讲了。田崇慧说你们也太胆小,半夜一个人把你们就吓死了!董锐兰说你不害怕?那是夜深人静,突然冒出一个人来,又做掏枪的架势,你不害怕?

田崇慧问,那人是不是日本特务?

董锐兰答道我也说不准。田崇慧问那个人从哪里出来,你指给我看看。董锐兰指了地方,田崇慧围着和阳门仔细观察,没有什么异样,两人就上学去了。

好几天不见田崇慧来找自己,董锐兰就有些心虚,田崇慧有什么事,是不是田崇慧变了心?

董锐兰注意着隔壁河南女子的动静,发现河南女子外出,就悄悄地跟在河南女子的身后,看河南女子是不是去和田崇慧约会?

许多次董锐兰都扑了空,街道上空空如也,并没有田崇慧的影子。

董锐兰估计是自己猜错了,河南女子和田崇慧约会怎么能让自己知道?他们肯定是走得很远很远,在自己不知道的地方。

有时她想跟在河南女子后面到远处去看看,可是又想自己太龌龊,怎么能这样?

自己的心胸怎么这么狭窄,竟然容不下别人的丝毫感情?

天下男子多的是,他一个田崇慧算什么!

田崇慧几天不来,董锐兰真的生气了,她决定不再理田崇慧,也不再理河南女子!

晚饭后,田崇慧终于来找她。董锐兰心里赌气,不想理田崇慧。田崇慧知道董锐兰的心思,就说他和几个同学这几晚上一起学侦察,没想到前天晚上弄巧成拙,被警察以为是日本特务抓住了,关进了警察局,今天早上学校出面才保了回来,今晚就来看你。

董锐兰知道自己错怪了田崇慧。说:"警察局抓得好,不抓你不到我这里来!"

田崇慧说:"还抓得好,坏了我们的大事!你猜我们发现了什么?侦稽队队长刘黑旦好像是日本特务!"

董锐兰吃了一惊,说:"胡说,刘黑旦是侦稽队队长,怎么能成特务?是不是刘黑旦敲诈过你父亲,你要公报私仇?"

田崇慧说:"你不信?哪里有半夜鬼鬼祟祟地和别人接头,害怕别人看见的?"

前天晚上,田崇慧和几个同学在南门什字会合了,来到九天庙院子里找了个空闲地方练拳,一直练到晚上快十一点,庙祝催他们回去,他们才离开了九天庙。

几个人不出声,从南门什字走到西关。到了西关来远门,几个人拉开距离,从西关向东关沿街搜索侦察。

田崇慧走在最前头,快到药王楼时,田崇慧发现前面屋檐下有个人影鬼鬼祟祟地在干什么。田崇慧藏在暗处偷偷地望,发现那人像老鼠一样,悄无声息地拨弄着一户人家的门闩。田崇慧扑了上去,一个别子把那人摔倒在地。那人吃了一惊,转身一看是个孩子,就起身向南面跑。田崇慧在后面追,眼看就要抓到那人,那人一拐,如泥鳅一样从田崇慧胯下溜走,钻进了路边的玉米地。田崇慧追上去急急寻找,玉米地里没有了人影。

田崇慧从玉米地里出来,拍拍衣服上的泥土,心里有气,恨自己没有学好擒敌本领,让敌人脱逃!

后面的同学跟上来,问田崇慧出了什么事?田崇慧说了。几个人到那家屋前看了看,没有什么异样,就继续往前侦察。

快到隍庙,只有隍庙二楼上几盏灯亮着,里面传出哗啦哗啦麻将的声响。田崇慧知道那是茶楼上的客人在打麻将。

来到隍庙前,只见隍庙里出来一个人。起初田崇慧没有注意,没想到那人不安地向四周看看,向东走去。

那人走到一个拐角处咳嗽了两声,黑暗处就出来一个人。那人与黑暗中出来的人说了什么,两个人互相交换了东西急忙分开,各奔东西。

从隍庙出来的那人向西走,田崇慧赶快躲到暗处,等那人走近了,田崇慧才看清那人是刘黑旦。

田崇慧不知刘黑旦交换的是什么东西,总觉得刘黑旦可疑,又拿不出什么证据,只好看着刘黑旦走了。没有想到刚走到和阳门他自己却被便衣抓了,后来几个同学也被抓,不是学校保释他们至今还关在警察局里。

9

朱镇长一进门就说:"董掌柜,情况不好,那家男人抽烟耍赌,瞒着家人贱卖了土地,家里人不服,要去法院告你。"

"谁要告我?"董兆元问。

"就是那个卖地的家人。"

董兆元脸一沉,说:"地契和保书是干什么的?只要有这些东西在,我走到哪里都不怕!"

"不是那事情,官司虽然我们能打赢,可是我们会落下一个借机讹诈,为富不仁的罪名,这事闹大了对你我都不好!"

"那怎么办?"

"现在只有找到那中年农民再说。"朱镇长说。

"怎么找?朱福,你去请杨大人,就说我有事请他。"董兆元对朱福说。

不一会儿,杨大人来了。董兆元说了中年农民的事。杨大人拍拍胸脯说这事我包了,他跑不了,我看他能跑到天上?

杨大人让几个手下去找人。找了几天也没有找见那中年农民的人影。

一天,朱福告诉董兆元,听说平凉城新县长上任了,姓牛,裴举人的门生。

县长牛定邦在过店街的举人巷拜见了自己的恩师裴举人。这时的裴举人一改官场里穿中山装的习惯,改穿一袭蓝色土布长袍,接待了牛定邦。

牛县长和裴举人的关系,还要从裴举人就任武都县县长说起。

那年武都县大旱,裴举人微服去武都县上任,走进武都县城,街道两旁到处是卖儿卖女的饥民。一个男孩两个馒头,一个女孩一个饼子就可以换得。裴举人到任后发现整个县府吏治瘫痪,贪污腐败现象严重,县府简直没有可用之人。裴举人为此事焦心,可是暂时却没有办法。

一次,裴举人在县庠训导时,发现一个学生鼻隆耳大,对答见识过人,就对这个学生特别注意。后经考察,此生家庭清贫,学习刻苦,抱有齐家治国平天下的理想,可堪大用。时间长了这个学生牛定邦就成了裴举人的门生。

经过半年的排查,裴举人摸清了武都的情况,严惩了一批贪吏,起用了包括门生牛定邦等一批年轻人,使武都县吏治大振。

裴举人任满后做了甘肃省教育厅厅长,牛定邦也走上了仕途。两任省教育厅厅长后,裴举人回乡做起了乡绅,再不理官场之事。这次恰巧牛定邦做平凉县县长,牛定邦来平凉的第一件事就是去看自己的恩师裴举人。

当牛定邦问起执政平凉之事,裴举人说各人有各人的执政之法,只要你秉公办事、廉洁奉公就没有办不成的事。以后平凉的事你就放手去干,不要来问老朽,只当老朽是你治下的一介草民罢了。

董兆元好长时间没有出门了,作坊里织了很多粗毯要交,董兆元便随作坊师傅去交粗毯。

一出铺子一股凉风吹来,董兆元顿感浑身忽地一下子轻了,心情格外舒畅。街道上的一切就像新出锅的馒头一样鲜亮,"工合"收购部距离董兆元的铺子不远,不大一会儿就到了。

"工合"收购粗毯并不挑剔,收购员一张一张地翻看了粗毯,提出了一点儿改进意见,粗毯便全收了。

出了"工合"收购部,董兆元让作坊师傅先回去,自己在街上随便走走。

船舱街北路人流如潮,嘈杂声一片。沿街满是叉把扫帚、陶瓷瓦罐;雪白厚大的锅盔,葱黄椭圆的酥馍,柔软明亮的酿皮,吃食摊子一家挨着一家。快走到船舱街中心,许多人围着什么东西看。董兆元走过去,原来众人在看布告。董兆元挤进人群看了,那是县政府禁烟布告,县政府要求半月之内全县烟民报名在册,入县政府戒烟所戒烟。城乡所有烟膏店半月之内彻底取缔,自动到政府报名备案。如有违法不遵者政府将严惩不贷!

董兆元笑了,什么严惩不贷!上次禁烟,政府也说严惩不贷,可是不出半年,抽大烟的照抽,开烟膏店的照开,吸食大烟之风越禁越炽,政府还对种大烟、开烟膏店收税,种大烟吸食大烟成了严禁的正当行为!

郭老总的儿子郭少总就是吸食大烟做探子,被投进了大牢。自己买的那块地的主人就是耍赌吸食大烟抖卖家产。大烟不知害了多少人家,现在又说禁烟,不知这位新来的牛县长有什么高招?

禁烟令发出五天,去政府登记的烟民极少。平凉城乡大部分烟膏店照常营业,烟贩照常贩大烟,观望着政府的态度。

一些吸食大烟的人和开烟膏店的人甚至放出话来,以前禁烟哪一次不是雷声大雨滴小,到了最后不了了之?

第七天,董兆元被通知在北校场召开全县禁烟大会,全体店员参加。会上牛县长表示本次禁烟一定要一查到底,永绝后患,对于那些屡教不改的吸食者和贩毒开烟膏店者严惩不贷!

平凉城乡的许多烟膏店关门,经营者到政府报名在册,以待政府宽大处理。仍有一小部分后台硬的烟膏店照常营业,置政府法令于不顾。

牛县长带着人从早晨一直查到中午,一共查封取缔了十一家烟膏店,抓了十一个烟膏店老板,四十七个大烟鬼和六个烟贩,没收烟枪烟具二百七十二件,烟膏三十五斤。

下午两点钟,牛县长一上班就有人敲门。牛县长让进来。进来的是县政府的一个文案,那文案见牛县长就极为难地站在那里不知说什么好。

牛县长抬头问:"汝文案,有什么事?"

汝文案回答:"牛县长,昨天上午抓的烟民有我一个亲戚,刚抽的,我来看能否教育一下放了?"

"你说呢?禁烟是全民的大事,关系到民族的生死存亡,现在我们人人都不把它当一回事,那么我们这个民族还有救吗?你要人可以,过几天再说!"

汝文案不明白牛县长的意思,只好灰溜溜地走了。

牛县长正在办公,门又被敲开。进来的是一位穿长袍提着文明棍的乡绅。牛县长见来人急忙站起身,抱拳作揖道:"吕乡绅来了,请坐!请坐!"

吕乡绅还礼坐了。

"吕乡绅来敝处有何贵干?"

"不好意思,鄙人这次来有一事相求,不知牛县长答应否?"

牛县长说:"说,说了再说!"吕乡绅为一个烟膏店老板求情。

牛县长说:"本人到任以来承蒙各位的支持,使地方工作得以开展。今禁烟一事关系到民族振兴和本人的清誉。如果地方上有谁为难本人,就是逼本人离任,本人实难从命!这样吧,你暂等几日,过几天通知你,你来领人!"

牛县长责成县警察局快速上报监察院,要求监察院对六个烟贩,十一个烟膏店老板,四十七个大烟鬼立即起诉,法院对这六十四人重判!

为了禁烟,严厉打击贩卖吸食大烟行为,法院判决六个烟贩,十一个烟膏店老板死刑,四十七个大烟鬼押戒烟所强制戒烟,戒烟后再判刑入狱服刑。

法院判决书刚下的第二天早晨六点,牛县长通知警察局长立即集合全体警察,荷枪实弹,就地待命。

牛县长来到警察局,命令把六个烟贩,十一个烟膏店老板,四十七个大烟鬼,从看守所抓出来验明正身,立即押往东关紫金城宝塔梁下。

烟贩、烟膏店老板和烟鬼都丈二和尚摸不着头脑,不知牛县长要干什么。

犯人被押到紫金城宝塔梁下,警察局长来请示再到哪里去?

刑场!牛县长严厉地说。

警察局长打了一个冷战。

走向刑场,被押者心里有些犯疑,抽大烟不至于杀头吧?到了刑场,牛县长命令把六个烟贩和十一个烟膏店老板从犯人中提出来,让他们排队站好,法院院长宣布法院的判决,警察持枪站立在犯人身后不远。

牛县长宣布,为了振兴民族,永绝烟毒之害,对屡教不改的烟贩烟膏店老板立即枪决,以儆效尤!

举枪!预备!放!

有的警察手一软,犹豫了一下。

放!一声严厉的命令。

子弹射出,十七个犯人倒下。陪杀场的几个烟鬼吓得腿一软倒了下去!

牛县长杀人了!牛县长杀人了!快跑,快跑,不跑就没命了!平凉城里一片风声鹤唳,那些未被抓的吸食大烟者和烟贩闻风而逃。牛县长命令通信员,通知吕乡绅去宝塔梁领人!

10

　　好长时间张月梅没有来找董锐兰玩了,董锐兰有些惦念。星期天下午,董锐兰趁闲去山陕会馆找她。

　　董锐兰找到张月梅,张月梅正泪汪汪地洗衣服。看见董锐兰,张月梅用衣襟擦了手和泪眼。董锐兰问今天怎么了,谁欺负你了?

　　张月梅眼软,眼泪就掉下来。转过头去说没有。董锐兰知道张月梅肯定有事,一再追问,经不住再三追问,张月梅便说了。

　　张月梅的父亲常年在外做生意,家里诸事都丢给女儿。前段时间父亲忽然回家不外出了,说在平凉城里有一笔生意要做。前天脱了衣服让张月梅洗,张月梅没注意把衣袋里装的东西洗了。父亲大怒,抓住她的头发一顿毒打,让张月梅以后做事要小心一点儿!张月梅委屈,正一个人干着活儿想心思。

　　董锐兰没见过张月梅的父亲,想那一天碰见张月梅的父亲,定要和他好好谈谈。

　　董锐兰问张月梅的生活近况,张月梅说一切还好,就是一个人在家孤单,有一个伴儿就好了!

　　董锐兰看看张月梅家橡眼,悄悄问张月梅枪还在吗?张月梅说没有,我刚看过,我父亲好像把它带在身上,或者卖给别人了。

　　一听张月梅父亲藏的枪不见了,董锐兰就问张月梅你有没有感觉到你父亲有什么怀疑的地方?张月梅说没有,你说这话是什么意思,难道我父亲是日本特务?

　　张月梅的反问问得董锐兰无话可说,董锐兰知道张月梅生气了,就说自己问问也是好意,只是想让张月梅多一个心眼。张月梅说为了国家,我的事情我会操心。

两个人闹了个不欢而散,回来后董锐兰心里甚是过意不去,总觉得张月梅错怪了自己,以后有时间好好给张月梅解释解释。

晚饭后,田崇慧来找董锐兰,董锐兰给田崇慧谈她去张月梅家的事。田崇慧说你不说我正要和你谈,那次看枪后我一直怀疑张月梅的父亲可能是日本特务。

董锐兰说我看不像,我们这里还没有出现过日本特务的影子。再说张月梅父亲是山西过来的商人,有正当职业,来历清楚,不可能是日本特务。不过也不能掉以轻心,我们还是提高警惕好!

隔了几天,董锐兰去找张月梅,给张月梅道歉。两个人说了一通知心话,董锐兰问张月梅,你父亲这段时间还在吗?张月梅说出去做生意了,听说走得很远,一时半会儿回不来。今天下午你就在我这里吃饭。董锐兰说我还要回家照顾母亲,以后有时间再吃。

两人正说着,忽然外面门响,张月梅和董锐兰都一愣。门开了,进来一个小个头,大眼睛的中年男人。看见董锐兰,那中年男人一愣。张月梅给董锐兰介绍,这中年男人是自己的父亲。又给父亲介绍了董锐兰。

董锐兰虽然不认识张月梅的父亲,不过总觉得有点儿面熟,不知道在哪里见过,一时却想不起。张月梅父亲脸上露出微笑,与董锐兰打了招呼。

董锐兰见张月梅父亲回来了,急忙向张月梅告辞,出了张月梅家门。

董锐兰找到田崇慧,给田崇慧说了张月梅父亲的事。田崇慧说我一直觉得张月梅父亲可疑,又找不到证据。这样,让我直接会会他,摸摸他的底,如果真有问题,我们及时报告给警察局。

董锐兰问几时会?

田崇慧说平时我们见不到他人,今天他人在,我们不如现在就去!

董锐兰一听有些为难,自己刚从张月梅家出来,现在怎么进去?

田崇慧说那就这样,你就说今年中原遭灾,省立二中学生抗日联合会准备捐款,我拉你去问问张月梅,看山陕中学准备怎样做?

两个人商量好对策,直奔山陕会馆。

两个人来到山陕会馆,敲开张月梅家的门。看到董锐兰,张月梅有点儿奇怪,董锐兰刚走,怎么又回来了?

董锐兰说我刚走到半路上碰见田崇慧,他要我带他来问你,你们山陕中学给河南难民捐款怎么搞的?

说着两个人进了张月梅家的门。屋里张月梅的父亲还在,见了二人友好地笑笑。

田崇慧装着问了张月梅情况,又问张月梅父亲叔叔你在哪里做生意?

张月梅父亲说哪里有生意就向哪里跑。

田崇慧说,这年头兵荒马乱的在外做生意也挺辛苦。张月梅父亲说岂止辛苦,简直是受罪,有时还有生命危险。上次去四川,在半道上遇到了土匪,如果当时我们同行的几个人手里没有武器,我们的人和货就全完了!

田崇慧听到张月梅父亲提到武器,心想张月梅父亲挺精明的,知道自己来查枪,就主动提出了武器,一下子封了自己的口。

一夜之间,平凉城里许多地方出现了日本鬼子的传单。有墙上贴的,地上撒的,红红绿绿的。早起的人们不知道那是什么,就拾起来看。上面密密麻麻的字,认识字的人看了,那上面写的是为了大东亚共荣,为了建立王道乐土,满洲国致全国同胞书。警察早晨发现了传单,在全城收缴起来。平凉城里果然有日本特务,气氛一时紧张起来。

关在家里憋得慌,董锐兰想出门去街上看看,被父亲阻止了。

白天,董锐兰和田崇慧商量,几个人夜里在街道上侦察一下,看能不能抓住日本特务。没有想到晚上父亲看着,董锐兰连大门都出不了,更别说在街道上侦察!

一连三个晚上,董锐兰没有出门。田崇慧也说夜里街道上戒严,他几次出门都被警察挡了回去。

过了七八天,街道上再没有出现日本鬼子的传单,街道上夜里解禁了,董锐兰才出得门来。

田崇慧和董锐兰站在街道上说话,董锐兰问田崇慧今晚上去侦察吗?如果侦察我参加。田崇慧说还侦察,一过夜里十点街道上有警察,我们连路有时都走不通!

两个人说了一阵子话,田崇慧说我要回去,回去得迟了,路上又要受盘查。

第二天中午回来时,董锐兰听同学说昨天半夜中山桥死了人,死者是一个常住在中山桥上的乞丐,被人用刀子捅死,手中攥了几张被撕烂的传单。

11

周杏花跑了,家里只剩下郭老总一个人。有人来给董兆元报信。

糟了,周杏花一跑,郭老总还不被饿死?董兆元想。

牛县长禁烟,杀了一批烟膏店老板和烟贩,给大烟鬼判了刑,没收了西街傅作义母亲的烟具。省政府打来电话说情他都不买账,一般烟民知道了牛县长的厉害,抽大烟的吓得跑的跑,逃的逃。周杏花因有一点儿抽大烟的毛毛瘾,害怕坐牢,就逃跑了!

"朱福,你先去郭老总家看看,我随后到!"董兆元给朱福安顿。朱福腿快走了。

等董兆元赶到郭老总家,郭老总家院子里一片狼藉,朱福正在收拾院子卫生。

董兆元问:"老总早饭吃了没有?"

朱福答道:"吃了。"

"咋吃的?"

"隔壁端的。"

董兆元在上房看郭老总,只见郭老总气息奄奄地躺在炕上,如死人一般。董兆元问郭老总话,郭老总只是昏睡。董兆元帮着朱福收拾完卫生,时间不早,就给了朱福钱,让朱福去县政府门口饭馆给郭老总端一碗吃的。

朱福问,端什么?董兆元说就端一碗葫芦头吧。

朱福去买饭,看着郭老总,董兆元心里发愁。周杏花跑了,郭老总谁来照顾?让朱福来这里照顾,要费一个人的劳力。天天买着吃也不是个常法。雇一个人照看,哪里来那么多闲钱?

看来只好接郭老总到铺子里去。

朱福买来饭,董兆元给郭老总喂着吃了,留下朱福照顾郭老总,自己先回去安排住处。

董兆元回家与妻子商量,妻子说郭老总必须接到铺子里来住,这也是尽我们的义务。董兆元问郭老总接来安顿在哪里?妻子说我看就住在嘟嘟脸胖厨师的房里。

董兆元觉得让郭老总住在厨房里慢待了郭老总,说,我们还是另想办法。

两个人最后决定把郭老总先安排在账房先生房中,和账房先生住在一起。

董兆元来到铺子里,征求账房先生的意见。听到郭老总要住在自己的房里,账房先生完全同意,并提出自己到对面相公宿舍去住,让郭老总一个人住着宽敞。

商量好住处,董兆元派人告诉朱福,你先在郭老总家陪郭老总一夜,明天上午把郭老总搬到铺子里来。

第二天搬回郭老总,安排好一切,董兆元告诉朱福,郭老总的生活由你来负责。

董兆元照顾着铺子和作坊的生意,一有时间就去照顾郭老总。郭老总不能动,吃饭时必须把被子叠起放好,然后把他抱着靠在被子上,才能一筷子一筷子喂饭。吃着吃着,郭老总泪水涟涟。他感激董兆元,董兆元比亲儿子还亲!

董兆元知道郭老总多活一天是自己的福分,自己要靠铺子多攒一点儿钱,把自己的地方修起来。可是烦人的是郭老总的水火问题。厕所在后院,要走很长的路。起初朱福和另外一个相公搀着郭老总到后院去解手,董兆元只是跟在后边,看着郭老总像一堆抽了骨头的肉,拽也拽不起,董兆元心急,就从后腰抱着郭老总上厕所,郭老总也被弄得哼哼唧唧。上一趟厕所闹得三个人满头大汗,后来就改在房子里解手。

一天,有人告诉董兆元,给他卖地的那个农民因多次抽大烟被枪毙了,妻子回了娘家,只可怜了他老父一个人在家过活。

董兆元感叹这回倒轻饶了郭少总,郭少总在监狱里服刑,躲过了一劫。如果在监外,这次非被枪毙不可!

董兆元正带着两个相公清点库房里的货物,朱福来叫董兆元,说刘队长带着两个侦稽队队员来了。

董兆元急忙出去见刘黑旦

"董掌柜,听说周杏花到你这里来了?"刘黑旦问。

"郭老总他老人家来铺子里是真,至于周杏花到哪里去了,我确实不知道?"

"不知道,你的主人你不知道?包庇烟鬼是要坐牢的!这样,你去局子里给专管的人说一下,我们只管查案抓人。"

说着刘黑旦示意两个手下抓人。账房先生上来说:"刘队长刘队长,人可不能抓,这是一点点辛苦钱,供弟兄们跑腿喝茶。如果有了周杏花的消息,我们一定报告给警察局,叫她早早归案。"说着向刘黑旦手里塞了一个大洋。

刘黑旦说:"兄弟也是执行公务,没有办法,这次放董掌柜一马,以后有了周杏花的消息一定要报告!"

晚上,人已睡定,董兆元刚想上床,隐约听见外面有人敲大门,董兆元心疑,莫非是周杏花回来了?

董兆元穿上衣服出去看,果然是周杏花回来了,蓬头垢面,进门就要吃的,说自己两天没有吃了。

董兆元害怕看见的人多,就赶快插了门。

周杏花在厨房里吃了东西,董兆元说郭老总在前院住着,你去看看。周杏花说不看了,赶快给我给一点儿钱,让我走路,不然让别人发现我就没命了!董兆元知道事情重大,就让账房先生取了一个大洋,交给周杏花,让她上路!

周杏花嫌一个大洋少,要两个。董兆元说这几天生意不好,没那么多钱,我们还要照顾郭老总!周杏花没有办法只好拿了一个大洋走了。

第二天,刘黑旦领着两个侦稽队队员找上门来,说有人报告昨天晚上周杏花来了你们铺子,你们赶快把人交出来,不然让你们好看!

董兆元坚持说没有,不信你搜查。刘黑旦带人搜了,没搜出结果,就把董兆元带回了警察局。

警察局里,刘黑旦问董兆元昨晚周杏花是不是来过?董兆元不承认,被刘黑旦手下一顿毒打。董兆元被打不过只好招了,刘黑旦宣布董兆元暂时扣押在警察局,等抓到周杏花再放人。

苏玉英和账房先生去警察局再三求情,刘黑旦说看在董兆元和自己是老朋友的份上,罚款五个大洋,把董兆元放回。

12

中山桥死了人,董锐兰讥讽田崇慧,人都快死在自家门前了,还专门学侦察反特?你们省立二中的学生侦察反特技术白学了!一顿抢白气得田崇慧说不出话来,只怪那晚他们同学没出来!

田崇慧为此憋足了劲,要弄出个大事让董锐兰看,便通过学校学生会与警察局协商,警察局给学生会给了六个夜晚执勤的袖标,同意学生协助警察夜晚值勤。学生会得了袖标,人员做了具体分工，值起勤来。

田崇慧与其他两个同学一班，值了四个前半夜三个后半夜，没有出现什么情况。到了第四个后半夜，半夜两点钟接班，三个人迷迷糊糊地跟着警察巡夜，总感到今晚有点儿异样。走到"工合"附近，就见一个人影一闪不见了。巡警感到奇怪便隐蔽搜索前进。

到了"工合"仓库边的街道，只见阴暗处有一个人头不时伸出向外张望。几个人摸上去，快到那人跟前被那人发现，那人大喊"快跑，有人"，撒开腿就跑。

墙内有人跑起来，警察急了大喊："站住！"那人跑得更快。一个警察向那黑影开了一枪，那黑影扑通一声栽倒不动了。

一个人看着尸体，其他的人翻墙进入"工合"看。"工合"仓库四周早已跑得没有了人影，只发现仓库墙被挖了个洞。

警察叫来"工合"值班人员通报了情况，又叫来法医查验死者身份。

第二天，董锐兰和田崇慧两人怀疑此事与张月梅父亲有关，就找借口去了一趟张月梅家。张月梅说她父亲七八天前就外出做生意，至今还没有回来。

后来查出死者是城里一家车马店的工人，系外来人员。全城为此进行一次大搜查。大搜查以后，平凉城安稳了下来。

看见田崇慧与河南女子来往，董锐兰几次都想发作，可是河南女子家纺的毛线全交给自己家作坊，是自己家作坊的客户，她不能惹，只好忍着。

星期天下午，田崇慧气喘吁吁地来找董锐兰，说我师父回来了，把我抓住教了半天国术。

董锐兰问你师父不是跑了，怎么又回来了？

田崇慧说其实他没有跑多远，就躲在麻武山里，现在形势好了又回来了！昨天他去警察局投了案，警察局说没事，那是误会，让他继续干自己的事情。

两个人说了一阵子话，田崇慧告诉董锐兰，师父回来准备暑假在崆峒山上办国术班，我要去学！

董锐兰说我也想去，就是我妈身体不好，可能去不了！

回到家，母亲纺着线，董锐兰卷着羊毛滚子，董锐兰试探着问母亲，别人暑假到崆峒山去学国术，我一个人在家闲着也想去！

母亲说上山学国术那是男娃娃的事，女娃娃应该在家里学点针线。再说你父亲病刚好，你要安生一些，免得出门让大人操心！

暑假，田崇慧去崆峒山学国术那天早晨，董锐兰跑到来远门送了一趟，眼看着十五个男生高兴地向崆峒山方向走去。

假期每天早晨，董锐兰既想写作业又想纺毛线。先写作业，母亲就要纺毛线，董锐兰不愿母亲劳累。先纺毛线，又感到误了自己写作业。没有办法只好先写作业，让母亲去纺。写完作业再去纺毛线。

假期的毛线比平时纺的多了两倍，母亲高兴，念叨着这样下去和你父亲挣的钱合起来，就可以很快修起自己的地方了！

田崇慧走了已经十几天了没有消息，董锐兰心急。听说一个去崆峒山学国术的同学回来看病，下午有闲时间，董锐兰就去问情况。

来到北门坡那个同学家问了，那个同学的家人告诉董锐兰，他儿子昨天看了病，今天早晨又去崆峒山了。

董锐兰惋惜一番，只好去学校到林老师处转转。

空旷的学校里,董锐兰找到正在刻蜡版的林老师,与林老师交谈了一会儿。看见林老师案头有一本柳公权的《神策军碑》字帖,翻翻,里面的字铁骨铮铮,如钢铁壮汉,心里特别喜欢,就向林老师借了拿回去临习。

从北门坡回来,碰见河南女子。河南女子问董锐兰,近段时间田崇慧上崆峒山学国术的情况。董锐兰心里有些不高兴,但还是把实情告诉了河南女子。

田崇慧走的第十六天,董锐兰估计上崆峒山学国术的同学可能要回来,吃了中午饭就去来远门接。

站在来远门门前向西眺望,远处蓝天邈远,群山苍茫。一座青色的山峰如一块碧玉耸立在群山之前。近处田原宽广,一带一带的房舍树荫点缀在绿色的原野之中。眼前低处,一条宽阔的公路通向远方。

董锐兰站了一会儿,公路上时有一串串骆驼走过。过路的行人好奇地看董锐兰,不知董锐兰站在那里看什么?

等了好长时间,不见归人,董锐兰只好懊丧地回家。

第二天午饭后,董锐兰估计田崇慧今天肯定回来,又去来远门等。

和昨天一样,董锐兰等了几个小时,鸟儿已经归巢,迷茫的路上没有人回。

田崇慧是不是在崆峒山上出了什么事?董锐兰放心不下,第三天又去等,依然不见人归。

13

明天到底去不去呢?董锐兰拿不定主意。董锐兰心里终究放不下，又去来远门。

走到半路上，突然有人喊："锐兰，锐兰！"

董锐兰抬头一看，那人是谁？那人不就是田崇慧！

看见田崇慧，董锐兰的眼眶潮湿，眼泪马上要流出来。背着行李的田崇慧，人黑瘦了许多，在对自己笑。与田崇慧一起的两个同学见有人来接田崇慧，就与田崇慧打了招呼先走了。

等两个同学走远，向回走，董锐兰责怪田崇慧这么长时间不给自己来信。田崇慧说训练那么紧，根本没时间写信，再说就是写了也没有人带回！

董锐兰说你心里没有人，就自然没有什么可写。前几天不是有人从崆峒山回来看病，怎么没有人带信？

两个人走着，董锐兰问田崇慧山上的生活和经历。田崇慧说这次自己在山上收获可大了，师父给他们教了崆峒十八手，那是崆峒山道教近身擒拿跌打功夫，手法简捷，可以瞬间制服敌人。明代张三丰在崆峒山三年，所学就是此跌打之法。说着田崇慧给董锐兰一使手法，董锐兰痛得哎哟哎哟直叫，不知怎么被田崇慧拉住了手，折得半个身子都麻木了。田崇慧丢手，董锐兰甩甩被折麻的手，责怪田崇慧楞劲上来不看对象，她根本招架不住田崇慧这一折！田崇慧脸红得赶快道歉。

走到广场口，就见壶济堂药铺的相公雇了一个轿车来接田崇慧。田崇慧向轿车上放了行李，又把董锐兰手中提的背包向车中放了。相公让田崇慧和董锐兰坐车回家，两人不肯，跟着轿车步行回家。

走到船舱街，远远看见船舱街东北角坐着的"六二〇"，田崇慧喊住前面的轿车，让等等，他办完事再走。

田崇慧叫董锐兰："我们去给'六二〇'给钱。"

董锐兰一把拉住田崇慧:"你今天怎么了,记起给'六二〇'给钱?"

"走,给了钱再给你说。"说着田崇慧就拉着董锐兰走。"要去你去,我不去!"董锐兰甩开田崇慧的手。田崇慧一个人过去给"六二〇"钱。

田崇慧回来问董锐兰:"你知道'六二〇'是谁?"

董锐兰说:"谁?乞丐。"

田崇慧说:"不是乞丐,是东北军的将士!"

"什么,东北军将士?胡说!"

"这次上山我师父说的,在宝塔梁棺材里睡觉,伸手的就是他。"

董锐兰还是有点儿不信。田崇慧说:"我师父讲'六二〇'是东北军一个团的番号,九一八事件的当晚,北大营'六二〇'团没有接到撤退的命令,抵抗了一夜,死了一百多人,'六二〇'就是其中的幸存者!"

董锐兰思想一时转不过弯,怎么也不信"六二〇"是东北军将士。

第二天中午,董锐兰亲自看了一趟"六二〇"。那断了的腿看来是被锯断的,那要钱的瓷缸是绿色,军用的。董锐兰相信了田崇慧的话,给"六二〇"的瓷缸里放了一点儿钱,深深地鞠了一躬。

"董娘,你快去看,警察又来找董掌柜了!"朱福没进门就喊。

苏玉英和董锐兰一听警察上门,心里就紧张。董兆元上次因为周杏花的事进了警察局,最后费了好大劲才救了出来,人还没有坐稳,警察又找上门来,能不让人紧张?

铺子里，两个警察正在跟董兆元说话，看态度倒也温和，不像有事的样子。苏玉英走过去，只听一个警察说这件事情难办，骆驼客的家我们一时半会儿找不到，时间紧张，我们就按你提供的线索先去找找。

两个警察走了，苏玉英问什么事？董兆元说骆驼客在抗日战场上牺牲了，被定为烈士，上面寻找骆驼客的家乡。骆驼客给战友留下的家乡地址是我们铺子，警察就找来了！

董锐兰松了一口气。骆驼客一年前失踪，大家不知他的去向，现在才知道他在抗日战场上牺牲了。好端端的一个老实人，被逼成了这样！

田崇慧来找董锐兰，说后天在广场举行抗日烈士公祭大会。公祭平凉在抗日前线牺牲的六百八十二名烈士，你知道吗？

董锐兰自从眼睛受伤后淡出了学生会，消息闭塞，还不知道此事。田崇慧说我们省立二中学生会都已开始准备横幅写标语了。

两个人在街道口正说着话，两个警察进了铺子，董锐兰赶快回铺子里去看。

回到铺子，两个警察正与父亲说话。董锐兰悄悄凑上去听警察说话，警察说他们去静宁查了，骆驼客只有一个奶奶，年前去世了，家中再无亲人。骆驼客是从你们这里走的，认你们这里是他的家，你们就要供他的灵牌，他毕竟是烈士，是我们民族的英雄！

父亲说这责任我完全愿意承担，只是这地方是上房主人家的，我一个人不好作主，你们稍等，让我进去问问主人再说。

父亲进去问话，董锐兰怪父亲胆小怕事。人家骆驼客连生命都献给了祖国，我们这些活着的人连一个祭祀的名分都不敢承担，这真是中国人的悲哀，就从骨子里有些看不起父亲。

父亲出来后面带难色，说上房主人家不同意，这事让人为难！

警察说我们已去过静宁，时间紧张，难道让我们再去静宁？或者让烈士成为孤魂野鬼？

父亲说，好，这事我做主，我们承担，我们把后院骆驼客住的小土屋做灵棚奠祭烈士。

父亲上去又给上房主人说，上房主人勉强同意把骆驼客的灵棚设在了后院小土屋里。

账房先生写了灵牌，董兆元买了祭品。董锐兰、田崇慧、河南女子帮着布置灵堂，用铺子里的一个条桌做供桌，摆好祭品，点燃了香，几个人叩首作揖行了大礼。董锐兰总觉得灵堂里有一点儿凄凉，这样的灵堂不明不白，不知情者不知死者的事迹。田崇慧说，那我就写一篇祭文，写明骆驼客的事迹，你用毛笔写了贴在灵堂侧面墙上供人瞻仰。董锐兰说，极是极是，你起草我写。

田崇慧掏出身上带的钢笔，拿一张烧纸写了：

民国三十一年祭：

骆驼客，姓胡，名大奎，平凉静宁人。民国二十八年其妻妊娠，葬于日机首次轰炸平凉之日。其时，骆驼客驮运于新疆西安之间，妻子未得亲自安葬。回平后知讯哭泣三日，挥泪奔赴抗日前线。山西中条山战役，与敌激战。国仇家恨，誓不两立。阵前孤勇，灭敌四人。后又牙咬手扼，与敌肉搏。因敌众我寡，撑军旗于孤崖之顶。气壮山河，跳黄河以为英烈。血战到底，可歌可泣。民族大义，忠魂千古。今兹公祭，以飨万年。

中华民国三十一年七月平凉人民祭

董锐兰用柳体工工整整地写了，贴于祭桌侧墙上。

1943 年

1

今年腊月二十七说生意，董兆元特别高兴。铺子里的生意特别好，叫来了几个股东给他们分了红，股东都高兴。有几个相公在柜子上没拿工钱随了份子。手工作坊的生意也不赖，赚了一笔钱。董兆元和妻子商量无论如何今年一定要把地方修起来，错过今年修地方就难了！

虽然马上要过年，但织毯任务重，作坊里不能放假，董兆元和田寿丞安排了作坊师傅的加班时间，过年加班期间工资双倍发放。

前几天董兆元回了一趟崇信老家，老家一切都好。董兆元想把侄儿再带出来学生意，可是二爷和嫂子都反对，说你侄子那样老实木讷，学不成生意，不如在家好好务庄稼，将来你给娶一个媳妇就行了！

董兆元知道侄子的年龄，侄子今年已十八岁，早到了成家的年龄，靠哥哥侄子是成不了家的，一切都要靠他这个叔叔。自己的任务今年一定要把自己的地方修起来，明年再给侄子成亲。

今年把地方修起来也了了妻子的一桩心愿。结婚前董兆元就答应修地方，可是二十多年了还没有实现自己的诺言，董兆元一直感到愧对妻子。现在妻子的病越来越重，他要尽快实现这个诺言。

再说郭少总判了三年刑，明年年底就要出狱，按郭少总放出来以前自己的地方一定要修起来，郭少总一旦放出来，自己修地方的可能性就小了。

马上要过年，铺子已关门，铺子里的人回家的回家，买东西的买东西。那些不回家过年的人闲得转出转进，无所事事。

下午，董兆元带着嘟嘟脸胖厨师和朱福去广场粮市买了两扇猪肉，二十斤百合，三十斤山药和一百斤白菜，一捆子大葱，二十斤胡萝卜、白萝卜，让嘟嘟脸胖厨师和朱福用推车推了回来，又取了给郭老总和自己一家人缝的新衣，高高兴兴地准备过年。

董兆元让郭老总和家人试了衣服都很合适，吃过晚饭，就带朱福去隍庙对面的浴池洗澡。

董兆元在浴池售票窗口买了澡票，问朱福搓不搓澡？朱福说不搓，董兆元就给自己买了一张搓澡票。

走过长长的弄堂，进了浴池大厅，屋子中央一个巨大的生铁火炉呼呼呼地抽着火红火红的炉火。大厅里热烘烘地让人脱了棉衣。靠墙的木长凳上坐满了等待的人，两个人在长凳边上坐了，排队等着洗澡。

不时有人从里面出来，头发湿润，脸被水泡得红胀，一身舒畅轻松的样子。人太多，董兆元和朱福等了近一个小时才轮到。

两个人在包厢里脱了衣服，披着雪白的浴巾进了浴池。浴池里雾气沉沉，有的人钻在大池子里泡澡，有的人在洗淋浴。董兆元和朱福在大池子边脱了浴巾，进了池子去泡澡。

池子里三个台阶光滑得一不留心就能把人滑倒，两个人小心翼翼地站进了水池。

董兆元泡了半个多小时，估计泡好了，就去找搓澡师傅搓澡。

董兆元给了搓澡牌子，躺在搓澡床上让搓澡师傅浑身上下搓，搓好了又回到大池子里，抚着洗。出来在淋浴上冲了一遍，擦干身子，披上门把手上搭的浴巾，回到了包厢。朱福这时早已出来穿好了衣服在等。

两个人躺在床上休息了一会儿，跑堂的送来了热腾腾的毛巾，董兆元擦了脸。

夜里十点半两个人才回到家里。

董兆元舒畅地出了一口长气，在地上转了一会儿上炕睡觉。头一挨枕头，董兆元就睡着了。

咚咚，有人在敲自己的屋门。董兆元被吵醒，躁闷地问："谁，干什么？"

外面朱福回答："我，掌柜的，有事。"

"什么事明天再说！"

"掌柜的，你还是起来一下！"朱福说。

董兆元心想这么晚了肯定是有急事，就赶快下炕穿上鞋开门。

朱福进来悄悄说"掌柜的，郭老总夫人回来了，在外面。"

啊！正好在年关上周杏花回来了！上次回来让自己受够了苦，这次回来不知又会惹出什么麻烦来？

来到账房先生屋里，只见周杏花低头坐在炕边。董兆元问东家你从哪里来的？周杏花赌气地说我在亲戚家躲，躲得时间长了，过年没地方躲了，今天回来投公家！

年关投公家，生了事年都过不好！董兆元想。

周杏花坐在炕边嘤嘤地哭，董兆元心里也难受，郭老总躺在炕上淌眼泪。

董兆元没有办法，气得站在原地，不知怎么办？

董兆元正为难间，苏玉英不见丈夫回来，就从里面出来看。

苏玉英见周杏花坐在郭老总的炕头嘤嘤地哭，气就不从一处来，自己丈夫为了她没有少受罪！

苏玉英压住心头的怒火，问："东家，你回来了。"周杏花不出声地看着郭老总。

董兆元悄悄地说对妻子说，她回来要投公家！

哪有半夜里投公家的事情，先住一夜明天再说。苏玉英说。

董兆元没有想到妻子今天这么开通，就让周杏花和郭老总挤一夜。

人散去时，董兆元再三叮嘱知道的人要严守机密，不要把周杏花回来的事传出去！

董兆元和妻子走进二门，和出来看的女儿董锐兰碰了个满怀。董锐兰问父母出了什么事？

董兆元和苏玉英知道女儿的脾气，就急忙说没事没事，回去再说。

三个人回到屋里，董锐兰问什么事？父母都不说话。

董兆元不知妻子葫芦里面卖的什么药，问妻子明天早晨怎么办？苏玉英说明天能怎么办？总不能把她送官。送官，别人说我们借刀杀人，有意使郭家人灭绝。我看这样，东家住在我们这里也不是个长法，我们不如想个办法结了东家夫人的案子，让东家夫人把东家接回去，少了我们的麻烦和负担。

董锐兰听清父母是在说周杏花，才知道是周杏花晚上回来了，就要出去赶周杏花走，被父母拦了回来。

董兆元赞成妻子的主意，还是妻子想得周到！

东家的案子不是说结案就结案，那需要时间，大过年的，我们现在把她藏到哪里？董兆元问。

两个人都不出声，过了一会儿，苏玉英说，我看让她先藏在王家沟怎么样？

大过年的，藏在王家沟那要我们去好好说！这样，明天天不亮先让朱福陪周杏花去王家沟，天亮了我叫一个轿车拉上东西去说。

主意已定，第二天天未亮，朱福陪着周杏花先走了，天亮后董兆元叫了一辆轿车，拉了一百斤白菜，十斤山药，十斤百合和四十斤清油，二百斤白面，带了两个大洋去王家沟。

2

董兆元赶到王家沟，朱福和周杏花已经到了。董兆元给表兄给了礼物，讲了周杏花的难处，恳求周杏花在表兄家躲一段时间，自己尽快处理好城里之事接周杏花回去。表兄一看事已至此，就愉快地答应了此事，把周杏花留了下来。

董兆元赶回家已是腊月二十九夜里九点多，本来想今年欢欢乐乐过个新年，没想到又来了这愁事！

晚上睡下，董兆元和妻子合计，找谁了结周杏花之事？裴举人是牛县长的老师，是最有把握的人选。可是裴举人迂腐正直，对抽大烟嫉恶如仇，找他办不成事还罢，说不上还要招致一顿臭骂，就死了找裴举人的心。找海振兴吧，回族人向来反对抽大烟，拥护禁烟，说不定还会弄巧成拙。找杨大人，杨大人现在只顾赚钱做他的皮肉生意，此事他不会放在心上。找田寿丞吧，田寿丞毕竟离政界远，一天又忙于生意，此事办起来肯定拖拖拉拉，误了日期。最后决定找刘黑旦。刘黑旦虽然心黑一些，与各界有联系，又直接管此事，找他肯定会办好。

腊月三十晚上，董兆元想把郭老总接进来一起过年，但碍于郭老总行动不便，进来也是躺在炕上，就让嘟嘟脸胖厨师端了酒菜，在郭老总房中摆了，一家人和铺子里留下的人给郭老总拜年，又和朱福去给作坊师傅敬酒拜年，热热闹闹，腊月三十晚就算过了。

大年初一天未亮，董兆元让朱福早早在大门口放了鞭炮，迎了喜神，早晨八点钟又带朱福去给田寿丞拜年。

田寿丞依旧穿着那身脏袍子，董兆元与田寿丞互相作揖拜年。朱福给田寿丞叩头，田寿丞礼让了。

正月初三，董兆元又带着女儿董锐兰和朱福去给裴举人拜了年。

初四又带着朱福去王家沟给表兄拜年。

表兄一家人远远接了董兆元和朱福。董兆元在窑中坐定，周杏花过来问好。董兆元看周杏花一脸不高兴，就知道周杏花过得不愉快。董兆元给周杏花拜了年，心里决定还是早弄好周杏花的事，让周杏花早离开表兄家。

大年初六，董兆元特意去西街给朱镇长拜了年，并给朱镇长安顿开春就给自己准备修地方的木料，秋天开工。

董兆元尽量把能利用的人过年都走到了，同时打听清了刘黑旦家的具体位置，只等上门给刘黑旦拜年。

正月初八晚上，董兆元趁天未黑提着礼品出门，找到了刘黑旦家，在大门口转了一圈儿又离开，只等天黑进去。

董兆元转了一圈儿天已黑尽，就去敲刘黑旦家的大门。大门被敲开，开门人问谁，董兆元通了姓名。

董兆元进了院子，听声音上房里划拳喝酒正酣。进了上房，刘黑旦见是董兆元，来招呼董兆元。董兆元给刘黑旦拜年，客气几句，就叫刘黑旦到内房里说话。刘黑旦和董兆元进了内房，董兆元放了礼物，又掏出两个大洋向桌子上放了，说是给刘黑旦拜年。刘黑旦客气，董兆元便走出卧室，刘黑旦随手把两个大洋装进了口袋。

正月十五，董兆元又去了一趟王家沟，周杏花催问董兆元事办得怎么样？不然她回去直接投案！董兆元说就好了！就好了！

正月十七年已过完，各行各业工作一切正常，董兆元去找刘黑旦。

董兆元跑了几次警察局找刘黑旦都没有找着。人说刘黑旦忙，在外值勤，让董兆元在街上去找兴许会碰上刘黑旦。

董兆元从西向东沿街寻找，希望能碰到刘黑旦。可是找了一天没找到刘黑旦的身影。

晚上，董兆元只好去刘黑旦家，可是刘黑旦依然没有回家。

第二天下午，董兆元又沿街从东向西找，找到隍庙时，董兆元远远看到一家铺子门前围着一堆人。过去一看，原来是这家铺子卖日货,被工商人员查出,要查封没收货物。这家主人正在和工商人员狡辩,被三个警察抓住要带走。董兆元一看几个警察的头儿正是刘黑旦。董兆元不好打扰刘黑旦,就看着刘黑旦带人回了警察局。

董兆元在警察局门口附近等着刘黑旦出来。

等了一个多小时不见刘黑旦出来,董兆元心急,估计刘黑旦事情已处理完,就直接进去找刘黑旦。

来到刘黑旦办公室前,听声音刘黑旦还在审案。有人通报了,刘黑旦出来问董兆元什么事?董兆元说我们到外面谈。刘黑旦一看董兆元找自己有事,就故意为难地说他这几天忙,等过几天再说!董兆元一看刘黑旦推辞,就顺手给刘黑旦口袋里塞了一个大洋。刘黑旦推让一番接受了,答应第二天中午在外面说话。

董兆元急忙说,好好,那就到春华楼雅座里,我明天中午十二点在春华楼门口接你!

第二天将近十二点半了刘黑旦才姗姗来迟。

两个人在雅间里坐定,四样菜一瓶柳湖春烧酒上了,两个人吃喝开了,董兆元频频给刘黑旦敬酒。刘黑旦喝得微醺了,董兆元才提出周杏花的事。

刘黑旦一听周杏花的事,就直摇头,说这段时间禁烟还抓得紧,周杏花抽烟脱逃,抓住要杀头!董兆元急忙说周杏花虽然跑了,吓得也不轻,大烟自己也戒了,总不能为抽烟拿自己的性命开玩笑。

刘黑旦一听警惕起来,问董兆元你是不是知道周杏花的下落?知情不报是要坐牢的,你上次不是吃过这个亏吗?

董兆元说不知道不知道,我只是说说,不管怎样周杏花是我的东家,你知道郭老总现在在铺子里住着,整得我已经够收拾了,周杏花如果回来把郭老总接回去就好了,少了我的负担。

刘黑旦想想说:"这办法也好,但是就算周杏花回来,上面依然要判刑!"

董兆元急忙说我知道这事难办,所以才找你刘队长,有你刘队长在事情一定能办成,花钱多少我负责。

结束时董兆元塞给刘黑旦五个大洋,让刘黑旦想办法去办事。

董兆元回到家,妻子边咳嗽边在纺毛线。妻子问了事情的进展,董兆元说了。妻子唉了一声,我们的地方眼看要修了,没有想到这瞎事又要用钱了!

3

上学期初三一毕业,田崇慧就想去抗日前线,和母亲谈了自己的想法,被母亲责骂了一顿,母亲要他继续上学。

董锐兰也劝田崇慧迟一年上战场,等明年自己初师毕业了一起去。

下午两点多,田崇慧才来找董锐兰,说自己上学把名报了。

董锐兰问报名的情况,田崇慧说自己报名时,碰上几个同学都想参军上战场,现在上学报名只是应付家里,等征兵开始就报名参军,自己和他们一样。

董锐兰看田崇慧心意已决,再劝也无意义,就任他去。田崇慧问董锐兰今天我报名时怎么没有碰上河南女子,她不是考上了，怎么没有去报名？

董锐兰一听田崇慧提河南女子，心里便有了一点儿提防。看来田崇慧心里还挂记着河南女子，是不是河南女子要和田崇慧一起去抗日前线？

董锐兰又一想不会，河南女子一家人为躲日本鬼子从河南逃到甘肃来，要是去抗日前线，她早去了。

田崇慧告诉董锐兰，新生从明天开始提前军训六天，军训紧张，他这六天可能不来看董锐兰了。

田崇慧走后，董锐兰想过去问问河南女子，为什么不上高中？可是一个月了自己和河南女子没有说过一句话，现在主动去说话，河南女子会不会觉得自己有什么目的？

董锐兰注意着河南女子的动静。这几天河南女子好像一直在帮奶奶纺毛线，很少出门。

一天，河南女子出来和董锐兰碰了个满怀。董锐兰问河南女子你为什么没有再上学？河南女子说我家这个样子，我不上了，在找工作。董锐兰不免有些惋惜。

开学第三周星期五下午上学，田崇慧来叫董锐兰，上学路上田崇慧高兴地告诉董锐兰，自己报名参军了！

听了田崇慧报名参军，董锐兰心里既高兴又不是滋味，田崇慧终于不听自己和家人的劝告，报名上战场了！

走到广场东口分手时，董锐兰步履迟缓，偷偷地看着田崇慧走向了省立二中。

整整一下午上课，董锐兰都心不在焉，没有听进去老师讲的一句话。田崇慧要走了，走很远的地方！

田崇慧要走了，送他什么呢？送一件棉衣，前线将士缺棉衣，可是冬天还未过，田崇慧身上穿的是棉衣，总不能走时再背个棉衣？

送两个锅盔，那东西太重，何时才能吃完？

送一个日记本和一支钢笔，让他把打鬼子的事记下来，也把对自己的思念记下来！

这礼物太少太轻，不足以表达自己的心意！还是送一双布鞋吧！

第二天吃了午饭，董锐兰没有等田崇慧，就一个人在街道针工摊子上看布鞋。

布鞋做得真好，掂在手中沉甸甸的，密密的鞋底针脚，干爽平整的黑布鞋面，摸上去有一种舒适。这鞋底上如果有"英勇杀敌"几个字就更好了！

董锐兰选中了一双黑布鞋问了价钱，十文钱还算公道，可惜自己没有量下田崇慧脚的尺码！

星期天午饭后，母亲午休，董锐兰悄悄地给门口洒了一层灰，等着田崇慧来。

说来也怪，田崇慧不像往常，下午没有来。母亲起床后看到门口的灰，就叨叨着，拿上笤帚把灰扫了。董锐兰怪母亲多事，过了一会儿，田崇慧兴冲冲地来找董锐兰。

田崇慧告诉董锐兰，自己下周星期四走。董锐兰一听坏了，刚才想量田崇慧鞋的大小，没有量成，这鞋怎么买？

两个人说了一阵子话，董锐兰问你参军的事家里人知道吗？田崇慧说今天早晨我刚给母亲说了，中午父亲回来母亲说我不听话，要父亲把我送到乡下去。我给父亲谈了自己的理想，父亲听我口气坚决，同意我参军。

两人正说着话，隔壁河南女子听田崇慧来了，来找田崇慧。

看见河南女子,董锐兰心里就厌恶。河南女子问田崇慧,听说你要上战场了?田崇慧说是,下周星期四走。

河南女子说你要上战场,我给你送什么?

田崇慧说,不送,不送!

等我想好了送你!

田崇慧问河南女子,你不上高中在干什么?

河南女子说工作找下了,在鞋帽厂工作。

平凉鞋帽厂在乏牛坡坡头,离家挺近的,厂子里有二百多人,专做鞋帽,大部分鞋帽都送到了抗日战场。田崇慧说制鞋帽也是为抗日出力,不管干什么只要能为抗日出力就行!

吃完下午饭,田崇慧要回去,董锐兰迟迟不让田崇慧走。田崇慧不明白原因。等了一会儿苏玉英出去解手,董锐兰红着脸对田崇慧说:"把你鞋脱下来。"

田崇慧不解地问:"脱鞋干什么?"

董锐兰说:"让你脱你就脱,脱下来就知道了!"

田崇慧脱了鞋,董锐兰用绳子量了尺码,田崇慧很是纳闷,问道:"这是干什么?"

第二天中午把饭碗一丢,董锐兰就到针工摊子上去挑选布鞋。

董锐兰在左面摊子上挑了一双,量了布鞋的大小,把手放进鞋口试了舒适度,放下。又跑到右面的摊子上选。左左右右几个来回,把两个摊主都闹得心烦了。最后,董锐兰终于买了一双,把鞋用纸包了,装进书包,跑步回家,把鞋塞进被褥里。

吃饭时,母亲告诉董锐兰,明天田崇慧要走,你也该抽时间去送送,你父亲给他送了一条毯子。

董锐兰说:"下午上课,晚上我抽时间去。"

下午吃饭,董锐兰随便刨了几口饭就带着布鞋去田崇慧家。

点了几盏马灯的田家院子里乱哄哄的。田家的亲戚、田崇慧的同学三三两两地在一起说话。裴举人一脸严肃地端坐在屋子中央的椅子上和田寿丞说话。董锐兰给裴举人施了礼,出了房门,遇见田崇慧,便给田崇慧使眼色。

田崇慧随董锐兰来到人少处,董锐兰给田崇慧送了东西。董锐兰本想和田崇慧多说几句话,但有人叫田崇慧,让他找东西,田崇慧只好去了。

董锐兰和几个同学说了一阵话,时间有点儿晚,那些同学回家了。董锐兰在院子里转了一圈儿,尽量避开熟人。她要等田崇慧,心里有许多心里话要对田崇慧说。

院子里人稀拉起来,田崇慧脱身急急忙忙跑过来要送董锐兰回去。

两个人悄悄出了院子,向船舱街走去。

街道两边的铺子都已关门,黑黑的街道上显得荒凉。起初,两个人不说话,只是默默地向前走。走着走着田崇慧一把抓住了董锐兰的手,董锐兰没有出声,并排走着。

先前董锐兰感到自己有许多话要对田崇慧说,可是现在什么都说不出,只希望田崇慧把自己的手就这样拉着,一直走下去,走下去。

忽然田崇慧停下来,转过身,另一只手拉住董锐兰,深情地望着董锐兰。

……

两个人在夜里站了半个多小时,董锐兰说回去吧,明天要出发!

4

刘黑旦回话,自己在警察局和法院疏通了,周杏花的事确实难办,开了这个头以后其他人的事就不好办了!听了这话,董兆元知道这是刘黑旦在向自己加码要价,心情沉重,事情就松了下来。

下午关门时,董兆元见朱福脸色阴暗地找自己,就问朱福何事?朱福说掌柜的你不知道,东家这几天病情更重了,人糊涂得屎尿都不知道说,拉在了炕上,我看东家可能不行了!

董兆元一听,这几天自己只顾忙周杏花的事,忘了东家,便进去看。

只见郭老总在炕上睡得昏沉无知,叫也叫不醒,心中就有些害怕,只怕郭老总出事,死在铺子里。

董兆元进去给妻子说了郭老总的事。妻子问周杏花的事办得怎样?董兆元说了自己的心思,苏玉英让丈夫此事不惜一切代价赶快办,决不能让郭老总死在咱们这里!

董兆元又去找刘黑旦,刘黑旦表示此事实在无法。董兆元七缠八缠让刘黑旦想办法。刘黑旦说这样,你想办法买通戒烟所所长,弄一张周杏花已入戒烟所戒烟的证明,我想办法给你把事情糊弄过去。

董兆元回来与妻子商量,两个人左思右想想不出一个人来,就由董兆元再找刘黑旦想办法。

董兆元找到刘黑旦,说了自己的难处,又给刘黑旦给了二十个大洋让刘黑旦去跑。刘黑旦接了,让董兆元回去等消息。

过了七八天，刘黑旦来找董兆元，董兆元不在。刘黑旦把开的证明交给苏玉英，说周杏花拿此证明可以明正言顺地回来。不过回来要低调，大烟不能再抽。如果有人要问，就说前些日子她已去戒烟所戒了烟，再不行就让他来找我。

苏玉英拿了证明喜出望外，给了刘黑旦两个大洋，千声万声谢过刘黑旦。刘黑旦走后，苏玉英急忙让朱福出去找董兆元。

一个小时后董兆元才被找回来。董兆元进门，问妻子什么事？妻子拿出刘黑旦给的证明，说了事情的原委。董兆元拿着证明仔细看了，高兴得问妻子你谢了人家没有？苏玉英说谢了，便把给了刘黑旦两个大洋的事说了。董兆元说办得好，办得好！急忙让朱福连夜去王家沟接周杏花。

朱福连夜去王家沟把周杏花接了回来。

回来已是半夜，两个人洗漱吃了饭，董兆元说了事情原委，周杏花自是喜欢，晚上和郭老总挤在一个炕上，明天准备回家。

第二天吃了早饭，董兆元陪着周杏花回家，铺床烧炕，收拾卫生，准备接郭老总回家。

中午，董兆元雇了一辆轿车，拉着郭老总回了家。

送回了郭老总，董兆元浑身轻松，现在要赶快准备修地方的东西了。

董兆元去西街找朱镇长，给朱镇长谈了，让朱镇长打问一下修九间房的木料，打问好后他立刻出钱买下来。朱镇长答应了，他尽快找人去办。

今年开春以来前方战事吃紧，药品奇缺，药材生意特别好，田寿丞忙着做药材生意，就把织毯作坊的事全部交给了董兆元。董兆元利用闲暇时间又跑了城郊几个石灰窑和砖瓦窑，问了石灰和砖瓦的价格，回来计算了钱数，只等夏末购齐用料开工。

田寿丞找了几次董兆元，问董兆元修地方的准备工作做得如何？并再三叮嘱董兆元，不管"工合"粗毯收购多少，都要加紧生产，就是粗毯囤起来也不要紧，夏季过后粗毯收购一定会旺起来。

董兆元不敢怠慢，依旧抓紧织毯作坊的生产。

春末，天气热起来，街道上缺腿少胳膊的伤兵也多起来，抗日后方医院搬到了平凉城紫金城，田寿丞药材经营更忙了，几乎顾不上过问织毯作坊的事，女儿董锐兰也报名去抗日后方医院当义工，星期六、星期天去抗日后方医院服务。

"举人老爷到！"董兆元正在织毯作坊看织毯师傅织粗毯，就听朱福喊。

裴举人站在铺子里，一手捏着文明棍，一手捂着胸脯喘气。董兆元连忙说："举人老爷，铺子里人多，走，家里坐！"裴举人被董兆元让进了屋里。

苏玉英正在纺毛线，赶紧收拾了摊子，为裴举人沏了茶。裴举人呷了口茶，哮喘渐渐平息下来。偶然发现旁边柜子上董锐兰没有顾得上收起来的大仿本，就拿过来看。只见大仿本上写的柳体字眉头一皱，怎么又练柳体了？细看，只见那字个个写得气宇轩昂，铁骨铮铮，很有一番男子汉气概，心中就不由得赞赏，对董兆元说："奇女子奇女子，你董兆元有此奇女也不枉一生！"

董兆元笑笑，不以为然，问有何奇？

裴举人说："你看这字铮铮铁骨，出于一个女子之手，此为一奇。令爱虽为巾帼，救死扶伤，宅心仁厚，此亦为一奇。更奇的是国家兴亡，匹夫有责。投身于抗日行列，保家卫国，此为一奇。此是你董家之光荣，你董兆元是千万比不得的！"

董兆元听得这话，脸上不知是喜是愧，心里只是五味杂陈。

裴举人问董兆元修地方的准备工作做得怎么样？董兆元说各种东西正在准备当中，夏季收齐，秋季就可开工。

裴举人叹了一口气说，老朽给你说一句不中听的话，现在世事混乱，国都保不住，哪谈得上家？你那地方依老朽看就暂时不要修了，等赶走了倭寇，好好修一院地方不迟！现在最重要的是我们齐力把倭寇赶出去。当前前方吃紧，医护人员缺乏，我和田老总决定办一所医学专科学校，为抗日前线培养医务人才，你也凑一份子，我们办医专。

董兆元一听裴举人挡自己修地方，让自己和他俩合办医专，心里就不高兴。培养医护人员是公家的事，那么大的学校我们私人能办得起？裴举人一看董兆元不言语，就说人各有志，道不同不相为谋，你不办就不办！

5

明天又有一批伤员要来，董锐兰和其他义工赶快给他们铺床铺，做准备工作。

第二天上午十点多，一阵卡车响，伤员就来了。

卡车后厢板被放了下来，护理人员把伤员一个一个从卡车上往下抬或搀扶。那些伤员有的缺了胳膊，有的断了腿，有的用绷带包着头，有的不能动直接躺在担架上。董锐兰搀着几个伤员下车后，已经累得满头是汗。最后下车的是一个重伤员，看起来很年轻，还是一个娃娃。他直直地躺在担架上不能动，望着要抬他的人。看到那双无助的眼睛，董锐兰心头一颤，就想到了田崇慧。如果在和平年代，这双天真的眼睛可能出现在欢乐的操场上，也可能出现在愉快的劳动场合里。现在，他躺在那里，等待着他的是死亡的严峻考验！

董锐兰和几个人去抬那伤员。平时看起来走路很轻松的人，当受伤躺倒要别人抬时，死重死重的，几个小伙子几乎抬不起。董锐兰抬的那面如果不是一个年轻的士兵帮着抬，董锐兰就会被压得几乎失手。平时，董锐兰觉得自己还是有一点儿力气，没想到现在竟这么弱！就这样还能上阵杀敌？董锐兰对自己的身体产生了深深的怀疑。

大家抬得吃力，那个重伤员明显也忍受着巨大的痛苦。担架每一个微小的移动或晃动都震得他一阵阵呻吟，就像一只大锤砸着钢板一样，发生巨大的反响！

担架轻轻地挪动着，军医不时地提醒："轻些轻些。小心一点儿！小心一点儿！"

人们艰难地把这位重伤员抬下车，抬进了五号病房，当把他抬到病床上时，他又是一阵更剧烈的呻吟，好像在吃力地攀一座很高的山。董锐兰知道这个伤员腿受伤了，还伤得不轻。

整整一天的劳动累得董锐兰精疲力尽，夜幕降临了才拖着疲惫的身躯回家。

家里晚饭刚吃毕，嘟嘟脸胖厨师正在收拾碗筷，饭菜在锅里留着，母亲正在等。董锐兰确实肚子饿了，不管是啥饭，糊里糊涂端起来就吃！

第二周星期一上课，董锐兰心在抗日后方医院，课都没上好。下午最后一节活动课去问林老师，几时再去抗日后方医院当义工？林老师说别急，我们星期六再去。

要等到星期六，这么长时间。董锐兰有些心急，星期三下午和班上几个同学约了偷偷地跑到抗日后方医院去做义工，第二天早晨因无组织无纪律被林老师狠狠批评了一顿。

星期六早晨，董锐兰又与同学去了抗日后方医院，给伤员洗衣服，洗绷带。

伤员的衣服好洗，虽然衣服上有血迹，但大多数血迹经过多次揉洗，已经失去了红色，只成了暗淡的斑块。只有少数衣服一放进水里，水就变得淡红以至深红。洗这种衣服，董锐兰心里便泛起一种微微不适。董锐兰努力地克服着这种不适，如果自己上战场受伤流血怎么办？这血是为祖国而流！是为民族而流！是战士的一种荣光，我们应该敬佩！

上午洗衣服时，齐修士穿着白大褂，戴着听诊器，领着几个护士和董锐兰打了招呼，从董锐兰身边急急忙忙走过。林老师告诉董锐兰，齐修士利用业余时间来医院当医生，给伤员做手术。

董锐兰感到最难洗的是绷带。那些绷带简直就是血源，就是血块。一放进水里，水就慢慢沤红了。在水里揉着这些血的绷带，董锐兰一颗柔软的心慢慢变得坚强，有时几近麻木！

一个护士过来，让林老师叫几个同学，帮她把洗好的绷带抬到烧开的开水锅前，给绷带消毒。林老师让董锐兰和几个义工帮着护士抬了洗好的绷带去开水锅煮。洗好的绷带放进中草药开水锅里，随着水煮沸，血味和中草药味飘出来，是腥，是苦，是辣，是酸，让人恶心发呕，躲都躲不过。

煮了一会儿，气味难闻，煮的人就要站到远处躲，吸吸新鲜空气，再回到锅前，拿着棍子翻动锅中的绷带，让绷带煮透，消好毒。

"向后面抬，把东西先放进仓库里。"董锐兰听人在指使。抬头一看是田寿丞带着药铺里的几个相公抬着药箱，跟着一个管理员模样的人向仓库里抬药材。

星期日上午七点钟，抗日后方医院的工作开始，义工分成三组，一组给伤员搭晒被褥，一组帮着收集脏衣服和床单，打扫病室卫生。一组做助手，帮着护士换药打针。董锐兰被分配做助手。

董锐兰端着器材盘跟着两个护士换药。换药的工作不重，但是挺麻烦，如果是轻伤员还好，他们自己能动胳膊动手，配合护士换药包扎。而重伤员则需要护士帮他们摆好位置再拆纱布换药包扎。或病室里的轻伤员一齐动手，协助把重伤员挪止挪好，再换药。

医院消炎药匮乏，许多伤员的伤口好长时间消不了炎变得红肿，换药时常是疼得呻吟。有时候看到脓血模糊的伤口，董锐兰心里就一阵恶心，直想扔下药盘跑出病房呕吐。

三个人刚换到第四病室，一个护士急急忙忙来叫换药的两个护士，说手术室里给一个重伤员做手术，无麻药，害怕病人乱动，需要人手帮着，让他们先停下手头的工作去帮忙。

两个护士走了，没有人换药，董锐兰只好端着盘子回到医护室放了，又帮着别的同学打扫卫生。

一会儿一个轻伤员慌慌张张地来找护士，说五病室的那个重伤员发烧晕过去了，让护士去看！

董锐兰有些为难，说护士去手术室了，自己没办法，最后只好跟着去看。

董锐兰到了五病室,一摸重伤员的额头,那重伤员烧得像着火一般,董锐兰知道伤口在发炎。

董锐兰急忙让找凉水,把毛巾润了,叠好,放在重伤员额头上退烧。

董锐兰又让人去医护室看护士回来了没有。那人去了,回来说医护室里空无一人,手术好像还没有做完。看着昏迷的重伤员,董锐兰焦急,只怪自己不懂护理技术无法救人!

董锐兰去手术室外看,只听里面有人痛苦地吆喝,不知在做什么手术?

等了半个小时,一个军医和三个护士满头大汗地从手术室里出来,董锐兰迎上去说了情况,军医带着护士去看。

几个人来到五病室,军医揭开那重伤员的被子看了情况,原来那重伤员大腿根受伤,由于没有消炎药,伤口感染了,红肿得开始腐烂。军医仔细观察,说看来要截肢,不然伤员会有生命危险!

正说着齐修士也来看,看了情况意见也是截肢。

没有麻药怎么办?齐修士问。那位军医说没有麻药只好硬做,我们总不能眼看着病人活活痛死?

最后决定立即截肢。

董锐兰帮着把那重伤员用担架抬到手术室。手术室里,所有人员一齐动手,把那重伤员的脚手用麻绳绑在木板上,口里塞上毛巾。几个护士和轻伤员按住重伤员。军医和齐修士量好截肢的位置,那重伤员醒了,无助地看着大家。军医安慰那重伤员坚持一下,一会儿就好!

做好了一切准备工作,军医拿起锯子,让董锐兰出去,他们开始做截肢手术。

董锐兰被赶了出来。只听一阵刀锯响,那重伤员随着大声嚎叫了几声,就没有了声气。一会儿又嚎叫,又没有了声气。几经周折刀锯声没有了,手术室里一片寂静。

晚上回来,董锐兰第一次莫名地哭了。母亲问她哭啥?她擦了眼泪说没有什么!

6

今年天气特别干旱,从过年到现在没有下过一滴雨。春天干风一个劲地刮,眼看进了夏天,老天依旧不下一点儿雨,年馑就要出现了。

修不修地方,董兆元有些犹豫。修,这样的年成大兴土木,别人会骂的,再说自己心里也不踏实。看见妻子咳嗽,想到郭少总的出狱,董兆元又下了决心,今年地方一定要修起来!

董兆元去朱镇长那里交买木料的定钱,朱镇长为难地劝董兆元,今年旱成这个样子,我看修地方还是推迟一点吧?

董兆元下定了决心,让朱镇长放心托人去买木料,自己到时候一定给料钱。

靠好了木料,董兆元又跑到郊区的砖瓦窑定了砖瓦,让窑主安心生产,到时候自己定来拉砖瓦。

从砖瓦窑回来,看见田寿丞在自己的药铺门前带人向马车上装药材,董兆元走过去与田寿丞打了招呼,问田寿丞把药材发到哪里去?

田寿丞说不远,紫金城的抗日后方医院。董兆元笑着说这可是个大客户,能赚不少!田寿丞说你光知道赚钱,我这药材半价出售,半捐半卖给抗日后方医院,你去医院看看那些伤兵,折胳膊断腿的多可怜,看到这些伤兵我就想到我儿子,我不能看着他们受罪!

田寿丞的一席话说得董兆元感到自己无地自容,就告辞回家了。

一天,郭老总的一个邻居急急忙忙来告诉董兆元,有人把周杏花告了,警察局要逮捕周杏花,两个警察已经到了郭家院子,让董兆元快去看。董兆元大吃一惊,他害怕周杏花出事,没想到果然出事了!

董兆元带着朱福急忙向西街跑,人没走到西街,迎面就碰上两个警察押着周杏花要回警察局。董兆元急忙迎上去挡住两个警察,与他们搭话。两个警察不理,训斥董兆元让开,不要妨碍公务!董兆元急了,忙给两个警察口袋里各塞了一个大洋,两个警察才停下脚步,问董兆元怎么回事?

董兆元说周杏花是自己的东家,抽大烟的习惯已经在戒烟所戒了,有戒烟所证明为证。两个警察问证明在哪里?周杏花说刚才两个警察看过了,现在在自己兜里。两个警察问那证明是真是假?董兆元急忙从周杏花兜里掏了证明,让两个警察细看。两个警察又仔细看了一下,说证明看来好像没问题,这事还需要我们去戒烟所查证。

董兆元说侦稽队刘队长都去戒烟所查过了,不信你们回去问刘队长。两个警察一听刘黑旦查过了,就说那人我们就暂时先放了,我们回去问了刘队长再说。周杏花被放了。

董兆元陪周杏花回到家里,给周杏花再三安顿,以后如果有事不要慌,就抬刘队长出来挡驾。

从郭老总家回来,董兆元看见门口拴着一头黑骡子,像是王家沟表兄家的。一进铺子朱福就说王家沟的亲戚来了,在家里等你。

董兆元急忙朝里走。王家沟亲戚好长时间没有到城里来了,今年天旱不知王家沟亲戚家里怎么样?

董兆元进了屋门,见表兄正在和妻子说话。董兆元急忙问候表兄,喊嘟嘟脸胖厨师给亲戚做饭。

董兆元问表兄家里的庄稼如何?表兄唉了一声,说麦子快到了收割的时节,还在地里如毛蒿一般又低又稀,地里的菜蔬顶住出不了芽,人开始没吃的了!

董兆元一听情况严重,老家哥哥一家的日子也肯定不好过,就感叹一番。王家沟表兄说这次来城里找你不为别的,就是想找你借一点儿钱,买点粮食度灾荒!

表兄借钱,那是理所当然。前几年城里跑飞机,妻子和女儿在表兄家住了一年多,周杏花避难又躲了几个月,表兄家有难一定要帮,就给表兄借了钱,饭后又陪着表兄到粮食市场籴了两桩子粮食,让表兄用骡子驮了回去。

董兆元又去看了一次自己买的那块地皮。绕着地边走了一圈儿,仔细看了那块地皮,想象着秋天开工,一院崭新的地方就会出现了。

董兆元顺路看了一趟郭老总。董兆元抓着郭老总的手抚摸着,那是一只干瘦得只剩下一层软软的皮囊的手,岁月已经吸干了它内部所有的脂肪,只剩下一层松软的皮囊。郭老总发现董兆元在看自己的手,就感动地哭了。

周杏花在旁边悄悄站着。自从上次被人举报,周杏花低眉顺眼,人也老实了许多。

董兆元问了郭老总的近况。周杏花说郭老总这几天一直嚷叫着要见儿子,前天她去监狱看了一趟儿子,三年刑期儿子已服刑一年多,如果减刑,今年或明年初有望出来,看董兆元能不能想出什么办法,让郭少总减刑?

董兆元一听郭少总要减刑出狱,头轰地一下大了!如果郭少总减刑出狱,自己修地方的事说不定就泡汤了!

董兆元回来给妻子说了周杏花的打算,苏玉英也吃惊不小,让董兆元赶快去看木料,看来修地方的事要及早动手!

董兆元放下手头的事情,找朱镇长,两个人直接到西部山区去看木料。

朱镇长领着董兆元坐马车来到安国镇。从安国镇东的一条大沟里向南走,进沟约莫十五里,没法通车了,两个人便弃车沿着小路上山,钻进树林,去朱镇长约好的那个村子。

山路随山势七拐八拐,先是梢林,后来是高大的不见天日的森林。古树干上满是金黄明亮的黄斑,有些地方树枝上垂吊着一串串长长的如项链般的蔓丝,阴森森的,有鸟不时地怪叫一声。走了约十几里山路,来到一个树林包围的小山村,朱镇长领着董兆元在几户人家看了木头。木头很好很结实,全是山区林子里的木料,是修房的好用物。糟糕处就是必须要从山里走十几里的山路扛出来,到通车的地方再装上车。董兆元问了主人家,主人家说到时候他发动村子里的人向出扛,三五天就可以扛出去。

7

周杏花跑来问郭少总减刑的事，董兆元胡弄着说自己找了人，想了办法，无济于事。

周杏花委屈地哭了，说她一个女人家两眼墨黑，男人又是那个样子，让她找谁去？

董兆元被周杏花哭得心慌，见周杏花气冲冲地回去，就知道郭老总又要受气了，看来不管也得管！

找谁呢？想过来想过去还是得找刘黑旦。

吃过晚饭，董兆元趁黑敲响了刘黑旦家的大门，有人开了。董兆元通报了姓名，正好刘黑旦在，董兆元进了门。

刘黑旦问了董兆元的来因，用牙签剔剔牙说，此事我劝你董掌柜不要管，郭少总出狱对你我都没好处！

董兆元说我本不想管，无奈郭老总是我的东家，郭老总那么个样子不管不行。刘黑旦问你咋管？用钱垒成城墙，买通监狱？董兆元说实在无法我只能这样做了！

刘黑旦问你准备花多少钱减刑？董兆元说我也说不准。刘黑旦说年前我在监狱里捞了一个人，花了一百多个大洋，事情险些都没办成。这样，你如果硬要办，就先拿一百个大洋！事情办成办不成我也说不准。

董兆元听刘黑旦接手了此事，就高兴地回去给周杏花通消息。

周杏花得了消息，又喜又愁。喜的是儿子的事终于有人接手，愁的是减刑要那么多钱自己一时拿不出，只好让董兆元想办法。

董兆元说今年大气这么个样子，铺子里生意不好，这么多钱铺子里实在拿不出！

周杏花只好说你凑我也凑，不管怎样事情一定要办成！董兆元晚上又去田寿丞家，找到田寿丞，董兆元说了自己修地方的准备工作，和周杏花要捞郭少总的事。田寿丞感叹一声说我看你的地方今年怕修不成了！年成又不好，郭少总的烂事又要你跑，你拿钱，你怕没有那么大能力吧？

几句话问得董兆元确实没有了底气，就说，看来我今年又白忙活一场了！

田寿丞说你修地方的事情我本来赞成，可是你看国家成了这个样子，为了抗战，裴举人和我商量要办医学专科学校，没有钱，裴举人准备把他乡下的老宅子卖了筹钱，反过来你现在修地方，确实不妥！

田寿丞的一席话说得董兆元感到自己确实有点儿为富不仁，只顾个人私利，修地方的劲头就减了大半。

董兆元觉得自己渺小自私，羞于见裴举人，没想到裴举人自己倒找上门来！

"举人老爷到！"还没等朱福的话喊完，裴举人捏着文明棍已经直直走进铺子。

董兆元上前急忙去打招呼。

裴举人说："董掌柜，给我准备退一千个大洋的股！"董兆元估计裴举人是在为办医专凑钱。昨天田寿丞不是说裴举人为医专准备卖乡下老宅子吗，今天为什么突然来退股要钱？

董兆元不明其中的原因，又知裴举人耿直的脾气，就急忙把裴举人向家里让，让裴举人到自己家里去说话。

裴举人来到董兆元家里。董兆元问裴举人您退股是怎么回事？

裴举人问你是不是在找人给郭少总减刑，让郭少总早早出狱？

董兆元点头说是。

裴举人说郭少总抽大烟迟早要败家。去年戒烟他入了狱，算他幸运捡了一条狗命。现在你让他出狱是想毁了郭家和这铺子。我原打算卖了乡下的老宅子办医专，现在想来老宅子不卖是我的，我老了还可以回去。股不退可就成了郭少总的烟钱。与其让我入的股成了他的烟钱，不如我现在退股，办了医专，为了抗日，也算是老夫为抗战出了一点儿力！

裴举人坚决要退股。

晚上，董兆元去与郭老总勾通了，董兆元让账房先生在铺子里抽了五百个大洋，自己拿了二百个大洋，想法给裴举人退了七百个大洋的股，此事算安顿了下来。

周杏花来找董兆元，说她东借西借只借了二十个大洋，不足的让董兆元想办法。

想什么办法？刚给裴举人退了七百个大洋的股，给郭少总减刑还缺八十个大洋。今年天旱，老家也遭了年馑，到现在自己还没回去看一趟，几件事遇到一块儿，不知道先办哪一件好？

董兆元七凑八凑又凑了八十个大洋，与周杏花凑的二十个大洋集合起，一起交给了刘黑旦，请刘黑旦去减刑。刘黑旦拿了大洋，答应两个月内见话。

董兆元沮丧万分，准备修地方的钱转眼又没有了！

董兆元虽然沮丧，但亲人不能不管，董兆元决定赶快回老家去，看看哥哥一家人的情况。

董兆元带着朱福,背着东西出了平凉城向东走去。

要是往年,夏天的泾河川一片金黄。高大浓绿的树木,金黄金黄的麦田一望无际,远处还有那一簇簇的农舍,看见这些就让人喜欢。可是今年,树木干得几乎没有了树叶,稀稀拉拉的麦苗间能看见干黄的地皮,遇见的农民个个面带菜色。

两个人走走停停,轮流交换地背着东西。

上了赵寨塬,两个人本来计划找一个地方休息休息,可是忽然间西北面的天空黑云升起来,天似乎要下暴雨,两个人便加快了步伐,急忙向东南面的崇信县城走去。

刚走到塬边,就刮起乱风,乱风伴着尘土迷了人的眼。乌云压到头顶,两个人急忙向塬下跑,还没有跑到塬下,麻钱大的雨点就响亮地砸了下来。

慌乱中两个人如无头的苍蝇到处找避雨的地方。

前面跑的朱福看见了一个烂窑,就边跑边喊:"掌柜,快跑,前面有窑!"董兆元听了,跟着朱福向烂窑跑。

两个人跑进烂窑,浑身已经湿透。烂窑里早有两个人躲雨了。董兆元一看,躲雨的那两个人是谁?一个是自己的侄儿,一个是自己的老乡。

8

董锐兰报名参加了抗日后方医院办的医护培训班,好长时间没有接到田崇慧的来信,董锐兰不知田崇慧到了哪里?战斗生活如何?天天盼着田崇慧的来信。

田崇慧杳无音信,董锐兰只好在寂寞中写下了日记:

崇慧,你好!

这是我第一次给你写信，不知你的近况。我做了抗日后方医院的义工，目睹了鲜血与创伤。战争是多么的残酷，使多少人失去了生命，又使多少人臂断腿折变成了残废。虽然我们这里为后方医院，但缺医少药，医护人员奇缺，伤员忍受着巨大的痛苦。我决心学习战地救护技术，希望今后和你并肩战斗。

我给你写信，虽然暂时不能寄给你，但我写在日记本上，我想今后你一定能看到，能看到一个坚强的抗日战士的成长记录。

县城邮电局里刚通了电话和电报，许多次董锐兰走过邮电局营业厅门口，都想走过去打通电话，询问田崇慧的近况。可是她不知道田崇慧在哪里？也不知道电话怎么打？她装作有事的样子走进去，看着别人在柜台边摇转电话摇把，和对方说话。

有几次董锐兰已偷偷地拿起放在柜台上的电话，手搭在了摇把上，可是又快速地离开。从邮电局出来，她感到狼狈地淌了一身热汗，她怪自己的胆子这么小，就这胆量还能上战场杀敌？

为此，董锐兰身上经常装着够打一次电话的钱，她感到一旦有田崇慧的音讯和地址，她会第一时间冲进邮电局去，给田崇慧打电话。

这几天董兆元忙里忙外地跑，作坊、铺子里的事都不管了，董锐兰就有点儿奇怪，父亲平时把铺子和作坊的生意看得那么紧，还有什么事比这些更重要？

这天中午，董锐兰回来吃饭，听父母在说话，隐隐约约牵扯到郭少总什么的，董锐兰就提高了警惕。

吃过饭，董锐兰问母亲："我大这几天在忙啥？"

母亲起初不肯说，后来说了："是为郭少总出狱的事忙乎。"

董锐兰一听就气愤了："我大不是在忙修地方吗，怎么又管起郭少总的事来？"

"你娃不知,我们家靠着郭老总的铺子生活,少东家在狱中,老东家心急,我们能袖手不管?"

"郭少总整得我大没少受罪,你们还理他?"

"大人的事你别管!"母亲碰了董锐兰一句。董锐兰和母亲讲不清什么道理,气得背上书包上学去了。

下午放学回来,天已黑尽,全铺子人都等着董锐兰吃饭。饭后回到屋里,母亲叹了口气对董锐兰说:"兰儿你说对了,郭少总是一个灾星,又要花钱了!"董锐兰问:"花什么钱?"

"你以为在狱中减刑那么容易,非花钱不可!"

董锐兰气愤地说:"你们爱管闲事,那就让你们好好管吧!"

原来董兆元先给了刘黑旦一百个大洋,过了一段时间刘黑旦答复钱太少,监狱里的人不愿冒那个险。

周杏花不行,非要给儿子减刑,把儿子捞出来,问多少钱?刘黑旦回答再给二百个大洋。

二百个大洋,谁能一下子拿得出?董兆元打了退堂鼓。周杏花不同意,答应钱自己出。

周杏花回家与郭老总商量了,决定卖掉自家三亩川地救儿子。

周杏花咬牙卖了三亩川地,得了二百一十个大洋,交给刘黑旦二百个大洋,让刘黑旦去监狱捞人。

张月梅利用晚饭后的空闲来过一次,问董锐兰初师毕业以后的打算。董锐兰说我本来打算初师毕业后去抗日战场,可是母亲病恹恹的,父亲是绝对不让去的。我父亲在捞郭少总,我看这个铺子以后肯定靠不住,去后方医院当护士,没有工资,基本是服务。为了养家,我看我还是先工作了,以后的事以后再说。

张月梅说自己初中毕业也不上学了,准备找一个工作。董锐兰说你不要多心,我问你一个问题。张月梅说,问什么?咱们姊妹是什么关系,还多心?你问。

董锐兰问,你父亲这段时间有什么异样?张月梅说,没有。这段时间他基本在家,还支持我去后方医院服务,问这问那的,挺热心。董锐兰说,你以后要注意一点儿。

田寿丞和裴举人合资办医专,没有校舍,田寿丞就把自家后院的五间房腾出来做了教室,两人又合资聘请了齐修士和另外一名西医教战地救护技术,同时聘请了曹云龙等四名老中医教中医。董锐兰利用晚上时间去医专学习战地救护技术。

走进田寿丞家大门,看见院子中间的那棵高大的柏树,董锐兰就想起田崇慧在柏树上挂着棉垫练刺杀的情景。田崇慧离开家乡半年了,不知现在身在何处?

田崇慧的母亲热情地与董锐兰打招呼。董锐兰既感到亲切,又感到有点儿不好意思!

二十一个学生在一间大教室里上课,其他两间是实习室。

课堂上齐修士讲腿部受伤后的包扎与救护。齐修士先示范大腿受伤后怎样先快速地给伤员做简单的包扎,然后怎样把伤员从阵地上背下来。

董锐兰按照要求去给另一个男同学包扎救护,一时有点儿为难不知怎样下手。齐修士说战场如救火,不能有丝毫犹豫!董锐兰只好按要求快速地给那个男同学包扎了。背那个同学,那个同学身胖得把董锐兰压得几乎趴在了地上。

背一个"伤员"就累成这样,这样还能上战场?董锐兰决定练负重能力。

班上有男同学为了训练奔跑速度,腿上戴上沙袋。董锐兰问负重能力怎么提高,那个男同学说你做上一个沙包背上,长跑一段时间负重能力可能就提高了。

董锐兰回去找能做沙包的布,可是家里没有闲布,董锐兰跑出跑进没有找下做沙包的布,坐在炕边生闷气。

母亲苏玉英看见了,问女儿生什么气?董锐兰说找不下能做沙包的布。母亲问什么沙包?董锐兰说了沙包的形状。母亲说你去织毯作坊看有没有废毯片,用废毯片做沙包。

董锐兰一下高兴了,谢了母亲,转头就去作坊里找废毯片。

董锐兰去织毯作坊找了两块废毯片回来,与母亲做沙包。母女两人做了一下午,做好了沙包,又找了沙子装上。董锐兰背上试了试,很好。

第二天早晨,董锐兰高兴地背上沙包去上学,母亲劝她不要硬撑,稍跑一阵就休息,不要累坏了身体。

董锐兰背着沙包刚跑了二三十米,就累得腿软,觉得背上的沙包有千斤重。

9

董兆元带着朱福回老家,遭遇暴雨去一个烂窑中避雨,碰见了自己的侄儿和老乡。

董兆元双手抹净头发上的雨水,问老乡和侄儿你们怎么在这里?老乡说我们刚要去平凉找你,就把你遇上了。

董兆元问找我有什么事?老乡说家乡遭灾,村里人过不下去,找你想办法救济一下,你侄儿也想找你混口饭吃!

几个人正说着,烂窑外面地上的暴雨中有白色的东西在跳。董兆元仔细一辨是冰雹。先是一寸大的冰雹争抢着地方,后来鸡蛋大的冰雹就砸下来,打得到处噼里啪啦地乱响,一会儿天地一片白色。

完了！大旱又加冰雹，一切都完了！董兆元和老乡都叹气。

暴雨渐渐小了，董兆元伸出头看看四周，外面一片白色，路上冰雹厚得不能行走，四个人被困在烂窑里。

天快黑了，不回去晚上就要在这烂窑里过夜，四个人只好一滑一拐地向县城走去。

四个人进了县城天已黑尽。县城里家家闭户，小城犹如死城一般。

侄儿叫了家门，侄女应声来开门。大门开了，侄女奇怪地问侄儿，哥哥，你怎么回来了？发现后面的董兆元，侄女高兴地向房里喊：我二叔回来了！

嫂子听见弟弟回来了，高兴地出来接，问侄儿，你在半路上碰到的你二叔？

几个人进屋，董兆元看见哥哥坐在房中地上砸木炭。董兆元喊了一声哥哥。哥哥抬头看了看董兆元，嘿嘿笑了。

嫂子拿来毛巾，让几个人擦了手脸。又拿哥哥的衣服和侄儿的衣服让几个人换了，口里唠叨着，说今年这瞎年馑，要饿死人了！

几个人换了衣服，嫂子让他们上炕暖和暖和。一上热炕，董兆元就感到一种故乡的温暖传上身来，热乎乎暖洋洋的，确实到家了！

吃完饭，董兆元问嫂子家里的情况，嫂子说今天刚要去找你，你就回来了，家里马上要断粮了！

董兆元问村上的情况？嫂子说村上人家谁家的日子都不好过，没有余粮的人家已经吃野菜了。

第二天早晨，董兆元就带着朱福去二爷家。

见了二爷。二爷满脸愁苦,叹息今年这年馑肯定要饿死人!

董兆元一听老家几乎家家断粮,心中难受,救乡亲要紧,看来今年自己的地方不能修了!

二爷说,兆元,村子里只有你一人在外做生意,家道好,你不能看着村子里饿死人啊!

董兆元也觉得自己应当担当起解救全村人饥荒的重任,就决定想办法赈济。

董兆元带着朱福去县城的粮市看。刚下过冰雹,粮市上空空如也,董兆元决定回平凉去买粮。

平凉城里粮市上粮食也短缺,粮价飞涨,只买糜子价钱太高,董兆元就买了一半糜子和一半油渣,给家乡二爷捎信,让村上组织一个运粮队,用牲口来驮粮。同时多来些精壮小伙子路上保护,以防路上有人劫粮。

老家来人运糜子和油渣,董兆元给二爷捎话说自己忙,不能回来赈济,分粮赈济的事就委托二爷组织人公平行事。

董兆元估计王家沟表兄家的粮食也快要吃完了,王家沟表兄又要来借钱,不如早早给他买了粮食,省得再来找自己,就买了些糜子和油渣,找人捎话让王家沟表兄吆骡子来驮。

安国山区来人催董兆元去拉木头,董兆元安顿让木头先放着,自己用时再来拉,至于定钱你们放着用吧!

崇信老家来了两个老乡,一老一少,见了董兆元就跪下叩头,说董兆元救了全村人,他俩代表全村人来感谢董兆元。董兆元激动,拉起了老乡,问了赈济的具体情况和哥哥家的生活,老乡回答了,董兆元给他们安排了吃住,第二天送路费让他们回家。

郭老总的病一天重过一天,周杏花派人来叫董兆元,说郭老总好像要咽气。董兆元去了,郭老总又咽不下气。董兆元想那是郭老总可能在等儿子,那是一颗爱子之心揪着他,放心不下儿子啊!

董兆元又去催了一趟刘黑旦,说了郭老总的情况,让刘黑旦想办法把事办快些。

一个月过去了,没有动静!

两个月过去了,也没有动静!

郭少总在狱中急着要出来,上蹿下跳地捎话,让家里赶快捞他!

董兆元虽然为捞出郭少总忙乎,可是心情沉重。郭少总出狱,对自己不利,他真想贷款修了地方。可是如果明年年成再不好,铺子里生意不好,借的钱自己用什么来偿还?

刘黑旦传来话,说郭少总的刑期已减,今年十一月出狱。果然十一月初,郭少总出狱了,郭老总脸上有了笑容,又能下床扶着东西行走了。

"谁是董兆元,有你的传票!"铺子里进来一个人喊。

"我就是,什么传票?"董兆元纳闷地问。

来人递过一张传票,传票上面清楚地写着原告郭少总,状告董兆元趁自己父亲郭老总有病,侵吞自己家的铺子和财产,他要收回自家的铺子。法院限董兆元中华民国三十二年十二月十九日上午九时,到平凉县法院民事厅接受传唤。

董兆元看了传票哭笑不得,自己辛辛苦苦经营这铺子二十年,没有功劳还有苦劳,别人不理解,郭家人也不理解!自己刚把这郭少总从狱中救出,他就翻脸不认人,他的良心让狗吃了!

账房先生看了传票,也破口大骂:没良心的,翻脸不认人的小人!

第二天,董兆元去法院了解案情,后来又去南门什字找了一位律师。

董兆元找了裴举人和田寿丞,说了案情,让两人到时给自己出庭做证。两个人听了案情大骂郭少总的不义,表示应诉之日一定出庭做证。

董兆元害怕妻子生气,让铺子里的人瞒着妻子。

开庭之日,董兆元瞒着妻子说自己上午出去有事,中午吃饭可能迟回来一些,让妻子不要久等。

法庭上,郭少总状告董兆元在他父病重期间,侵吞他家铺子和财产,不给他家生活费用,致使他家生活困难,他要求法院做主,收回自家的铺子和财产。郭少总的母亲周杏花也出庭做证情况属实。

董兆元说铺子是自己向郭老总承包,只向郭老总交承包费。每年铺子的承包费和分红也按时结清。郭少总虽然与郭老总是父子关系,但是郭少总没有权力收回铺子,也没有权力收承包费。裴举人和田寿丞同时出庭做了证,证明董兆元已向郭老总交清了一切,与郭少总毫无关系。

郭少总说虽然董兆元是承包父亲的铺子,与自己没有多大关系,可是现在自己的父亲思维糊涂,不能正常管理铺子的业务,自己作为他的独子,有权代管父亲的一切财产和业务。

董兆元反驳:自己的承包人郭老总虽然有病,但思维清楚,有管理自己财产和铺子的能力,郭少总所说的一切与事实不符,此事还请法院明察。法官让郭少总拿出父亲思维糊涂的证据,郭少总一时拿不出来,法院宣布本次庭审休庭,半个月后再开庭。

1944 年

1

  毕业前夕,张月梅来问董锐兰,隔壁河南女子在鞋帽厂干得怎么样?董锐兰说河南女子一天早出晚归的,自己也不清楚。张月梅说她毕业以后也想去鞋帽厂工作。

  张月梅去问河南女子,刚去又回来了,说河南女子加班还没有回来,她奶奶一个人在凑合着做饭。

  董锐兰说鞋帽厂在加班做军用品,她回来可能时间大了,你等不住。

  前天下午活动课,董锐兰去了林老师那里一趟。林老师问董锐兰初中毕业以后准备干什么?董锐兰说自己想上前线。林老师说你母亲是那么个样子,你不如暂时投身教育,做开发民智的工作,也不失为抗日爱国之举,等时机成熟了你再上战场。董锐兰听了一时也拿不定主意。

  初师毕业后干什么?这个问题困扰董锐兰已经好长时间了。上前线,父母定会伤心。哥哥好长时间没有和家人通信了,是死是活还是个未知数,自己现在成了父母唯一的依靠。自己一心想上战场,根本没考虑过当教员的事,就推辞了林老师让她当教员的好意。

父亲郑重地给董锐兰谈了,让董锐兰慎重考虑,或者继续上学,或者参加工作。

董锐兰自己确实不想上学了,想参加工作养家,让父亲脱离郭家这铺子!

毕业后,张月梅又来找董锐兰,说她已经找好了工作,明天就去被服厂上班。张月梅问董锐兰你准备干什么?董锐兰说和你一样找工作,至于干什么暂时没有定。

张月梅撺掇董锐兰和自己一起去被服厂工作,董锐兰同意了。两人跑到被服厂问了,被服厂厂长问了董锐兰的情况,表示欢迎。第二天两人就去了被服厂工作。

两人被分配到缝纫车间先干一些杂务,待熟悉车间环境后,跟师傅上缝纫机学习缝纫技术。

中午下班回来,母亲问董锐兰上班怎么样?董锐兰回答,很好!

第二天下午下班回来,母亲告诉董锐兰,今天裴举人来了铺子,问你的情况,你父亲讲了,裴举人说你念那么多书,去被服厂做衣服是大材小用,他推荐你去南台小学当教员。南台小学是商会会长海振兴投资办的一所民办小学,董锐兰想前几天林老师让自己毕业后当教员,自己没有同意,现在裴举人又推荐自己去南台小学当教员,看来自己教员是当定了!

晚上,父亲正式跟董锐兰谈了她当教员的事,董锐兰没有办法只好同意了父亲的建议。

裴举人和董锐兰见了海振兴,海振兴一见裴举人介绍的是董兆元的女儿董锐兰,就大加赞赏,说有这样的奇女子在学校任教一定会干出一番事业!

南台小学校长见了董锐兰,心里也满意,就通知董锐兰第二天上午八点来上班。

董锐兰去被服厂辞了工作。第二天早晨,按时去南台小学上班,做一些下学期开学的准备工作。忙忙碌碌的,刚工作了两天,上面就分配下来要南台小学给抗日前线战士写二百封慰问信,校长把任务分解了,让董锐兰写三十封慰问信。

星期天早晨一起床,董锐兰就急急忙忙写慰问信。

母亲一看女儿在忙工作,不好摇纺车吵女儿,就悄悄地卷羊毛卷子。

一上午,董锐兰写了八封慰问信,写得手麻胳膊困。

午饭后又写,一直写到夜里十二点多,才写了二十封,写着写着董锐兰的笔头在纸上就胡乱游动,不知何时趴在桌子上睡着了。

忽然,董锐兰不知被什么惊醒,揉眼一看,自己竟睡在桌子上!

董锐兰撕了那封自己也不知道写的是什么的信,又重写起来。

赶着赶着,三十封慰问信夜里两点钟才赶完。

第二天上午上班,校长让董锐兰把收齐的信送到县政府去。

董锐兰背着二百封慰问信去县政府军政科交了,感到一身轻。回来时在南门什字小吃摊上给母亲买了几个油糕,高高兴兴地向回走。没走几步防空警报就响了。回去看母亲,已经来不及了。

街道一片慌乱,一个女人搀着老太太跑,吓傻了,倒向隍庙方向跑去。董锐兰急忙把她们拉过来,指指南门的方向,让她们向南门外跑。母女两个辨清方向才跑了。

董锐兰维持了一会儿秩序,看见裴举人也捏着文明棍在疏散群众。裴举人年龄那么大了,又有哮喘,自己不跑反倒组织别人,这不是找死吗?董锐兰就急忙上去拉裴举人,让裴举人赶快出南门,躲到防空洞去。

裴举人这时完全忘记了自己,不走。董锐兰只好劝,言语没有作用,董锐兰就动手拉。

裴举人反抗,两个人正在撕扯,一个巡警见状,跑过来架着裴举人就向南门外走。裴举人还想挣扎,无奈力量弱小,只好被巡警连拉带架向南门外走去。

日本鬼子的飞机在平凉城里轰炸了一番,下午两点多才飞走,董锐兰心里记着母亲,急急忙忙向回赶。

还没走到隍庙,就见朱福来找自己,说她母亲放心不下,让他去学校找。他去了学校,校长说董锐兰去了县政府,他就来找。

董锐兰和朱福回到院中,刚进二门,就看听见母亲的咳嗽声。董锐兰进门急忙问母亲的安危。母亲脸色惨白,说你回来就好了。

2

董兆元约田寿丞去了一趟郭老总家,本来想给郭老总诉诉这些年自己开铺子的苦,可是一进郭老总的房里,看见郭老总,总觉得开不了口。

郭老总挣扎着爬起来,与两人谈话。

董兆元问:"老东家,你是不是想收回铺子?"

郭老总拉住董兆元的手,说:"收回铺子干什么?你不想干了?"

董兆元再不好说什么。

"老东家,少东家把董掌柜告下了,你知道吗?"

"为啥告?"郭老总摇摇头说,"不知道。"

董兆元急忙说:"少东家要铺子!"

郭老总看着董兆元和田寿丞,说:"铺子又不是他的,他要什么?"

周杏花气得狠狠地瞪了郭老总一眼。

董兆元不放心,让田寿丞扭扭捏捏地写了几句郭老总不要铺子的证言,让郭老总看了。郭老总同意。董兆元拿出带来的印泥,郭老总手颤着在上面按了手印。折好装在身上后,董兆元才吃了一颗定心丸。

十五天过后,法庭又一次开庭,让被告和原告各拿出证据。董兆元提供了证人,又拿出了郭老总按了手印的证据。法官收下看了。田寿丞又证明了情况。法官问郭少总的证据和证人,郭少总说自己的父亲病重不能出庭,有母亲做证。法官问周杏花情况,周杏花说铺子是我们的,我们有权收回。法官说郭老总是法人,要收回必须通过法人。周杏花说郭少总是郭老总的儿子,儿子继承老子的铺子理所当然。法官说儿子继承老子的财产合情合理,但是没有老子的授权法律不予承认!

打官司的结果,郭少总输了官司。出了法院,郭少总恶狠狠地瞪了董兆元一眼,说:"等着,总有一天老子要把铺子夺回来!"

苏玉英感到丈夫有事瞒着自己,铺子里的人也好像有事瞒着自己,就再三追问董兆元,董兆元无法,只好说了郭少总要铺子,法院打官司的事。

苏玉英听了,又捂着胸脯咳嗽起来,董兆元只好给妻子拍脊背。

董兆元官司打完不久,裴举人就找上门来,让董兆元退剩下的八百个大洋的股。董兆元为难,告诉裴举人,今年天旱,铺子里生意不好,眼看马上就要过年,自己怎么能一下子拿出八百个大洋?

裴举人说不是老夫故意逼你,你看那郭老总如风中孤灯,随时都有熄灭的危险。郭少总又盯着铺子不放,总有一天郭少总要把铺子夺去踢腾了,到那时我再退股就来不及了!

裴举人讲的也是,眼前形势就这样,董兆元只好给裴举人告饶,铺子一旦有钱,首先给裴举人退股。裴举人无奈只好走了。

裴举人的退股提醒了董兆元,现在这个形势,自己也该早为自己找条退路了。

董兆元找田寿丞,咨询赚钱的门路。田寿丞说这几天我也在想,怎么把钱赚得快些,等我找好了门路再告诉你,你还是先把咱们的作坊抓好。

过了几天,田寿丞来找董兆元,说他已考察好门路,这次肯定赚钱,也能为抗战出力!

董兆元问什么门路?田寿丞说扩大毛毯的生产,办工厂。一听办工厂,董兆元眼睛里有了光彩,他和田寿丞合办的织毯作坊,为他们挣了不少钱,办一个工厂那要挣多少钱啊!

他急问:"咋办,我没有钱?"

"你虽然没钱,但是你有的是地,地难道不是钱?"

"你是说让我把那块庄基地卖了变成钱?"

"我不是让你卖地,你把那地交给我,你出地皮我出钱,咱们两个合股办织毯厂。"田寿丞说。

那块地放着也是闲物。真的,办了工厂挣了钱,再买一块更大更好的地皮,修一处更好的地方有什么不可以?董兆元想,便爽快地答应了田寿丞的提议。

田寿丞走后,董兆元心里有些后悔,田寿丞说的办工厂确实不失为一个挣钱的好门路,平凉城里现在家家户户都忙着纺毛线,有本事的人在办织毯厂或做皮货,可是那块地是自己和妻子一辈子辛辛苦苦挣来的,是用来修地方的,办了工厂地方何时修,这话怎样给妻子说?整整一天,董兆元闷闷不乐。

晚上,董兆元辗转反侧,怎么也睡不着。

"睡了吗?"董兆元问侧身而睡的妻子。

"没有,啥事?"妻子问。

"给你说个事,征求征求你的意见?"

"啥事,你说!"

"田老总想和我办织毯厂,你说咋样?"

"办厂是好事,你拿什么办?"妻子问。

"田老总说用我们买的那块地入股。"

"啥?那地是咱们用来修地方的,二十年前你答应了的,现在变卦了?"

董兆元没有再吭声。

星期天,田寿丞抽空来织毯作坊看生产,问董兆元:"兆元,办厂的事你给老婆说的怎么样?"

"暂时还没说通!"董兆元不好意思地回答。

眼看要过年了,郭少总来铺子里又要了一次钱,闹得董兆元心里不乐,铺子看来确实靠不住了,田寿丞的建议应该考虑考虑!

有人给董兆元传过话来,说郭少总又找到了董兆元私吞他家财产的证据,董兆元用铺子里的钱买了一块地,他要把那地夺过去。

苏玉英听了气愤,这块地竟成了祸根,不如让丈夫与田寿丞用这块地皮合办了工厂,他郭少总为了这块地皮难道会拆了工厂不成?苏玉英便同意了丈夫的提议,让丈夫用这块地皮与田寿丞合办工厂。

董兆元高兴,第二天上午就去找田寿丞商量办厂的事。找到田寿丞,董兆元问我们的厂子怎么办?别人的工厂都在东郊,我的那块地在城里,难道我们把工厂办在城里?

田寿丞说地的事由我来处理,只要你同意,我想办法把城里的地换成东郊的地。

由于心里有事,今年的春节董兆元完全没有了心思,一切都凑合,只给裴举人、郭老总、田寿丞、刘黑旦拜了年。正月初六田寿丞来回拜,通知董兆元,正月初八下午五点他在桃园居设宴招呼友人,请董兆元去。

正月初八下午五点,董兆元就按时到了。

入席的多是田寿丞的商界友人,田寿丞特别给董兆元介绍六盘磨的徐乡绅。

酒席是一桌素席,各种豆食做成的菜肴色香味俱全。席间田寿丞特别把董兆元和徐乡绅叫在一起,告诉董兆元,徐乡绅有意在城里修一院地方。

3

　　董锐兰知道郭少总是董家的一个祸害,有郭少总在,自己家就没有好日子过!郭少总状告父亲虽然败诉,但郭少总不会善罢甘休,他们一家还是早早离开这铺子,早早离开这让人伤心和气愤的地方!

　　星期天吃过午饭,董锐兰外出看了两处典住房,其中一处两间房子坐北向南,光照时间长,很适宜居住。董锐兰看了心里满意,一回家就把房子的事情说给了母亲。

　　母亲苏玉英对搬迁的事左右为难。搬迁,离开郭家铺子,自己家一定要过一段苦日子;不搬,郭家铺子那是一个摇摇欲坠的大厦,总有一天要倒塌!

　　苏玉英给女儿表态,此事由你父亲做主,等问了你父亲再说。

　　董锐兰知道一问父亲,事情就会石沉大海。父亲的感恩心重,是不会同意她的意见的。

　　等了两天,果然没有结果,董锐兰觉得应该和父亲开诚布公地谈谈了!

　　吃过晚饭回到屋里,董锐兰对父亲说:"大,我有事要和你商量!"

　　董兆元有点儿惊讶,这是女儿第一次要和他认真谈话。女儿大了,有了自己的主见,也渐渐开始向自己挑战!

　　董兆元问:"啥事?"

　　"咱们搬家的事。"女儿说。

　　"搬到哪里去?"

"我在东关看了两间房子,我们搬到东关去,离开这里!"

"离开?"董兆元吃惊地看了女儿一眼,问,"我们为什么要离开?"

"我看见郭家的铺子就生气,离开这里,我们走自己的路,总比仰人鼻息、寄人篱下强!"董锐兰说。

"几十年都过来了,我们为什么要搬?离开这里,离开铺子,我们拿什么生活?"

"有我的薪水。"

"你的薪水,你一月那么一点儿薪水,能养家?"董兆元问。

董锐兰一月的薪水确实少,养家困难,董锐兰想搬家也不过是出于义愤,看父亲这样强硬,就气得不再说话。

星期一下午,董锐兰就收到了田崇慧的来信。

那是一张发黑的土纸,钢笔写成的信字迹十分地潦草,可以看出是在十分仓促的情况下写就:

亲爱的锐兰,你好!

在战斗间隙给你写第一封信。

我第一次拿起枪潜入阵地,等待平生第一次战斗。

刚入战壕时我的心是多么恐惧,也是多么兴奋。我吃力地拉开枪栓,瞄准敌人,扣动了扳机。

枪响了,枪托也把我向后猛地一推。随着枪声一个鬼子木桩似的倒下了。炮火枪弹声中,我的胆子渐渐大了,有了力量。

第一次战斗打得异常惨烈,我目睹了几个战友被日本鬼子刺刀刺中,鲜血淋漓,但他们仍奋力与敌人厮打。其中一个战友和鬼子厮打时,被另一个鬼子的刺刀刺中了后背而牺牲。还有一个战友,嘴唇四周已经血肉模糊,还是抱着机枪拼命射击。

一名重机枪手牺牲了,排长见我枪法不错,就把重机枪交给了我,我成了一名重机枪手。

凭借着有利地形,我对着敌人猛烈地扫射。这次战斗,我们一共消灭了敌人六十多个,虽然我们伤亡严重,但阵地一直在我们手中。这次战斗,上级给我记了二等功。

一次,在深夜摸哨的过程中,我们被敌人发现,占据高处的敌人用刺刀刺中了我的前额,好在我反应迅速,反手一枪击中了敌人。经过治疗,我现在已无大碍。

好了,战事间隙就写这些。

思念你的崇慧
中华民国三十三年二月十二日

董锐兰心潮澎湃,再三看了信封的落款地址,决定给田崇慧回信。

白天工作繁忙,顾不上写信。晚上父母睡下后,董锐兰在灯下写了起来:

亲爱的崇慧,你好!

祝贺你荣立二等功。

一年多了没有你的消息,我非常想念,能上阵杀敌是我们共同的夙愿。我向往着你的战斗生活,时刻准备着奔赴前线和你并肩作战。可惜我身在后方,教着小学生,而不能报国杀敌!

近一个多月的时间,使我爱上了教育,也爱上了学生。我逐渐认识到了开启民智的重要,也逐渐认识到了那些小学生身上充满的爱国热情。我教他们唱《大刀进行曲》,教他们认汉字。我被那些小学生的爱国热情所感染。星期一上操,太阳还没有出,大地上一片阴冷。同学们集中在操场上,顶着凛冽的寒风,唱着《大刀进行曲》。歌声是那么激昂豪迈,为了生存,为了民族不被奴役,我们只有勇敢地反抗,反抗!我们只要还有一寸土地,我们只要还有一口气,我们就会胜利,我们的民族就不会消亡。

我知道豺狼所以吃人是因为肚子饿,而其不知道被吃人的痛苦,我们要用我们的反抗消灭这些豺狼!

亲爱的崇慧,望你在战场上英勇杀敌,我等待着你新的立功消息!

思念你的锐兰
中华民国三十三年三月二十五日

4

下午三点,董兆元刚出和阳门要下坡,朱福急急忙忙迎面走来说:"掌柜的,快回去,郭老总家来人说郭老总病又重了,让你去!"

董兆元一听急急忙忙向回赶。

回到铺子,来人是郭老总的堂侄,那人见董兆元就说:"董掌柜,我伯父病重了,不能出声,我大妈让我来叫你!"

董兆元赶忙来到郭老总家,只见院子里一片慌乱,郭老总家的主要亲戚都来了。董兆元走上台阶,郭老总的一个亲戚正好从上房里出来,给另一个说人不行了,腰都塌下去了!

董兆元来到上房,只见郭老总躺在炕上,口里只有出的气没有入的气。周杏花在炕边抹眼泪。

董兆元走上去叫:"郭老总,郭老总。"郭老总不答应。亲戚说不行了！不行了！

周杏花说："趁董掌柜来了，郭老总还有一口气，几个主要亲戚也在场，我们商量一下以后铺子怎么办？"

董兆元没有想到事情来得这么快，不知如何应对！几个亲戚问董兆元："董掌柜,你说咋办？"

董兆元收住眼泪说："这铺子办了三十年了,我的意思还是继续办下去,我会全力照顾好铺子！"

几个亲戚不说话,看着周杏花。周杏花说："老总不行了,剩下我们娘母子没有本事经管这铺子,我的意见还是折倒了铺子！"

董兆元一听周杏花要折倒铺子,知道周杏花心意已决,争取道："东家,如果郭老总不在了,我还会尽心尽力地保证把铺子经管好,保证每年有红利！"

"郭老总走了,我们娘母子实在没有本事经管这铺子,折倒了！"

董兆元看自己再争也于事无补,就只好默不作声。

"那就这样,董掌柜先回去在账上支付十个大洋给郭老总准备后事,以后我们再说铺子的事！"主事人说。

董兆元没有办法,只好回去准备钱。

董兆元一脸阴沉回去,账房先生问郭老总怎么样了？董兆元说不行了,你和我马上就要走人,我们铺子完了！

董兆元说了事情经过,让账房先生赶快准备十个大洋,给郭老总办后事。

董兆元回家告诉苏玉英,郭老总不行了,让苏玉英早有思想准备！

董兆元和账房先生、朱福拿着十个大洋来到郭老总家,几个人未进上房,就听有人说:"不行了,不行了,人在咽气!"董兆元扑上去抓住郭老总的手,就是这只手在自己最困难的时候救了自己,就是这只手使自己感到了人世间的温暖,就是这只手教会了自己打算盘识字。董兆元从心底里感激郭老总。郭老总去世,自己的精神支柱就塌了!

郭老总在咽气的最后时刻,使劲地捏了一下董兆元的手。这一捏是一种最忠诚最直接的感谢,是一种无言的委托。董兆元知道郭老总把死后的一切都交给了自己!郭老总撒手西去了,房子里一片唏嘘!

董兆元把郭老总的丧事办得尽量体面些,虽然以后他和铺子里的所有人一样会被扫地出门,可是郭老总对自己的恩情他永世难忘,他觉得自己做好这一切是对郭老总最好的报答!

郭老总的丧事过了七天,平凉商界的头面人物都参加了葬礼,郭老总入土为安了!

郭老总刚过了头七,郭少总就带了三个人来到铺子里盘点收铺子,又向董兆元要那块地皮。董兆元说那块地皮是自己多年心血的结晶。郭少总说不行,他要把董兆元告上法庭!

盘了三天点,第四天郭少总让董兆元和账房先生出去算账。两个人出去与郭少总算了账,铺子里账对下来,各股东入的股一半折了。结账那天裴举人拿着四百个大洋埋怨董兆元,你就是不信,我的那四百个大洋终于成了郭少总的烟钱!其他股东心里也怨董兆元,董兆元羞愧难当。

董兆元问郭少总铺子里的几个相公工钱怎么支付?郭少总丢给董兆元三个大洋让董兆元去付。董兆元看了看三个大洋,根本不够所有相公工钱的一半。他争取。郭少总说我不管,你前些年在铺子里赚的钱够多了,钱不够你垫!

郭少总又提出要织毯作坊。董兆元说办作坊是田寿丞出的资,归田寿丞所有,自己只是代管。郭少总说作坊明明是铺子的附属财产。田寿丞过来拿出署有自己名字的购机发票,上房女人又证明了办作坊的钱是田寿丞所出,董兆元只是代管。郭少总没有办法,此事只好不了了之。

董兆元回去给妻子说了情况,妻子听了只流眼泪。董兆元找裴举人说情况,裴举人说现在你这个少东家,不诬陷你就好得很了,你还弹嫌什么?就凭你那铺子能供得起他?你还想为他抽大烟尽忠不成?

没有办法,董兆元只好用自己的钱垫付了相公的工钱。铺子关门的第二天,董兆元早晨起床很早,不知是职业习惯还是其他原因,董兆元出门到外面转了一趟又精神落寞地回来。一连三天董兆元都如丢了魂,苏玉英也长吁短叹。女儿董锐兰看这样下去对父母都不利,坚决地对父母说,我们搬家,在这里还留恋什么?我把房子已看好,我们搬出去!

没有办法,董兆元只好同意女儿的意见,把家搬到女儿看好的地方。

离开铺子的那天,董兆元心情沉重,这铺子承载着自己二十多年来的痛苦和欢乐。就是在这铺子里里,他挣扎、奋斗,希望修起自己的地方。可是不管自己如何挣扎奋斗,一切都成了泡影。他与这里告别,和自己的过去告别,与妻子、女儿一起去创造新的生活。

可能是精神作用的原因,搬家后的最初几天,妻子苏玉英的咳嗽似乎轻了,帮着收拾家里。可是当家里收拾完,休息了半天,妻子苏玉英一下子病倒了。

咳嗽、咯血、发烧,一样接着一样,或同时出现,让董兆元心情烦躁。董瑞兰多次要带母亲去南门什字博爱医院看,苏玉英坚决不去。

搬家后,田寿丞再三叮嘱董兆元要照顾好作坊。每次去老院子照看织毯作坊,董兆元都脚下迟涩,总不愿进去,但为了生计,他不得不去。

一天,在作坊里,董兆元听见外面吵吵嚷嚷,有人在催:"快搬,快搬,脚手快点儿!"。董兆元觉得声音很熟,伸头一看,原来是刘黑旦指示着人在搬荣福祥锦货铺子的东西。搬完东西后刘黑旦好像给每个搬东西的人给了一小包东西。有人把小包放在鼻子上嗅了嗅,点头哈腰高兴地笑了。

一天,郭少总又带人取东西,郭少总与一个陌生人指指点点地议论着剩下的货架,看样子是贱卖了。一会儿那陌生人带着一伙人把铺子里的货架全部用马车拉走!

自己经营二十多年的大厦就这样完了,平凉城里一个叫荣福祥的锦货铺子就这样完了,完在了一个大烟鬼败家子手里!

5

开春的一天,田寿丞面带喜色地来到织毯作坊,对董兆元说:"我们换地的事有眉眼了!"

董兆元问:"什么眉眼?"

田寿丞说:"就是今年过年和你一起吃饭的徐乡绅,他想在城里修地方,需要地皮,他愿意以自己的粮田换城里的地!"

董兆元一听简直再没有这么好的事了,六盘磨有一道水渠,水流大而急,平凉的几个大纺织厂都建在那里。

"怎样兑换?"董兆元问。

"徐乡绅答应一比一的兑换。"

"那太不划算,城里的地价高,值钱,一比一兑换我们明显吃亏!"

"不要紧,只要他答应换,兑换的比例一步一步商量。"

双方六月十二看地,田寿丞和董兆元去了一趟六盘磨,看了徐乡绅那块地,那块地正好在水渠旁边,唯一不足的是那块地面积太小,建厂明显不够。

董兆元感叹说:"地这么小,我们如何办厂?"

"不够我们在水渠的那边再买一块地不就行了?"田寿丞说。

商议的那天,徐乡绅要一比一兑换,董兆元坚持城里地价贵,要一比一点五兑换。徐乡绅不行,最后经过中间人的调解,双方以一比一点二的比例兑换了,双方拉了地,中人写了地契画了押,双方兑换成功。

兑换完土地,董兆元回到家中,妻子说:"厂子一定要办成,如果再有问题我们就血本无归了!"

田寿丞给董兆元了钱,让董兆元尽快找人把去年他在安国山区和砖瓦窑定的木料和砖瓦拉回来修厂房,自己带钱去武汉购置机器。

董兆元带人拉回了木料和砖瓦。二十几天过去了,还不见田寿丞从武汉购置机器回来。

又过了十几天还不见田寿丞回来,董兆元有些纳闷:是不是田老总出事了?

田寿丞的老婆更着急,来问董兆元,丈夫怎么还不见回来?

一天,董兆元正带着几个工人收拾新建厂房的卫生,壶济堂的一个相公慌慌张张来告诉董兆元:"董掌柜,田老总出事了!"

"什么?"董兆元吃惊地问。

原来田寿丞带着钱到了武汉,费了好大劲买了机器。机器装上火车以后向北方运。一天晚上到了一个小站,火车停下来日本人检查,田寿丞托运的机器被查出是禁运物资,被日本人扣押了下来,田寿丞也被抓了。

田寿丞老婆一听田寿丞被抓就昏了过去。

董兆元赶快随来人去田寿丞家看,救过来的田寿丞老婆见到董兆元只是哭。

董兆元想去救田寿丞,可是东面乱哄哄地打仗,自己一个人不认识,只是有力出不上,干着急。

田寿丞的家人和董兆元把全平凉城能找的人都找了,就是没有一个人能救田寿丞。

一天,齐修士找上门来说,我试试,我托教会和领事馆也许会有一点儿希望!

过了六七天了,还不见齐修士的消息,董兆元去博爱医院问。齐修士说稍安勿躁,马上会有结果。

第十天,齐修士送来消息,田寿丞出狱了,不久就会回来。

二十天过去了,还不见田寿丞回来,大家都以为齐修士在说谎,又不好去问,干等着白着急。

"董掌柜,田老总回来了,让你去。"晚上,董兆元正要睡觉,有人来叫董兆元。

董兆元急忙去田寿丞家。

田寿丞一脸疲惫地坐在椅子上。董兆元问机器可好?田寿丞说,机器没了,被日本人没收了!

董兆元问没收的原因?田寿丞说日本鬼子还管你什么原因,只要把你人放了就好得很了!

董兆元一听机器没了,就气得骂:狗日的日本鬼子,简直他妈的不是人!

望着空空的厂院和厂房,董兆元和田寿丞都没有了主意。

"让我去找裴举人!"田寿丞说。

田寿丞找到裴举人,说了情况。裴举人大骂日本鬼子的无耻,带着田寿丞去找牛县长。

两个人找到牛县长,说了情况。牛县长安慰田寿丞不要着急,办织毯厂是抗日爱国之举,政府大力支持,此事你们先回去,政府商议后再给你们答复。

一天,县政府通讯员通知董兆元和田寿丞,说牛县长让他们到县政府去一趟。

两个人在县政府见了牛县长,牛县长让他们写了要购置的机器名称和台数,说购置机器的事政府帮他们解决。田寿丞面露难色。牛县长问你们还有什么困难?田寿丞说我们现在购置机器的资金一时凑不齐!牛县长说那这样,政府想办法先融资一些,你们也凑一些,等你们的工厂建好,生产有利润时政府再把融资收回来。两个人一听喜出望外,再三感谢牛县长和县政府,回去凑了些钱交给牛县长,专等机器购回来。

一天下午,厂子院子里忽然开进两辆军车,董兆元和田寿丞纳闷。只见政府通讯员兴冲冲地从第一辆车上下来,跑来告诉两人,机器从武汉购回来了,问把机器卸在哪里?

董兆元高兴地指指车间门口说卸在这里。政府通讯员指挥着司机倒车让工人卸机器。

卸了机器,政府通讯员跟汽车要走。田寿丞和董兆元强留通讯员和司机吃饭,司机说不吃不吃,时间紧张,我们还另有任务,强走了。

新修的厂房里,水力带动着机器发出震耳欲聋的声响。海振兴陪着牛县长和几个乡绅名流来参观工厂。

梭子在飞速的摆动,工人在不停地忙乎,不到半小时一条崭新的羊毛毯子织了出来。摸着毛茸茸的羊毛毯子,牛县长高兴地笑了!

几天了没有回家,董兆元一进院子就听见妻子的咳嗽声。妻子坐在炕上依着墙咳嗽。看见董兆元回来,妻子微微地欠了欠身。董兆元问:"这几天怎么样?"

妻子淡淡地笑笑,说:"还可以!工厂开工了?"

"开工了,绵绵的毯子比手工作坊里织的好多了!"董兆元高兴地说。

6

张月梅因有文化,从缝纫车间调到财务科当会计,好长时间董锐兰没有见张月梅,觉得也该去看看了。

来到张月梅家,张月梅正在做账。张月梅放下手头的账本,和董锐兰闲聊。张月梅问董锐兰,田崇慧来信没有?董锐兰说来了,但是不知田崇慧额头上的伤好了没有?

张月梅又问你和河南女子关系这段时间处理得怎么样?

董锐兰说就那样,她上她的班,我教我的书,互不来往。张月梅问这段时间她和田崇慧有书信来往吗?董锐兰说不知道。

张月梅说我看你可能是误解河南女子了,我看她和田崇慧没有什么关系。

董锐兰想想,这段时间有一个男人常来找河南女子,看样子是她的工友。他们可能恋爱了。有可能是自己误解了河南女子与田崇慧的关系。董锐兰心里虽然这样想着,但口头始终不承认自己的误解。

不知不觉天黑了,董锐兰要回家,张月梅留董锐兰吃饭,说我一个人在家,吃了再走!董锐兰说不行,我没有给家里打招呼,再说晚上有些作业还要批改,就告辞了。

半年来由于工作忙,没有到外面转,外面变化真大。过店街两边到处是红色的二层木楼,每个木楼门前均有涂脂抹粉的青楼女子在那里揽客。看见这情景董锐兰心中就鄙夷,这些青楼女子,国家马上就要亡了,她们还在卖身卖笑!而又有多少达官贵人醉生梦死在灯红酒绿之中,他们何曾考虑过国家的命运和前途?

晚上批阅完作业,董锐兰纺了一阵子毛线,内心不宁,好像外面有人在喊自己,就装着上厕所,出去到大门口看。

街道上黑乎乎的没有行人。董锐兰疑心自己听错了,田崇慧不知怎样?

董锐兰心里想着田崇慧,一个人在大门口寂寞地站了一会儿,失望地回到家中。

过店街死人了!董锐兰上午上完第二节课听到了这个消息,听说是一个日本特务去暗杀海振兴,反被海振兴的小儿子击杀。董锐兰注意着死了特务的消息。中午有人证实死者是山陕会馆的一个商人。

董锐兰害怕是张月梅的父亲,顾不上吃中午饭就去山陕会馆看。

山陕会馆里张月梅家门上上着锁,邻居说张月梅去了警察局,他父亲被杀了。董锐兰一听果不其然,张月梅父亲是日本特务,就气得转身回家了。

平凉城又一次被炸了！

首先被炸的是董兆元和田寿丞的工厂。那天,董兆元和田寿丞正在厂房走动。听见警报声,两个人让工人停了机器急忙从车间里向出跑。两个人舍不得机器,又想出去躲飞机,左难右难,没有办法只好恋恋不舍地最后跑出厂房,钻进了附近的玉米地。

一进玉米地,董兆元忽地想起妻子在家里,就急忙向出跑。田寿丞一把拉住他："你疯了？"董兆元一甩田寿丞的手说："我老婆还在家里！"

田寿丞一看拦不住董兆元,害怕董兆元出事,就派两个工人跟着董兆元去。

不知为什么,这次日本鬼子的飞机来得特别急。董兆元和两个工人刚走出不远,就听到了轰隆隆的飞机声。狡猾的敌机从山西太原机场出发,装作向南飞去,绕了一个大圈儿才飞到了平凉,等平凉地方发现为时已晚！

日本鬼子的飞机轰炸平凉飞机厂,被保护飞机场的炮火赶开,就像下饺子一样把炸弹扔到了飞机场附近的建筑物上,董兆元和田寿丞的工厂被炸成一片火海！

听见后面好像工厂被炸,跑到半路的董兆元发疯似地向回跑。日本鬼子的飞机得意洋洋地飞走了！

"我的工厂！"董兆元对着被炸毁的工厂呼号。

轰炸的那天,董锐兰正在家里备课,听见警报声董锐兰背起母亲就跑。母亲不走,说跑也是一死,不跑也是一死！

董锐兰背着母亲躲进了附近的玉米地。母亲咳嗽不止,只有出的气,没有进的气。

一小时后飞机飞走了,董锐兰才搀着母亲向回走。

两人快到家门口,远远看见董兆元慌慌张张地四处张望。董锐兰喊:"大,大。"董兆元听到了女儿的喊声急忙跑过来问:"你们躲到哪里去了?我刚要去找你们,你们可好?"

董锐兰说:"好!"

妻子咳嗽着问董兆元:"你好吗,厂子怎么样?"董兆元语塞,不说话。

妻子追问一句:"工厂怎么样?"

董兆元依旧不说话,妻子苏玉英预感事情不妙,捂着胸口咳嗽了几声,哇的一口鲜血吐了出来!

轰炸的那天,裴举人从佛籁精舍出来回家,快走到和阳门前,忽然听见警报和和阳门门楼上的天圣铜钟响了。街道上一片慌乱,裴举人捏着文明棍在街上帮着疏散跑飞机的人,等街道上人快跑完了,裴举人才想起跑到船舱街南郊去躲。

没想到跑了几步,一口气喘不上来,哮喘病犯了。裴举人一手捂着胸脯,一手捏着文明棍大口大口地出气,人怎么也走不到前头。他挣扎着,挣扎着向前走,来到了和阳门前。天上的飞机已飞到头顶。

天上一颗炸弹落下来,在和阳门前爆炸,炸弹掀起的土浪淹没了裴举人的身影!

烟尘中,站在和阳门前的裴举人显现出来。裴举人一手捂着胸口,一手挂着文明棍,爆出了平生第一次粗口:"狗日的倭寇,来吧,你裴爷爷等着!"

裴举人站在和阳门前,就像一个巨人!

又一个炸弹从空中落下,裴举人和和阳门又一次淹没在烟海中。

高大的和阳门像一个巨人从硝烟中慢慢显露了出来,城门楼被炸塌了一角,和阳门前没有了裴举人的身影!

平凉城最后一位举人,就这样在日本鬼子的飞机轰炸中仙逝了!

7

夜里,妻子咳嗽不止,先是大口喘气,后来身体软了下来,又一阵咳嗽,哇的一口鲜血吐了出来,头耷拉了下去。

董兆元感到一阵恐惧,他使劲地摇着妻子,喊着妻子的名字,可是妻子没有任何反应。再喊,苏玉英慢慢回过神来,对董兆元说:"我不行了,你以后要管好家,找回儿子,看女儿成家,修起我们的地方!"

董兆元泪如雨下,妻子陪自己风风雨雨走了几十年,没有挣下一砖一瓦,就这样要走了!

苏玉英合了眼。

董锐兰在母亲灵前念着祭文:

呜呼哀哉!

先妣苏氏玉英,生于大清光绪十六年,平凉甲积峪人氏。幼时家境贫寒,祖辈三代勤劳勉俭,置得良田八十亩。外祖父开明,送子女三人上学。后因家贫,先妣入学三年辍学,帮助母亲操持家务。大舅玉柱少时聪敏,成人后入黄埔军校学习,后赴抗日战场。小舅玉良勤奋用功,成人后入复旦大学学习,后为官从政。两兄在外,先妣不愿双亲孤悲,故久久未嫁。年至二十八岁,父母双亡,始嫁于吾父。

先妣入董家,生有二子一女。大儿锐文,入西北师大专科学习,后深造于北京大学。日寇入侵,随校迁至云南昆明就学,现不知所终。吾弟锐武,三岁之时为日机炸死。国仇家恨聚于一身。吾母与吾父,寄人篱下,操劳于艰难之中,本图勤勉修起自己的地方。无奈老东家染疴,生意不理;少东家吸烟,家败辱祖。吾父与人合办工厂,以图振兴,然天不护佑,日寇轰炸,工厂夷为平地,吾母悲伤,口吐鲜血,悲愤而亡!苍天哭泣,人神共愤!

今小女锐兰灵前发誓,吾将奔赴抗日前线,奋勇杀敌,一洗家仇国恨!

吾母英灵,哀哉尚飨

女:锐兰

中华民国三十三年九日十二日

一座坟茔在桂井塬上隆起,董兆元和女儿董锐兰在坟前烧香点纸纪念。

从女儿的祭文里,董兆元明白了女儿的心思,不赶走侵略者,我们就没有好日子过!不论你为生活如何打拼,你的一切付出都将化为泡影。没有国就没有家,即使你是一个再卑微的人,你也逃脱不了敌人铁蹄的蹂躏,只有拿起武器来反抗,反抗!赶走侵略者,才是唯一的生存之道!

董兆元明白了这个道理,他支持和尊重女儿的抉择,决心送女儿奔赴抗日前线!

翻开柜子,董兆元把女儿的衣服一件件地拿出,摆在炕上,细心地挑选着。董兆元挑过来挑过去总拿不定主意。女儿董锐兰走过来问父亲挑什么,随便拿一点儿就行了?董兆元不放心,依旧在挑。

有人敲门,董锐兰应了一声。

进来的是田寿丞,看见田寿丞,董锐兰问了一声:"田伯伯来了!"

田寿丞走到董兆元身旁,问:"兆元,锐兰要上战场?"董兆元点点头。

田寿丞问,"我们的工厂还办吗?"

"现在我们拿什么办工厂?"董兆元问。

"只要土地在,我们的工厂就会办起来!"

紫红色的太阳从青色阴暗的阴霾中一点点,一点点艰难地升起,由紫红慢慢变成了深红,再由深红慢慢变成了淡红,忽然间变得光彻明亮。宝塔梁下,一千一百名平凉知识青年,背负行囊,站成方队,响应国家"十万知识青年从军"的号召,准备奔赴抗日前线。

送行的人群中,董兆元满含热泪地看着就要东去的女儿。女儿董锐兰脸红红的,背着行李。送行的人群中,田寿丞看着自己医专培养的十六名学生,他们也主动报名奔赴抗日前线,去完成自己的使命!

队伍出发了,女儿董锐兰向父亲董兆元招手告别。

东去的队伍渐行渐远,董兆元眼睛涩酸,转过头去。泪眼中董兆元分明看到宝塔梁上有一个人在向东张望。仔细辨认,董兆元发现那是秋风中站立的裴举人。上次轰炸以后,人们在裴举人的遗物中发现了裴举人的遗书,他死后要把他埋在宝塔梁东的平台上,他要看中华儿女赶走倭寇,收复自己的山河!

裴举人的身后是一道厚厚的人墙。那是为抗日牺牲的平凉籍将士的英灵,那是被日寇飞机炸死的平凉人的冤魂,那是游荡于宝塔梁上那些东北将士的散魄。

他们不甘心地望着东去的抗日队伍!
家园,家园,我美丽的家园!

2010 年 6 月动笔
2015 年 4 月第一次修改
2017 年 7 月第二次修改
2019 年 1 月第三次修改

后 记

——一切来源于父亲

父亲今年九十五岁高龄了,见人就说自己耳朵听不着了,眼睛也看不清了,我本书的一切,几乎全部来源于父亲。

十年前父亲身体好时,一有闲时间就絮叨着把他在裴举人家读私塾,爷爷开锦货铺子,裴举人的死,田寿丞的义举,杨大人的豪爽,平凉的戏院,平凉城船舱街的繁华,平凉的各种小吃和南北大菜,都一一给我道尽了。我当时兴奋,觉得有必要把这一切记下来,我就笔录了,整理成了厚厚的一本笔记存了下来。那时手捏文明棍,迂腐耿直的裴举人,身穿脏布袍的田寿丞,手颤头甩的郭老总,胆小精明的爷爷,得了痨病的奶奶,难民的苦难,日本鬼子飞机的凶残,本地居民的接纳胸怀,带着仇恨奔向抗日战场的骆驼客,念书而离家出走的大姑,这些活生生的人物在我眼前跳动了十年,使我不得安宁。他们在抗日战争时为了抗战织军毯,捐款捐物,办医校,甚至把生命献给了我们民族反抗侵略的事业。我佩服他们的义举,我要在父亲有生之年把父亲经历的一切都记下来,演绎出来,作为我对前辈的一种记忆留存在这世间,也作为家乡对抗日战争一种历史的记忆。我有必要让我们的后代不忘国耻,牢记这段历史,便用笨拙的笔,利用十年的功夫写成了这部不成熟的拙作,以告慰我的前辈,他们不负自己的家园!

家园,我可爱的家园!我们现代人为它付出了多少,这些值得我们深思!这也是我写这本小说的初衷。

一个人的成功,必须有强大的后盾,这后盾一方面是我的妻子高凤英,她任劳任怨地照顾我和父亲,为我们吃穿服务,一切家务均由她承担。另一方面有李世恩、马宇龙、杜旭元、张黎明、董鹏、张旭升、何小龙等好友,还有为我校稿的好友赵爱民、魏向卿、马元雄、任学、兰云、杨艳、丁思怡,以及我的女儿女婿,当我气馁时他们鼓励我,给我以前进的指导和动力,我才能完成此书。

此书是《旱码头三部曲》之一,其他两部一部名为《皮货》,一部名为《军瓷》。书名、素材均有,能否成书就看我今后的努力和勤奋了。

2019 年 3 月 17 日